Horace Engdahl

Stilen och lyckan:
essäer om litteratur

风格与幸福

[瑞典] 霍拉斯·恩格道尔 著
[瑞典] 万之 译

復旦大學出版社

"诺贝尔文学奖背后的文学"编委会

主 编
石琴娥

编 委
万 之　王梦达　王 晔

目 录

译者前言 / 1

柜子的故事 / 1

关注的形式 / 7
风格与幸福 / 28
有关碎片写作的笔记 / 51
金嘴 / 78

沤肥后结构主义 / 91
高卢古籍探秘 / 100
诗之死与死之诗 / 116
化名斯卡丹纳利的荷尔德林 / 133
面对人性的克莱斯特 / 142
镜子制造者霍夫曼 / 151

170 / 音调和赋格曲

191 / 爱伦·坡与冷文学

200 / 布约灵的语法

214 / 卡尔维诺：月亮是一片荒漠

224 / 卡尔维诺的帕洛马尔

232 / 符号的乌托邦：罗兰·巴特与文学

258 / 文本中的神话

272 / 论埃利克·贝克曼

297 / 对话与启蒙

316 / 言之父何在？文之母何在？

325 / 文学研究者为谁写作？

340 / 后记

译者前言

诺贝尔文学奖举世瞩目，已经成为世界文学公认的标杆之一，其重要意义无需赘言。而对于每年评选出诺贝尔文学奖得主的瑞典学院院士们本身的文学创作，以及他们自己的文学才智和鉴赏水准如何、他们各有什么样的文学品味和倾向，恐怕中文读者知之甚少。因此，复旦大学出版社推出"诺贝尔文学奖背后的文学"系列丛书，重点介绍瑞典学院院士的文学著作，特别是其中参与诺贝尔文学奖评选委员会筛选工作的五位评委院士的文学作品，对于补足中文出版这方面的缺失当然有重要意义。因为欣赏到那些评选诺贝尔文学奖的瑞典学院院士的文学著作，了解这些院士特别是评委成员各自不同的文学风格与品味、兴趣与倾向，无疑对我们把握诺贝尔文学奖得主的文学创作、了解他们的得奖原因有最直接的帮助。

《风格与幸福》文学论文集是这套系列丛书的第一部。作者霍拉斯·恩格道尔（Horace Engdahl，1948— ）是瑞典著名文学批评家和理论家，毕业于斯德哥尔摩大学文学院并获得博士学位。他在20世纪70年代至90年代积极参与瑞典先锋性文化杂志《危机》（*Kris*）的创建和编辑出版活动，在北欧首先译介罗兰·

巴特等当代重要文学理论家的理论，因此成为北欧当代文学理论界的领军人物之一。此书首次出版于1992年，其中收录的都是作者之前在瑞典乃至北欧其他国家重要文学刊物如《危机》上发表的文学论文，也是作者自己认为最能代表个人学识和文学立场的著作。从目录就可以看出，作者对于欧洲文学从古到今涉猎广泛，具有相当广阔的文学视野（虽然本书涉及的文学基本还是在欧洲文学的范畴）。其渊博的学识、敏锐的思路、深邃的洞察力会给读者留下深刻的印象。

恩格道尔1997年当选为瑞典学院院士，1999年出任瑞典学院负责日常工作的常务秘书，任期历时十年。同时他也成为瑞典学院内部五位院士组成的诺贝尔文学奖评选委员会评委至今。作为该评委会里的文学评论家，他的文学理论素养当然是诺贝尔文学奖评选工作的重要理论基石之一。

本书在翻译过程中得到作者直接的帮助答疑解难，在瑞典语的理解方面得到陈安娜的耐心指导，译者在此特别致谢。本书中出现的德文和法文，译者曾经向德国徐沛博士请教，也在此特别致谢。此外，本书的翻译出版得到瑞典文化部艺术委员会（Swedish Arts Council）和瑞典雍松文化基金会（Helge Ax：son Johnsons stiftelse）的翻译资助，特此鸣谢。感谢复旦大学出版社策划和出版这套丛书，感谢王梦达和《上海文化》张定浩先生帮助审阅译稿，感谢编辑方尚芩、张旭辉的支持与合作。

万 之

2017年4月5日于斯德哥尔摩

柜子的故事

我虚构了一个以柜子为主角的故事。据说柜子里保存着奇珍异宝等贵重物品,可是钥匙却已经丢失了。这个柜子就这么关闭着,关闭的时间越长,里面存放了什么东西的传说就越来越多,其价值也与日俱增。柜子的主人换了,但柜子从来没有被打开过。最后,人们在这上头做的文章太多了,押宝也押得太大了,连这个柜子的拥有者也不敢去把柜子撬开。大家都有了一个默契:这个柜子就一直关闭着吧。为了防止有人去破坏这个珍藏宝物的地方,还特地制作了一些复制品以假乱真。很快,哪个柜子是原件都没人知道了,不过每个柜子都映射出这件神秘事情的光芒。

柜子里面现在隐藏了一种承诺,但被禁止开启,于是这种承诺再也不能通过开启而兑现了(当然开启也是不能完全阻止的一种行为)。也许,触犯禁令的人倒可能是柜子的真正信徒。他们触犯禁令的行为保持了求索精神的生命力,他们触碰家具,就和那些不去触碰这件家具的人一样,是在一种被选择来做的感觉中去做的。因为这就是柜子给人的最强烈的诱惑:它提供给观察它的人一种感觉,感到自己是现实为之存在的唯一的人。

对于此事的意义存在两种理论:(1)意义在于柜子里存在的东西;(2)只要柜子一直关闭着就存在意义。我们可以认为,真的打开了柜子后,如果发现里面的东西违反他们的心愿,多数情况下是让人发笑而没有一点用处的东西(比如干得发皱的脐带、豆子、纸卷等等),那就会让第一种理论的支持者感到非常难堪。不过,他们也会回答说,需要一种特殊的训练才能判断所发现东西的性质,而且只有在不考虑这些东西在柜子外的世界里的含义时,对这些东西的认同感才能显示出来。

另一种理论的支持者直率地声称,如果有人成功地打开了某个柜子,那也只是因为有关人员检查得不够仔细。(换句话说,他们的看法是:人们能看到里面的那只柜子并不是打开的那只柜子;如果"打开"意味着暴露出曾经隐藏的东西,那么每次靠近这个柜子的行为都有成为一个自身不可能性的寓言的危险,因为从来不能百分之百地确定柜子什么时候是关闭的,什么时候是打开的。)

然后,这些悖论就会把这个经典的传说挖空,空空无物再也不能吸引人。一种新的信念就会抓住周围的人:柜子是关闭的还是打开的,或者说里面有什么东西,其实都无关紧要了;因为这种神秘性是隐蔽在这个柜子的外观里的。谁要是相信这个柜子可以用作保存东西的地方,那就和精神上的粗俗无知没有什么两样了,而新的制造者就会把重点放在让他们制造出来的东西尽可能地不像一个柜子,然而,奇怪的是,它最终还会让看到的人眼睛一亮:"哦!一个柜子!"——这是一种推测,但这件家具本身却既不来证实也不来反驳这种推测。其形式也很随便,你随便怎么说都可以了——可以像是一把椅子，一个帐篷，一个衣帽架，一块雪片：其价值在于对柜子的绝对意念的一种暗示，对于这种暗示，已知的柜子形式倒只是一种思路的障碍了。如果观察者认为柜子里有个内部空间可以藏东西的话，他要对自己的这种看法承担责任。每次他对这件事情发表看法的时候，只会得到活该承受的嘲讽。不过大家都知道，如果不是观察者做出贡献，用那种稚气的冲动去寻找那个"里面"的东西，因此也享受到了来自柜子制造者的热爱和尊敬，那么和柜子的神秘故事建立的联系就会被切断。当然也会有人对他故意挑衅，让柜门明显大开，或者把手穿过他们制造的那个东西，让他知道里面什么都没有，但是，用这样的手势，不会让他相信别的，而只相信这是魔术师的那种戏法，"这里没东西！那里也没东西！"，因为谁也没听说过什么斜搭的板壁、双层的底座以及镜子装置等等。

也许这个观察者最后会更深入地挤进柜子里面，那他就会明白，那个曾经看上去矛盾和骗人的把戏，是表面上看同样的事物中一种不可消除的差别。他明白了，其外表在一开始就是分裂的，从来就与本身该有的样子不一致。那就好像他的目光突然里里外外翻来转去，同时又依然保留通常的样子。就在这个柜子变得空空如也的时候，他在一道闪电中看到这个柜子充满了东西，或者更准确地说：当他不再期待从柜子里看到什么的时候，当对于秘密事物的希望已经走开的时候，他倒得到了一部分从未体验过的自由，在这种自由的魔术般的光线里，最微不足道或者甚至是最虚无的东西也有了一种奇妙的紧密性和光彩，在这种光彩里对于秘密事物的希望重生了，自由也可以再度失去，随之从分隔开的板壁另一边看到的景象也消失了。这个板壁让你不知不觉就分散了目光,在我们时有时无地看到它的时候,就像是绝望,不过也是一种并不痛苦的绝望。那时他就会猜想,如果这个柜子完全不在的话会意味着什么呢,不过他不会记住这一点。

*

这个故事的内涵是对未知事物的抵抗。未知事物是无边界和中立的。我们不知道从哪个方向去追捕它,不,还要糟糕,我们知道自远古时代以来,未知事物就包围着我们,尽管它无边无际遥不可及。与未知事物不同,秘密(谜语)有一个即定的地点,有线索和痕迹去追踪,引导你走向一个关闭的门。这个秘密已经在意义的这一边存在了,尽管还不能读到,但已经写好;谜语带着未解之谜的口气命令我们将谜解开。"柜子"就是把未知事物转变成一个秘密的所有一切。

曾几何时,我们和柜子的关系非常简单,也让人觉得靠得住。在我老家就有一只柜子,孩子们以为在柜子里能够重新找回所有逝去的时光。他们沉浸到自己孩提时的游戏中,深信生活的残迹还封存在里面:自己的婴儿帽、掉了的乳牙、照片、坏了该修的玩具、妈妈弃置不用的礼服、最初的襁褓布,加起来就成了一条希腊神话里阿丽阿德涅走出迷宫的绳索,把孩子引回到生活最初的日子。这个时代的体验会带来这样的问题:"我们所过的生活到哪里去了?",而孩子们自己的回答是:"当然是到了柜子里去啦。"这样整个生活就会用某个偏僻遥远的保存空间,像是一个让船减速的浮锚,抵抗岁月的流逝,用鸡毛蒜皮的"记忆"填满生活,但是越来越成了消遣娱乐。

对男孩子来说,家里藏匿东西的地方最终都会失去。这些地方成为女人的世界，有薰衣草的香气，充满洗净的床单气味以及……是啊，还有什么？男人决定了柜子应该立在什么地方，但不知道柜子里有些什么。在半睡半醒的幻想状态里，当初的柜子的气味会来笼罩住他，让他梦想着爬进柜子里，在那些早先用过东西中间休憩。也许他把柜子提升到了种种妙想的天空中，而他成了一个著名的哲学家。他看到一种智力性的存储原则在这个故事种种事件的一团乱麻背后起作用。消失的东西其实是不会失去的。这就是所谓的"抬离基础而收入储藏"（aufgehoben und aufbewahrt）。神灵就是一个柜子啊！不过，那个男孩也许只会成为一个瘦瘦的变戏法的幻术师。在另一个世纪的堆堆灰烬里，他的柜子会像一个被砍掉了四肢的身体，一个岗亭，一个墓碑。

最后，柜子不是别的，只不过是一个失语的图像。不过，到那个程度，对隐藏的东西的信任已经在人们那里种下了根，每次对隐藏外装的新的降级都只会增加这种信任对感官的权力控制。圣奥古斯丁早就提出这样的建议，当你谈到神圣高尚的事时，你要选择低调和简朴的语言风格，因为高尚风格的声音宏亮的转折还是不够可怜，反而不能再现上帝的伟大。这和柜子没有特别的关系，所以，让我感到困惑的是，它们没有出现在哪个有学问的人的分析推理中。那就好像他已经预感到了，在将来的色情笑剧闹剧滑稽剧中，它们会怎么得到利用。

尚福尔[①]讲过一个在语言上很学究气的男人的故事。他的太

[①] 尚福尔（Chamfort）是笔名，本名塞巴斯蒂安-罗赫·尼古拉（Sébastien-Roch Nicolas, 1741-1794），法国作家，以善写格言警句而知名。1781-1794年曾出任法兰西学院院士。

太有一个情人,这个人让她和那个情人着实受了一次惊吓。他想出一个对付情敌的经典场景,就是把他从衣柜里当场揪出来。那个情人是外国人,还没有掌握法语的过去虚拟语气,他对那个女人说:"我早说过了,到了我将要走的时候了!"这时那个总是要求语言纯正的男人就打断了那个情人的话:"先生,应该说……到了我该走的时候了!"我们对那个柜子里的内容至少可以提出的最低要求,就是说话纯正。

关注的形式

——以蒙塔莱两首诗《海沙滩》与《暴风雪》为例

关注是一种浓缩的狂热，是一切观察中最不中立的观察。它更是一种"定住了"的目光，你都不知道你是在接受什么还是在提供什么内容。那对反义词"主动/被动"在这里没什么戏可唱。在一大堆预期中的或者让你可以漠然处之的印象中，会出现一些东西**提供文字**。那到底是**什么**要到很久之后才能变得清楚。因此，要说这里涉及某种领会或知会，那也是不确实的。关注从来不会带上任何多余的东西。它也不会听从什么义务的支配调遣。

关注不能通过人为的方式引发出来，不能通过一种发现这样或那样事情的希望去引发出来。"观看就是让事情清楚"（比尔吉特·奥格松[①]语），也就是说，是做好了准备，也是清纯而没有杂质的自我完成。

[①] 奥格松（Birgit Åkesson，1908-2001），瑞典舞蹈家、编舞及舞蹈评论家。——译者注

*

某种心不在焉的状态很愿意归属于这种关注。这就好像一种在思想中收集起来的皱褶，能够防止过分匆忙的清晰性。

缺少关注很快会在一个人身上暴露出来：这个人变得循规蹈矩了。

*

作为一个例证，我们可以看到罗兰·巴特的书写一直在由某种不寻常的关注能力提供营养，这种关注能看到不同文本和日常生活种种片段里语言密码的运动。有趣的是，他好像自己不用这种方式来看待自己的才能。只要他一开始描述自己的工作方式，出现的就不是方式而是一种方法或者一种修辞的图像。他自以为是个分类学家。

*

当一种风格或者一种体裁不再为关注的标记提供空间的时候，这种风格或体裁就死了，虽然这种死亡经常是由下一代的公众首先来判定的。给观察者提供的最初信号就是那种恍惚不定的悲愁，当他面对自以为意义深远、价值重大的作品时，没错，就是那种大师级作品的时候，这种悲愁会抓住他。

*

让我们谈谈词源学吧。当人们用拉丁语来表述我要寻找到的"关注"的语义时，可以用得上两个词，即 curiositas 或是 attentio。

curiosus 的意思实际上是考虑周到（词源是 cura）。attentio 的词根来自 attendo，和用力有关系。首先是在比喻的意义上，如 attentio animi，这个词的意思是关注。attentus 的意思是紧张，即努力勤勉有所追求——也就是关注。

也就是说，这两个术语都是指示一件工作任务或者一种警觉的出现，但也是不同种类的任务和警觉。围绕各种情况用鼻子四处嗅着做一种确认（如狗或猫那样）。attendo：朝向什么，对什么采取行动。curiositas：像扫雷一样掠过周围，进一步寻找，追踪。attentus 还有一种附带意义是小气吝啬；curiosus 的否定意义是有些咄咄逼人和拘泥于琐碎小事。

瑞典语中来自拉丁语 curiositas 的"好奇"（Kuriositeten）这个词有更加分散的知识需求，不确定，可以通过一个相关性的链接从一个点转到另一个点。而来自拉丁语 attentio 的词"注意力"（attentionen）则是在同一个洞口耐心地守候等待。后者还进入静思（从一粒沙中看世界），而前者则进入了医学上的或受到启发的精神集中。

对此作证的主要人物是瓦尔特·本雅明，而伊塔洛·卡尔维诺则是另一个证人，其证词是："就在这个时候，在我开始工作，对所能得到的材料做一个概览，给还在继续增长的一个目录里的故事分类的时候，我逐渐被一种疯狂状态抓住，一种永不知足的饥饿抓住，总想得到越来越多的不同故事的说法和翻新的花样变体。检查、分类、比较，这些就好像一种发热。我可以感觉到我怎么被一种狂热征服。这是一种和昆虫学家的狂热近似的狂热，我觉得这种狂热可以显示出赫尔辛基民俗学会出版物里那些研究员的特点。这种狂热很快就会发展成为一种疯狂，其结果就是我会拿普鲁斯特的全部创作去交换成一种新版花样的'拉金屎的驴子'。要是我不巧碰上了那段新郎亲吻了他母亲就失去了记忆的故事,而不是找到那段丑陋的阿拉伯女人的故事,这时候我就会失望得发抖,而且我会变得目光非常敏锐眼睛很尖——疯子经常是这种情况——以至于我还能在最难的阿普利亚文本或者弗留利文本里只瞧了一眼就把'普雷泽莫利娜类型'和'贝尔琳达类型'区分开来。"①

*

运行于"此时此地"的意识与关注是有区别的。关注有一种更加开阔伸展的形式,只有一部分会包容到思想的光锥里被照亮。它可能是先发制人的,又可能是姗姗来迟的。它对于在场的事物中那些不在场的事物非常警觉。因此,它经常能让你的意识感到吃惊,又不会被你在一个特定瞬间想象到的任何东西掏空用尽。其地点是不同视野角度之间的联接,这些不同角度是你不可能同时占据的。

关注——不管是心不在焉时的无意关注,还是有意坚持很久的关注,都不属于任何派别。它可能是从侧面进入,打断语言的自行运动。它是没有说服力的。

---

① 参见伊塔洛·卡尔维诺(Italo Calvino, 1923 – 1985)编纂的《意大利民间故事》(*Fiabe Italiane*)1956 年版。其中按意大利地区讲述的故事中有阿普利亚(Apulia)地区和弗留利(Friuli)地区,普雷泽莫利娜(Prezzemolina)和贝尔琳达(Bellinda)都是故事中的人名。

*

对于关注来说,最有危害性的就是**强制**,**强制你前进到某个地方**。

*

赫尔德①对语言的起源有这样的看法:语言不是起源于自发的感觉表达,或者音响学的手势动作,而是出自一种人的自身特质,他称为"Besonnenheit",意即思维反射——毫无疑问就是一种关注。

在赫尔德《论语言的起源》里的这段话是这样的:"当人自身的力量如此自由地发挥作用的时候,人可以提供思维反射的例证。这么说吧,在轰鸣着通过所有感官的感知海洋里,人自身的力量会把一个波浪分开来,会把关注对准这个波浪,使自己意识到自己正在关注着。当人不仅能生动地或者清楚地辨认出所有的特性,还能认识某一个或者几个特性是标志性的特性,人也是在提供思维反射的例证。如此认识的第一个动作就能提供清楚的概念;这是灵魂的第一个判断——判断什么呢——是通过什么而使这种认识得以成立?是通过一种认识标志,也是人必须划定界限的标志,而作为可感知的认识标志,它们也是能清楚地让人恍然大悟的标志。好吧,就让我们对着这个人,像古希腊阿基米

---

① 参见德语语言哲学家赫尔德(Johann G. Herder, 1744 – 1803)《论语言的起源》(Über den Ursprung der Sprache),初版于 1772 年。中译本参见商务印书馆 1999 年版,姚小平译。——译者注

德发现了定律一样大叫"尤里卡！尤里卡！"①吧，这个最初的可感知的认识标志就是灵魂的词。由此，人类的语言就发明出来了！……显而易见，没有这个认识标志，就没有任何有感官的生物可以感知到外界的事物，因为它总是必须强调某个感觉，同时也是消除其他的感觉，总是通过一个第三者来认识到两种事物之间的差别。"

也就是说，赫尔德把语言看作一种收集起来的原始性关注留下的痕迹，这种关注反过来又是纯粹的区分行为。

我们称为词汇损耗的，也是语言上通俗化了的，到底是什么呢？词汇本来是磨刀石一样坚硬的。被磨损的其实是说话的方式，是风格，是公式，是语言游戏——是在交流行为中和词汇使用联结起来的一切手段。由那个愿意把关注介绍传递给他人的人提出的要求，就是一种另外的语言基础。这不是发明新的词汇，因为当词汇雕刻出了它们的标志，这些标志就去不掉了。而我们说的这个任务是不一样的：现在的任务是借助图像、附带的词义和尖锐化的概括等等，重新在语言中再发明语言。

不过，仅仅是在我要说服人的情况下如此。目前为止，如果我只愿意对我自己说那些我关注的事情，那么用最简单的词就足够了：这些词在指示，我自己一目了然。这里就有诗的想法，也

---

① "尤里卡"（古希腊语 ερηκα、拉丁语 eureka，其词义是"我发现了"），源自古希腊发现某件事物或知道真相时用以表达兴奋的感叹词。史籍记载古希腊学者阿基米德洗澡时发现自己坐进浴盆里时，浴盆溢出水量体积正好等于其身体体积，这意味着不规则物体体积也可以精确计算，由此解决了一个难题。阿基米德恍然大悟从浴盆跳出来并光着身体在城里边跑边喊"尤里卡！尤里卡！"，让全城民众分享其喜悦。

是修辞的对立面。不过，诗人同时愿意被理解。因此就要采取一切手段避开这个诗的想法，其结果就是这个诗人的诗作。

*

关注和意义之间的关系是哪一种关系？让我们用埃乌吉尼奥·蒙塔莱[①]在他一生中不同创作时期写的两首诗作来分析。

在《海沙滩》这首诗中，读者会遇到由象征控制的一种形式。其文字看起来有两个方向。一个方向是文字面对读者，对读者展开了自然；但同时又有另一个反方向，文字要面对所见到的事物，以便对所见的事物进行阐释。

这个文本就和蒙塔莱的很多诗作一样，是以对风景的眺望开始的。在这幅图画的边缘站着诗人或观察者，他做了一次朝圣之旅，回到自己儿童时代淘气犯错时会得到宽恕的那片土地。其观察是在短句的波浪式运动中到来的，直到这幅图画到达一个饱和程度，以至于另外一个意义方向必须展开。

>   海沙滩，
>   只有我看到几株剑百合，
>   从一个峭壁弯下身
>   朝向浪的峰尖伸出，
>   或是荒芜的花园里

[①] 埃乌吉尼奥·蒙塔莱（Eugenio Montale, 1896 - 1981），意大利诗人、作家和翻译家，曾获1975年诺贝尔文学奖。此处引用的诗《海沙滩》（"Riviere"）出自其诗集《乌贼骨》（*Ossi di seppia*，1925）。

> 两株苍白的茶花
>
> 或是一株金发的桃金娘
>
> 随沙沙响的枝叶和鸟的飞逃
>
> 刺入那亮光里，
>
> 那时在一瞬间里
>
> 无形线团被绕出来捕捉我
>
> 如一只蝴蝶落入网中
>
> 橄榄树战栗着向日葵注目。

当诗人把目光对准了桃金娘的树冠时，读者就已经得到一种预告，得知即将会有向这些文字的一种双重意义记录的过渡。从现在开始，一方面有一种字面上的顺序，会继续进行始终一直在进行的事情，即对外部风景的描写，而另一方面也有了象征的顺序，表述出另一种现实；我们就把这种现实称为精神现实。随着朝向亮光刺入的动作，文字的另一个维度就展开了，这个母题载满如此多的诗意，以至于思考随后几行诗句的时候，就不能再把它们仅仅看作具体的外景描述。

包围这首诗的意识好像被推了一下，因此看的动作重新做了调整。对那种中立的不偏不倚的目光来说，眼前的风景是一种要收集的目标——而且也是美的目标，但是目光被一种更深层的观看替代了，对于这种观看来说，一切都是给人灵感的，万物都有送给自我的秘密消息。这种转变有一种发现的形式，在有了这种发现的时候，意义的生长条件在所写下的文字中也改变了，这也是不可能从之前的意义句子里引导出来的。应该注意到其动词是通过被动式出现的——"被绕出来……"，这就使得有关动作发出者和动作原因语境的问题有可能不被注意地悄悄地遗留下来。但是，这样的置换会有大范围的后果。在主体和自然之间的种属差别大大减少了，这时橄榄树和向日葵都成了有感觉的生物，而自我本身是只蝴蝶（瑞典语翻译中"如一只蝴蝶"的"如"在蒙塔莱的原文里本来是没有的，"我"直接就是蝴蝶）。

在引导段落之后，出现一个空行，是这首诗运动中的一个中断。当运动重新开始的时候，它带有一个思考反射，通过其前导的形容词以及模糊不清的时间的提供，并对于生活的成熟概览提出要求，试图得到那种强烈生命体验的权威性，为其提供更多的、不仅仅是临时的有效性。

  快乐的是今天被捕捉
  顺从屈服，海边土地啊，
  重玩一个来自过去的游戏
  从未被遗忘掉的游戏
  我记得你们递来的苦饮料
  那时我是个迷惘的年轻人：
  丘陵的脊背和天空
  在清明早晨融合一体；
  漫长浪峰在沙子上渗透，
  生命的一种单调的抖颤，
  一次世界的发热；而万物
  让人觉得在自身内烧毁自己。

给自然赋予生命和灵魂，在这里先是冷处理成了一种修辞的方式（通过把"海边土地"作为说话对象而表述出来）。这种视像上的充填如充电一样，但看来在思考的平静氛围里又挥发掉了。"苦饮料"递过来的动作是一种寓意形式的引发；也是又一个修辞的风格特点。

由于围绕万物的那种象征性震动被去掉了一点，对于风景的具体记忆就可以出场了：关于那些丘陵在某些早晨里给人的印象，关于大海的轻盈浪峰给人的印象。不过目光的转换在这里有了一次重复。风景通过一种相似性顿时变成了一种诗人儿童时代的自我烧毁的生活感受。

这种朝着象征性的回归，最终归入了一个赞美诗般的长句子，歌颂的是在时间之外的大海般的汇合团圆中，分离状态已经被取消了。自我在一种白日梦中，被记忆所保存，被转换成了自然——这是一种可以狂喜的被动语态。

  啊，就如乌贼鱼壳被翻转腾挪
  被波浪抬出海水，
  最终逐渐被消蚀
  被转换成
  多枝节的树或者石头
  被海水弄光滑；被融化入
  晚霞的五彩颜色；如身体消失
  又如阳光陶醉的泉水爬起
  通透沐浴在阳光里……

随后是又一个中断。然后诗人把被砍掉的诗句完成，不过仅仅是为了让自己和这种热情拉开距离。没有讽刺；那会腐蚀和破坏那种象征性的阅读，对这首诗的开头起到有害的反作用。只有一种充满了爱意的提醒，让你不要忘记自己与少年时代奇异幻想的距离：

   所以，海沙滩啊，
  曾是我少年岁月的梦，
  那时我站在防波堤的磨损的栏杆旁
  微笑着消逝在宁静中。

  象征性意义的记录被小心地推到了旁边，其推开程度使得一个栏杆磨损的日常细节也带有了特殊的热情，也产生了效果。但是，精神性的意义只是暂时地被延宕了。现在是这首诗的声音在说话，而从其述说中，大自然依然主动在作为文字把充裕的没有声音的信息传达给自己。不过有意思的是，它不再是一种万物和形式的语言，那种在少年时代的语言（或者更准确地说，在少年时代的记忆中的语言）。物质材料依然没有被赋予什么生命和灵魂，象征性意义已经退却到了光的设置。

  沙滩啊，对逃离你的那个破碎的人
  这些清冷的早晨说得还不够多吗？
  透过树枝作品中的空地闪现着
  如琴弦的水道；褐色的峭壁
  在翻卷波浪泡沫里；漂浮的燕子
  掠过去的翅膀扇动……

跟随在后的是另一个短暂的祈求。词语被某些思念点燃成了赞美诗，这是对儿童时代的很多热切期望的思念，期望风景具有充分的意义，期待伤感得无边无际的甜蜜，简言之就是期待能把堕落毁灭也审美化唯美化的可能性。

  啊，曾几何时，
  我曾经能相信你，海边土地
  你与死联姻的美丽，你金色的镶边
  围绕着每个生物的腐朽。

这个动词的时态（"曾经"）拉开了和这件神秘事物的一个距离。诗人因此已经很果断地把自己置于现在，这是为了质问在他的精神和这片风景之间还可以找到什么样的关系。这首诗的策略目标现在开始变得清晰了，正是它推动了在观察注意和赋予事物生命与灵魂精神这两者之间的柔和平顺的交换。重要的是把过去和眼下之间的和解，把观看动作的两个顺序之间的和解，都用场景表演出来。大海的风景已经被这个文本设立成了这样的结合可以经受考验的地方。换句话说，它是依靠一种借喻转型的可能性，而这种转型可以取消对自然的书面阅读和象征阅读之间的距离。对于这首诗的主体来说，这是一种累计起来的总计，其中记忆、猜想和实际情况等都融合在一起，成为一种活生生的现在。

  蒙塔莱有关渴望完整性的那些话，向我们暗示了另外一位诗人。不过，奇怪的是那位诗人在这类和解项目上却失败了，他就是荷尔德林。

> 今天我回到你这里
> 更加强壮，或许这是幻觉，但我感到
> 心在快乐记忆中被溶解——依然如此。
> 你，我的过去的痛苦，
> 而你也是呼唤我的新愿望，
> 也许到了你们团圆的时候
> 在一个思索的宁静港湾。
> 有一天邀请将再次到来
> 带着金色声音，带着大胆诱惑，
> 那时灵魂不再是分开的。想想吧：
> 把哀歌换成赞美诗，康复
> 而不再是破裂。

我们看到这种"将再次到来"的邀请的最初起源并没有确定地点——是本诗被动句路线的一个延续。灵魂被描绘成遭遇了一次命运困境——灵魂是"分开的"——而那个"康复"会出现的地方，不能从象征性的行动中去联想。那样的话，象征就会遭遇到一个新的困境，这一次从字面上看也是宗教的或者超自然的困境，是这个文本肯定要防止的，会用其固执不变的被动结构去推开的困境。

当我们来到这首诗的结束部分时我们就知道，正是在这个部分，双重的语言必须证明它的调和一致性，把灵魂和文字之间的鸿沟合拢。在这几行诗句中的表达，通过蒙塔莱避免的限定动词形式而被保留在一种飘忽的状态中。所有动词都是不定式——其合成还不能在时间之河里落锚固定。它还只是一个希望，不过还不仅仅是一个希望，可以通过在大自然春天中复苏重生建立基础而成为提供规范的现实，这种新生又是分娩出生的象征，诗歌的主题曲在这个象征中如音乐那样渐强，最后会合。

从修辞来看，结束的那段是一个常用比喻。图景系列是大自然，不过也有事物系列，"我们"存在于外面的大海风景中，被大海的风和气味包裹席卷，倾听着自由解放的声音，又沐浴在阳光之中。图景和事物系列在风景的熔炉里融为一体。这些意义关系有了一种强烈的有说服力的自然性质的光泽。同时，太阳成为有材料质感的天体，神秘事物的光源。

> 就能够
> 像这些树枝一样，
> 昨天还枝叶丛生赤身裸体
> 今天已充满颤栗和液体
> 甚至连我们也能感觉，
> 在早晨在气味和风里
> 梦如何泛起声音如何欢呼
> 神圣地朝向解放，而海边土地啊
> 在为你们披上衣服的阳光里
> 连我们也被分娩！

放置在最后的关键词在原文里并不是被动语态的，相反是不及物动词，也是植物性的，意大利语是 rifiorire，意即重新开花，这里被瑞典语译者约斯塔·安德松翻译为"被分娩",也许过分考虑了这段诗歌精神上的意义层次。这首诗向神祈求的创造性的新生,被看作一种植物般的生长——也是自然的非自愿的过程的一部分,而不是意识的行为——尽管谈到了那个"新意愿"。这涉及一种狂喜地接收的动作,让自己被生命彻底征服。

蒙塔莱处理象征是大家手笔。即使你已经检查明白了那些修辞手段,就如看清了传动齿轮,但在通读全诗的时候,那些变换手段的精彩节目仍然吸引你,让你难以抗拒。不过,你同时可以注意到,作为这个文本基础的被动语态链条从来不会自己松开。在象征意义可及的范围之外,还有一种无名的命运存在。这种被动语态链是象征性句子合成的盲点,同时标志出那些不在场但能"提供"意义的事物,那些事物是从这首诗的时间系统之外的某个位置出发,为建立自然秩序和精神秩序之间的联系而赠送出的一条纽带。这种沉没了的矛盾对立,这种诗意眼睛的关注的亮度调整,就构成了这首诗的结构。

*

另一首诗《暴风雪》("La Bufera")最初出版于诗集《菲尼斯泰尔》(*Finisterre*, 1943),也是以自然为出发点的,不过在匆匆照亮的斑驳陆离的光线里几乎无法构筑一种风景。

> 国王并没有亲眼看到
> 这些伟大的奇迹,
> 他只有手
> 迫害我们……

阿格利帕·杜宾耶①:《致上帝》

　　白兰花枯叶上的暴风雪

　　让那些长久的三月打雷天

　　冰雹纷落,

　　(你在你的夜晚鸟巢里

　　水晶的音调让你吃惊,而金光

　　熄灭在红木家具上,在装订起来的

　　书籍的切口上,但依然燃着了

　　在你的眉毛尖上的

　　一点点糖)

　　闪电如石灰刷白了

　　墙壁和树林,让它们吃惊

　　在这永恒的瞬间——大理石吗哪豆②

　　以及大屠杀——闪电击中了你,

　　是你作为罪罚而带有的也是比爱更多的

　　把你捆绑在我身边,奇妙的姐妹啊——

　　自从那沉闷的爆破声,响板和鼓声

　　如雷传过晦暗的地沟,

　　脚在泥中和泥上踩踏,

---

① 提奥多·阿格利帕·杜宾耶(Théodore-Agrippa d'Aubigné, 1552–1630),法国文艺复兴时期的诗人、讽刺作家。此处原文为法文。
② "吗哪豆"(manna)是《圣经》中记载在以色列人逃往埃及途中得到的上帝赐给的食物。

就如一个困惑不已的姿势——
  就和那次完全一样
当你转过身去而且挥手（额头也撩开了
云彩般头巾包住的头发）
和我告别——为的是进入那黑暗。

　　这里的暴风雪和前诗里的"海边土地"相似，是一种自传性的观察角度。自我在一系列观察和记忆中占据了一个地方。蒙塔莱通过提到一个你和一个我，提到一些东西和地点，以及提到外面突如其来的雷雨天气，给一个具体情景画出了轮廓。

　　作为语言动作，这首诗很不寻常、冒昧唐突地和在所提及事物消失中出现的那个问题进行了对质。当一个文本被写下来，移出了原本产生它的情境，其索引词汇的内容就被掏空了。这不仅涉及我、你、那里和这个等词汇，还有许多具体名词的限定形式，也涉及时间的关联，这种关联成为相对性的、可移动的。在同一时刻，这个文本的谓语术语有被一般化的危险，也有发展出一种或许不是人所希望的标记性或者象征性效果的危险。

　　蒙塔莱现在显然对这样一种意义的顺序安排已经非常不满意了。因为，在《海沙滩》已经有了和解的主题之后，他的创作就发生了一种变化，他对于有机形式有成功保障的信任也破灭了。人与自然，时间和意义，都已经破裂，不能通过被动语态的狂喜来康复治愈。诗人对那种个别的、单独的事物的坚持，使得这首诗变得密不透气。那些把文字互相隔离开的空格也使得这个文本无法接近，使得每一次简单解码都没有可能。

　　《暴风雪》的主调是严肃的，而不是赞美歌颂的，初看上去其谱写作文好像是几乎心不在焉的。这首诗是作为一种寓意来考虑的吗？这完全靠读者凭运气像摸彩一样去猜测了。某些表述看起来只是诗中的"我"和那个"你"之间的复杂关系的独特密码，难以搞清楚是否还有别的意思，而读者对这种关系几乎一无所知，只知道这个"你"是女性的，是那个"我"所爱的。如果读者考虑到这首诗的产生条件，即战争年代的经历，也考虑到开头作为格言引用的杜宾耶那几行诗句，那么在好几处都可以得到借喻的解释（雷雨和泥中的脚＝大炮齐射的轰鸣和战斗，也许是战死的士兵跌落在泥淖里）。不过，相似性的关联在这种情况下是从具体联系到具体。只有在一个语境里不可避免地要做一种"灵魂的"隐喻解释，也就是诗里谈到"闪电击中了你"的时候。但是这个地方大体上并不能改变阅读的条件。那些可能存在的意义不能收集成为某个纪念碑式的文本意义。"那次"是什么意思？是什么黑暗把"你吞没"了？诗人让参考性的事物走在了内容前面。凡是这首诗内用不着的有关"我"和"你"的信息，他完全不提供，也不谈那些不触及他们的那类事情。有关水晶的音调以及一点点金光的那段用了括号，和其他部分缺少联系的桥梁。强烈的就事论事特点导致了一种完全充满秘密的文本。诗作被一种关注吸收掉了手势和感官的印象。

即使在这首诗里，还有两个世界在互相冲击，一个遭遇暴风雪的自然世界，另一个是爱情世界。它们都有两个词——"闪电"和"吃惊"。但是这些关键词用在那里并非是为了把这两个世界和谐地互相联结包容。相反，这首诗已经在某种程度上被劈为两半，可以通过两半的互换得到以下两首：

一

木兰花枯叶上的暴风雪
让那些长久的三月打雷天
冰雹纷落……
闪电如石灰刷白了
墙壁和树林,让它们吃惊
在这永恒的瞬间——大理石吗哪豆
以及大屠杀……
自从那沉闷的爆破声,响板和鼓声
如雷传过晦暗的地沟,
脚在泥中和泥上踩踏,
就如一个困惑不已的姿势——

二

(你在你的夜晚鸟巢里
水晶的音调让你吃惊,而金光
熄灭在红木家具上,在装订起来的
书籍的切口上,但依然燃着了
在你的眉毛尖上的
一点点糖)……
　　　　　　　　闪电击中了你,
是你作为罪罚而带有的也是比爱更多的
把你捆绑在我身边,奇妙的姐妹啊……

就和那次完全一样
　　当你转过身去而且挥手（额头也撩开了
　　云彩般头巾包住的头发）
　　和我告别——为的是进入那黑暗。

此诗的形式和拉链形式完全一模一样，是在诗人意识的两面之间来回运动中呈现出自己。其连接手段是一种视觉性的可见韵律，冰雹——水晶音调——糖的颗粒——闪电，那个瞬间的白色或者水晶体，都是有颗粒感的事物。也就是说：那种关注在自我呈现，不过不是作为意义的语境来呈现，而是作为星座来呈现。

要达到一种贯穿全诗的解释，就不得不搞清楚它们两者的内部线索，还要寻求把它们结合起来的方式，把它们内部的意思互相翻译出来。这种解释几乎不可避免是要变换形式，是要误读蒙塔莱留在其语言构建中的那种多维度的固定方式。封闭而不透气的情况是一种防护，防止那种理解上的庸俗化。这种庸俗化已经准备好将一切都变得庸常。诗所暗示的事物是无法解释的，这就阻止了解释学者的概括总结。读者被迫回到那些单一个别的星座布置，而这正是文本深思熟虑的结果。

冰雹如散珠落在一株特殊的玉兰花上，在一个特定空间内可以观察到那种点点晶莹的闪光效果，有人做了一个手部动作：在晦暗中往回移动并从实际生活的不同层面离开的动作。这些动作，与其说是一种活生生的充满意味的现实，不如说是对诗人有关现实的提问做了回答。收集这样的"认识标志"，把它们清洗干净，思考琢磨它们难以捉摸的关联，而不是和一种合成的写作方式兼容。这首诗的各个段落是在一种事物、闪电和手势的意义组合中互相并列的。也许是故事/历史的暴风雪，也许是两个人的不可穷尽的在场/不在场，是这种情况让诗人把二十年前在《海沙滩》那首诗中确保完整性的修辞手段放到了旁边。《暴风雪》中的自我好像是更加暂时性的。除了那种在神秘的"彼时"和"现在"中测量的自恋的时间体验之外，生活过的时间也用那种"他者"的标志来打开自己，那是自我的材料，而这也是诗人的材料，在这种摆脱了象征类别的语言中实现了自己。

风格与幸福

——论司汤达《一个自我中心者的记忆》

  风格可以是在一个文本里创造出一种这样的情景，就以司汤达作品《一个自我中心者的记忆》为例，其中这句句子就有恰如其分的效果："在1826年到1832年间我没有过什么悲伤的事。"① 当我们想要圈点司汤达风格的时候，正是这种句子让我们停下来琢磨品味。除了一种有感而发而缺少细节的特点之外，它看起来摆脱了其他各种明显已经为人熟悉的风格特色。在句法和用词上都如此平淡无奇毫不起眼，所以能在文本任何地方出现。

  上面引的句子出现在这本书大约正中间的一个章节里，其中描述了1821年秋天司汤达去伦敦旅行的某些经验。《一个自我中心者的记忆》是在1832年6月到7月间的十四天内写成的，那时候作家本人正在罗马，忙于外交方面的日常事务。他下定决心要对自己，或许也是对一个小圈子的未来的读者，讲述1821年到1830年他在巴黎度过的那九年的真相。

---

① 参见司汤达的法语版《全集》（*Oeuvres complètes*），日内瓦1970年版卷36第80页。

之前司汤达曾经爱上米兰的姑娘玛蒂尔达·邓波乌斯基，但根据一切情况判断，这段爱情没有得到任何回应，而在1821年他对这段爱情依然保留着新鲜的记忆。他到英国首都伦敦去的那次旅行，就是绝望地想要得到解脱。

  今天我明白了，我在精神上还是病得不轻。对于一切看来粗俗的东西我都有一种恐惧，几乎就和狂犬病的恐惧症状差不多。比如一个乡下来的小商贩对我说话的粗俗腔调，就会让我说不出话来，并在这天剩下的时间里一直闷闷不乐。比如说我对格仁诺布勒来的那个富有的银行家查尔斯·杜兰也是这么反应的，虽然他对我说话的样子其实很和气。这种从我儿童时代就已经扎根的脾性造成了我在十五到二十五岁之间很多黑色的时刻，现在又回来在我身上施展威力了。那时我是那么不快活，所以我只喜欢看那些我还认识的面孔。每张新面孔——在我健康无病的时候会让我开心的面孔——都会让我感到不快。

  一个偶然的机会，我住进了考文花园那边的塔维斯托克酒店。这是乡下的有钱人到伦敦来的时候喜欢住的酒店。我的房间有十英尺长八英尺宽，总是房门大开着，在这个国家偷东西反正也不受惩罚。而吃早饭是在一个肯定有一百英尺长三十英尺宽二十英尺高的大厅里。你在那里只要花两个先令就可以想吃什么就吃什么，想吃多少就吃多少。那里总有人不停地给你炒牛肉，有时把四十磅重的牛排放在你面前，旁边还给你放一把锋利无比的切肉刀。

  最后还给你端来能把你吃下去的所有肉都消化掉的红

茶。这个大厅的出口在通往考文花园的拱廊里。在那里我每天早晨都会发现有三十多个衣着华贵西服的英国人隆重地排队走过去,其中很多人还带有一种不幸福的表情。那里既没有什么法国人的装腔作势,也没有什么引人注目的自大自满的样子。这对我正合适,我自己的不幸感在这个大厅里就轻多了。午餐对我来说不仅仅是为了消磨一两个小时,而且也确实是轻松愉快的时刻。

我学会了纯粹自发地去读那些英国报纸,那些完全不会让我感兴趣的报纸。后来,1826 年,我住在同一个地点,即考文花园街角附近正对塔维斯托克酒店的另一家欧昆酒店,或者有一个同样令人不舒服的名字的什么酒店。在 1826 年到 1832 年间我没有过什么悲伤的事。①

这样的写作方式里有一种质量,是所有司汤达的读者都能辨认出来的:一种结实而柔性的冷淡和直截了当,但带有讽刺性的画外音,即使是围绕如此简单的母题也能营造出些许空间。我们可以直觉地感到,这种质量不光靠文本内容建立起来,也同样地靠不存在于文本内的事物建立起来。这是一种不在乎"写得好"的风格,但具有一种不可收买贿赂的人格光彩,同时又并不过分强调这一点(如果这种风格坚持自己的分寸把握,也很少是为了分寸而分寸)。初看起来句子好像是正面的,四方工整规规矩

---

① 参见司汤达《一种自我中心者的记忆》(法语原书名 *Souvenirs d'égotisme*,瑞典语书名 *En egocentrikers minnen*),译者安·布罗(Ann Bouleau),斯德哥尔摩 1965 年第 2 版第 67 页。

矩，但在更仔细阅读之后，我们会注意到，在很多地方它们稍稍移动了，并非完全率直和"天真幼稚"，通常这种状况是那种速记类型就事论事笔法能标志出来的。一面有表述简明真相如木匠画的准线一样的笔直，而与此并行出现的遣词造句则显然有多面的特色，有充满玩味的，有高雅地夸张了的，有不忠实的，或者甚至在句子背面有谎话暗伏的。其音调从这一句到那一句都有改变，正是在这种对音调的控制中出现了曲线，而我们很愿意把这条曲线叫做司汤达风格。当读者认识到这本书的完整性并重读之际，也就会明白本文开篇引用的那个句子多么难于固定其音调，或者说这个文本有多个音调，可以让我们在同一句子里同时听到，其结果就是一种意图的分裂。在作家写下"在1826年到1832年间我没有过什么悲伤的事"这个句子，以此给自己住伦敦旅店那个章节收尾，就在这个瞬间，这个文本的意义表述过程在一个缩微的形式中像一束花或者一朵绽放的焰火一样打开了。

一种"科学性"的风格论是不愿意满足于直觉的，总是看到自己被迫去追问风格的**记号**。就某些语言的可变性来看，好心的经验主义者希望得到客观的图表，能展示与某种事先想好的规范水准有种种偏差的图表：词汇和句法形式、图形语言、修辞表格、韵律和声音方面的形象等等。人们需要追踪那些受欢迎的构造，即作家语言肌肉内的肌腱。例如，有人已经指出，司汤达即兴发挥的写作方式带来了无数的重复，这是高雅而多变的书面法语拒绝采用的。此外他用了太多关系代词以及像喷水一样撒溅的下属字句。

可惜，风格的特殊性和作品的伟大性显然经常联系在一起，而这种伟大性也并非直接和语言有关系：有些是呈现出来的母题规模，有些是再现出的结构上的把握或者"游戏"，没错，甚至是世界观和"角度"（如人们提到"昏暗光线来源未知"会暗示"贝克特"）。即使用同样的词汇、节奏和句法，如果没有什么判断的快速与保证命中的印象，读者就只能借助自己判断现实的能力才可以得到印象，那么《一个自我中心者的记忆》里的风格效果会成为另一种完全不同的效果。也就是说，有一种参考性的因素对于风格这种特性具有决定性的意义。因此就出现了方法上的灾难，这种风格概念会切割艺术作品建构中的所有层次，没错，也会切割作品和外在世界之间的界线。

同时，风格或者风格的某些特点把这个文本和现实捆绑在一起。风格在很大范围内相当于"标示性语言的"标记（马兹·福伯格用语），可以显示书写出的东西在涉及真实性和有效性程度时如何被理解，也可以提供词语在和言说出来的东西做交换时的一种决定性功能。没有这些因素，语句就缺少固定和定向，而正是固定和定向提供了语句内容。特别重要的是我们用来自所言说之语言的隐喻称之为"音调"的那种特质，它标记了能指主体对于所指物的态度以及在材料中介入的程度。

有没有一种可能性，可以在方法上指明一种"音调"？在一篇论尼采的论文里，德里达[①]谈到这种音调就如"该词里的手势，一种不会让自己被言论的语言学的、解释学的或者修辞学的分析抓住的手势"。恰恰相反，音调通常很容易靠直觉理解，也容易

---

① 参见德里达（Jacques Derrida）《人的结局》（*Les fins de l'homme*），巴黎1981年版第177页。

举例证实——至少只要这个文本在时间上离我们不远就很容易。①

布朗肖曾努力尝试把书写出的语言中的音调当作和言说出的语言中的音调根本不同的事物去理解，在这方面他也许是走得最远的。他没有把这种音调看成一种言说表达，而是将它看成作家把笔尖从纸上拿开从而收住了词语流动的那些瞬间所留下的看不见的痕迹，作家在那些表面上连接在一起的措辞造句中间放入一小片空白，以便给这个词一个沉默时机，让它从中发出声音。②对布朗肖来说，音调是在没有时间性的书写中的真实时间的震动。（这个想法很可能在他阅读司汤达私密文本的时候就形成了，这种文本在很大程度上涉及内在的时间距离。）

风格不仅预定了一定的短语构成，而且也预定了文本要用一定方式来操作。比如"在1826年到1832年间……"这样的一个短语，就创造风格和音调而言，本身是无能为力做什么的。全靠某些编织在《一个自我中心者的记忆》里的基本图案，这个短语才能获得特殊的能量。它直接包括进了建立起该文本的多种游戏中的一个游戏里，即所谓的"生活时段的程序安排"。这也是作家带着偏爱在其作品《亨利·布鲁拉德的生活》中已经处理过的。后来还有一些出自司汤达之手的短篇自传性作品③为同样的热衷做了见证，热衷于为生活进程中的封闭时段划分出边界。这

---

① 有关不能确定音调的后果，可以参看本书第105至115页我关于维吉留斯·马罗·格拉玛提库斯（Virgilius Maro Grammaticus）的讨论。
② 请参看布朗肖（Maurice Blanchot）《文集》（*Essäer*），由本书作者霍拉斯·恩格道尔编选并作后记，斯德哥尔摩1990年版本第50页。
③ 亦可参见司汤达的法语版《全集》（*Oeuvres complètes*），日内瓦1970年版卷36第151至174页。

些时段中的每一个都能代表一种可能性、一种迷狂或者一种失望、一种特定的心灵或者智力状态、一种特定的社会关系，而所有这些加在一起，就能为设想的戏剧"马利-亨利·贝耶勒"（司汤达之本名——译者注）提供逻辑。为了让这种场景分配合乎情理，有时他就不得不有意或无意地在时间上前后移动自己的经验、自己的生活发现。甚至那些最让人可信的报告，比如《一个自我中心者的记忆》，也可以证明是经过了作者精心修饰过的，当然不是由于羞耻心，而是因为顺序的感觉。

这种游戏的本质在于标记出那些属于人生中的首次经验和突破事件，比如他初次到米兰、失去初恋女友克莱门婷娜·库利尔、首次听到希马洛斯[①]音乐的那一天、终于开窍知道自己还招女人喜欢的那一年，如此等等。他的语调在这些情况下会带上一点书呆子气的一本正经。最典型的就是"在1826年到1832年间我没有过什么悲伤的事"这个句子。最初的时候他写的句子是"自从1826年……"，但为了增加精确性他修订了这个句子。[②] 这种措辞方式在一定程度上成了整篇《一个自我中心者的记忆》的一个模式。在1826年到1832年间，司汤达情场失意，女朋友被自己最亲密的朋友夺走，之后也失去了这个朋友的友谊；他非常钟爱的库利尔女士的小女儿也去世了；他多次陷于经济窘境，穷困潦倒一文不名，还有过自杀的念头；他在特里雅斯特的时候，曾在一种枯燥乏味、又寒冷又倒霉的气氛里抽筋发作；他曾流落到"令人憎恶的洞穴"奇维塔韦基亚，还被扣减

[①] 希马洛斯（Domenico Cimarosas, 1749 - 1801），意大利歌剧作曲家。
[②] 参见司汤达法语版《全集》，日内瓦1970年版卷36第334页。

了薪水。① 所以，他声称自己没有悲伤的事在字面上并不正确（要是我们不算这种说法里的私人意义的话：并没有什么作家认真爱着的女人突然抛弃他而投入了其情敌的怀抱）。这个句子主张在与过去历史的关系中要有概括的视野和主权性，因此和其文本很相似。不过，其相似也是因为这种主张同时被由其表达方式提供动力的一种反弹动作挫败了。草率唐突的直言不讳以及言过其实和从文本中生长出来的作家图像不成比例，这位作家其实是一个很容易受伤的陶醉了的审美主义者，一个对于色彩深浅变化过分敏感的文人。

分划时段的游戏还得到了其他文本操作的补充。当然，与上下文有关的事件过程并没有得到实际讲述。严格地说，这样的插曲在这本书里只有两段（两段都是涉及逛妓院，带有一点滑稽的特色）。这本书里也没有对外部环境的广阔描绘（司汤达厌恶这样的描绘，既不愿意写也不喜欢读）或者对作家周围事物的物质状况方面的描绘。这里没有一般的道德哲学看法，或者拉布鲁耶②传统意义上的类型人物肖像，也没有对于人类灵魂深处做观察的研究性视线。只有意义不大、比例很小的一部分文本还带有作家自己的主题情节。司汤达一次又一次地被那些大人物吸引，对他来说这些人物代表了社会和政治的重要时刻。他写的是一种目击者的记录，为我们提供他对拉法耶特夫人、凯隆世家的绅士们、哲学家特拉西以及演员塔尔玛与其他人的近距离观察，甚至

---

① 特里雅斯特（Trieste），意大利东北部靠近斯洛文尼亚边境的港口。奇维塔韦基亚（Civitavecchia），意大利西海岸罗马省的港口。
② 拉布鲁耶（Jean de La Bruyère，1645-1696），法国作家、伦理学家。

还有些女性的大人物。① 他解剖了法国的机会主义和英国的忧郁症，记录了波旁王朝时期展示出其面目的那种粗鄙性。对于能否把自己的命运与社会区别开来，司汤达并无幻想。当他回顾 1821 年的时候，他无法掩盖对自己当时那种意大利式感情冲动的开放性的欣赏，而他后来的反思阻挡了这种自我欣赏，在这种反思中他仅仅把自己看成一个时代的法国样本："现在我注意到了，在 1832 年……我是古罗斯将军、热纳尔特·德·圣让德丹吉利公爵的力大无比笨手笨脚和标志塞古尔公爵、贝蒂先生或布鲁克塞勒斯酒店老板等人的有一点点小气又有一点点狭窄的典雅之间的一个中间物。只有通过我自己的微不足道，我才和这些极端的东西拉开了距离分道扬镳。"②

"自我中心者"这个术语（法国人从英语借用的词"利己主义（égotisme）"在此书书名语境中首先是指说自己的事情说得太多）也只有在这样的程度上算是合适的，作家自始至终站在这个表演场地边缘的位置，从这个位置发言。他能感觉到对于这种术语的复杂化的厌恶情绪，但这并不会妨碍他用强烈的兴趣来看待它，远远超过了他直接看自己的兴趣。这本书是一种自我研究，但并不是内省内视的。相反，其反英雄的主人公贝耶勒是通过自己对那些控制了法国波旁王朝复辟时期的上流社会生活的内省反思所做的反应来描绘自己的。在司汤达文本里如戏剧舞台一样呈

---

① 拉法耶特夫人（Madame de La Fayette，1634－1693），法国女作家。凯隆世家（de Ségur），法国贵族世家。特拉西（Destutt de Tracy，1775－1836），法国贵族、哲学家和政治家。塔尔玛（François-Joseph Talma，1763－1826），法国革命时期的重要演员。
② 参见司汤达法文版《全集》卷 36 第 41 页。引文中提到的都是《一个自我中心者的记忆》里的人物。——译者注

现出的是各种沙龙构成的巴黎（"各种沙龙构成的巴黎"实际上是此书第一个出版商要的书名，和作者定的标题是有冲突的）：一部音调和界限构成的考古学，复杂化了的偏见构成的网络，给这个地方提供了意义和形式。这个城市已经丧失了灵魂，这一点就如一种气味浮荡在书页之上。

这证实了风格积极性的一面，也就是它对文本母题材料进行抵抗的特性。风格是对那些在表述中展现自己的东西的一种防卫，还威胁着要把陈述主体推到旁边。风格阻止那些东西胡乱堆积到文本里去。在《一个自我中心者的记忆》里叙述顺序是根据事情的关联性来安排的，只在一些例外情况下才会遵照生活本身的过程顺序。这个文本的"身体"是一长串经过精心筛选出来的轶事，还有道德的解剖样品。给人物描绘出冷酷无情的形象轮廓的是特征描述段落，经常也是围绕关键性标题构建起来的简短描述，此外还有有关演出艺术、音乐、政治和文学的讨论。组成"见解运动"的与其说是故事不如说是文本。

因此句子和定义会起到重大作用，成为关联性叙述流中的断点，成为思想进程中具有最大能量的句号。也在这些句子和定义中，司汤达追求一种粗拙而未经精雕细琢的片语，而且不要太多对称或者高雅的对比：更多的是突然一下子冒出的酸溜溜的热情或者带自我嘲讽的稳定坚固。这里是一个风格样品："（塔尔玛斯）极不雅观的伪装对这些法国人来说越来越不值得注意，法国人属于绵羊一样笨头笨脑的种族。我不是什么绵羊，这个意思就是说我什么都不是。"[①]

最重要的技术就是通过比喻、通过有破坏性的类型例证和修辞

---

① 参见司汤达法文版《全集》卷36第108页。

学上的举偶法来下定义。比喻的例证如"因为社会被划分为各种层面，就和竹节一样，所以人类最大的追求就是试图把自己提升到高于自身所在社会阶级的更高阶级，而那个阶级反过来要想方设法阻止她爬上来"。① 破坏性类型例证就如批评家乔弗罗伊神父②怪诞的偏见成了法国音乐史的图像。举隅法则是用部分代表整体。司汤达选择的说话细节带有很大的残忍性，如他在描述1830年那一代法国年轻人的特征时就这么说："那时他们最大的烦恼就是害怕他们从额头一边梳到另一边的那绺头发弄不好会掉下来。"③ 他通过突然替换句子里的抽象程度，狡猾地为自己的评价提供实在性的声音："维克多那时候很瘦，他几乎有六英尺高，那时候他对逻辑一窍不通，所以还是一个愤世嫉俗的人。"④ 或者换成隐喻意义的事物："他个人的悲惨命运给了那个酒瓶软木塞的灵魂一点点生命。"⑤

司汤达写《一个自我中心者的记忆》的时候一直惴惴不安，生怕这本书会枯燥无味。但是他并没有放弃那种枯燥的、记录式的、有点突兀的文法。⑥ 当他礼貌地解释对后世的读者看来是不

---

① 参见司汤达法文版《全集》卷36第83页。
② 乔弗罗伊神父（Abbé Geoffroy, ？-1150），位于法国下诺曼底圣马克教堂（Mont Saint Michel Abbey）的第十四任神父，也发表过音乐评论。
③ 参见司汤达法文版《全集》卷36第86页。
④ 同上书，第51页。
⑤ 同上书，第119页。
⑥ 在比较卢梭的写作风格时，司汤达谈到卢梭风格"缺乏简单和伟大特性"，而自己热爱前辈法国作家弗朗索瓦·芬乃伦（François de Salignac de la Mothe-Fénelon, 1651-1715）的"简洁而有点冰冷的写作方式"。参见《司汤达文稿边注：补遗与未编片段》（*En marge des manuscripts de Stendhal. Compléments et fragments inédits*, 1803-1820），巴黎1955版第240页。对于司汤达来说文法之选择有直接的道德意义。他在《亨利·布鲁拉德的生活》中也谈到自己不欣赏拉辛的风格："我讨厌词语像马一样奔驰，这种风格我会称之为矫揉造作。"参见司汤达法文版《全集》卷21第84页。

可理解的那种关系时,他不时也尝试对读者表达关切,尽管如此,他的遣词造句中依然有一种不耐烦,清楚表明这个作家不在乎所有的常规的判断者,对"让人钦佩"并无兴趣。他本来是专门为将来的理想受众写作的,而不是为躬着腰闭着眼在他的书页上爬动的那类人。这个文本的可信性就涉及这种要求,而他希望写作能够如地图一样描绘出这种要求的曲折道路。对于做不合时宜的人他也并不感兴趣。(这本来可以把作家司汤达和沙龙主人亨利·贝耶勒区别开来,贝耶勒喜欢用极端的观点来让人吃惊,热衷于让人捧腹的喜剧角色扮演。他忙于戏剧性的作品,这点已经成为一种基本的个性特征:可以比较他的二百多个化名!)

  直觉上看,我们可以把司汤达的写作方式理解为一种个人化的姿态,能为一种存在过但还没写过的风格提供表述。这么说吧,作家不在乎给其他人留下什么印象,对此有某一种真正的麻木不仁(一种在现实中几乎不会出现的特性)。为了能够确认文本的特征,我们也就会逐步地悄悄地把一种实际存在的类型移交到司汤达反风格主义的、反文学的风格上。对于这样一种转移担保的保证人通常会背负起真诚这个光彩照人的美名,这也是作家在《一个自我中心者的记忆》里一而再、再而三地向我们保证的,对于他来说,这其实更是风格的对立面。司汤达对平庸抱有一种货真价实的恐惧,也总是念念不忘社会陈词滥调的破坏性权力。他愿意拥有一种新的文学语言,一种清洁的、没有被亵渎过的语言,只针对少数新使用者的语言。[①] 他愿意写"这件事本身"

[①] 这方面在法国批评家米谢尔·克鲁泽(Michel Crouzet)的《司汤达和语言》(*Stendhal et le langage*)中有详细讨论,见该书巴黎1981年版。

（如果这件事不是他本身，那么会是什么）。不可避免地，他会把自己和法国文学里代表真诚的纪念碑式人物做比较，是用巴黎来衡量自己的又一个外省人。不过，我们也会看到其中的困难，由于这种困难他被迫以第三者身份来做比较，这样可以避免过分明显地自诩为"我就是真相"："卢梭，显然感觉到他愿意**欺骗人**——半是作为骗人的庸医，半是自己骗自己——所以得把注意力全都放在**风格**上。多米尼格，比卢梭虽然差得远了，不过从其他方面来看是一个能干的小伙子，他的注意力都放在这件事的核心了（le fond des choses）。"（这个多米尼格，是司汤达在谈到自己的事情时最爱用的化名。）①

要对司汤达反文学的风格做一种解释，就要提到布朗肖了。他认为，司汤达的风格早已超出了早晨读读《民法》那样的一般性轶事趣闻。这种风格应该是集中浓缩的公式，用于表现作家本人不愿意描写的一种体验到的密度。"司汤达表述中的枯燥性本身从根本上说是一种感情的卓越无比的财富，在他'代数'中的注解也是一种有力而简短的诉求，用于唤醒那些**最亲爱的记忆**，就在痛苦或者平庸的关系之中心召回心灵的活生生的惊喜，那种在它们最纯净的形式里他能感觉到的惊喜。"②

与普鲁斯特细致入微地描绘出的世界截然相对，司汤达的代数公式留下巨大的空间，能让读者去填补所写的文本。文字更多是**标记**出所体验事物，而不是具体**描绘**这种事物，因此，这些文

---

① 参见《私密杂记与旁注》（*Mélanges intimes et marginalia*），马提纽（Martineau）编辑，巴黎 1936 年版卷 2 第 287 页。
② 参见《失礼》（*Faux pas*），巴黎 1943 版第 305 页。

字能强行拉出一支活泼有力的读者自身想象构成的队伍,要不然阅读就会变得完全抽象。司汤达的风格好像以一种不可能性的感觉为条件,不可能直接提到那些欲望又没有将其置于死地。他的自传性碎片作品《亨利·布鲁拉德的生活》(是在《一个自我中心者的记忆》三年之后),其结语就是这样的:"通过用细节来讲述肌肤之亲的感觉,你会把这种感觉毁掉。"① 而《一个自我中心者的记忆》是这样结束的:"我害怕闻到那些幸福时刻的气味,那些我通过描写它们、通过剖析它们而体会到的气味。无论如何我不想那么做,我要跳过这种幸福。"② 他生活中最有重大意义的那些时段,比如 1800 年到达意大利的时段,还有 1812 年从莫斯科撤退的时段,他或者是用虚构小说形式来间接描述(比如在《巴尔玛修道院》中编造),或者干脆就不描述。

  对于自传性文本的分析,判定创作人不是特别大的问题。确定某种个人性文学风格特点的尝试,几乎总是和声音或者个性的隐喻性有关系。我们解读《一个自我中心者的记忆》要借助一种设想,即设想在那些风格特点后面有一个"司汤达",是那种综合概括一切的要素。我们说的"司汤达",其意思还不仅仅是一个签名,而是一个肥胖的法国佬,面貌带有同情人又有一点不信任人的样子(他自认为是一个意大利的屠夫),其脾性的表现特征是某种冷血的生动活泼等等。某个文学接受理论的评论家大概会说,这种设想对于我们把文本具体化会是一种因果演绎。我们把这种风格阐释为**表达**。

---

① 参见司汤达《全集》卷 21 第 373 页。
② 参见司汤达《全集》卷 36 第 5 页。

这并不一定意味着我们犯下了简单的身份基因调查的错误，把这个人物（"司汤达"）辨认成了那个文明的人物亨利·贝耶勒，或者我们根据传记数据而把他削成了那个人。不过，这是一个迹象，说明阅读被一种隐蔽的模式控制了，就是说一种初始的句子（是创作者以有点晦暗的方式提出来的）会通过这种形式传达出自身。

我愿意在这里引用米凯尔·杜夫海纳《审美经验现象学》里的话，作为一种有平均意义的例证："在涉及一部真正作品的时候……我们不可能不感知到其后面与我们自身意识有关的一种意识上的亲密关系，这种关系也在召唤我们自身的意识。理解这部作品的语言始终是理解某个人。"① 根据杜夫海纳的看法，风格总是在**表达**一种世界观，没错，还不仅如此：也是一种生活方式，是我们在和作品发生关系时立刻明白的生活方式。

我们也许应该指出，对于表达行为的一种心理符号学的再阐释把真实目的转移到了一种无意识的层面，或者转移到了一种"矛盾话语"中与某个非同一性主体的对抗冲动，没有以什么决断的方式远离开那些古典的前提。它只被强制转到了主体描绘中的更大精细性。这个主体的不同声音在该文本各个层面上的多面模糊性和滑动性之中宣示了自身。就是在罗兰·巴特这样的人远离那种把一个综合概括的自我当作该文本有意识的发送者的想法的时候，风格也能够成为一种表达的类型。个人在该文本中的出场，罗兰·巴特理解为在所书写的文字中身体的出现，也是有其

---

① 杜夫海纳（Mikel Dufrenne）《审美经验现象学》（*Phénoménologie de l'expérience esthétique*），巴黎 1953 版第 156 页。

要求、有其与自身死亡等独特关系的一种特定身体。根据这看法，是一种**碎片化主体**在公开显示，在所书写出的文字中散开，与我们所谓的个性构成关系，而个性只是一种次要的造物。（巴特没有讨论的问题是这个主体是否从一开始就被已经构成文本条件的那些痕迹所充分书写出来了。）

当风格宣示出来的这个主体没有被理解为同一性的时候，表达概念就无可否认地延伸到了缺陷的边界。一个这样的主体也能具有**一种**风格吗？在其表达中的矛盾和断裂表面是以哪种方式成为我们努力描述的书写风格的一部分呢？或者说，个人风格可以作为多样风格的一种交织来做分析吗？如可以的话，那么我们如何来梳理并区分开这些不同的线索呢？同一性主体的死亡不也是风格概念的结束吗？

在 19 世纪之前，对于在修辞上受过学校教育的文学意识来说，风格就是一批单独存在的可能的写作方式，每一种方式都有自己的词汇和修辞形式，完全可以根据某种特定情形的要求而结合采用。它们和特定体裁以及所要代表的特别目的连接在一起，而且与主题和读者大众有关。简单地说，它们扮演的就是语言的角色。它们通过训练达到的和传统的特色甚至可以被描述成为有物理实质的身体（"坚硬而粗糙的""流动的""雄性的""透明的""干燥的""蜜一样甜美的"等等）。根据古代传统，还有一种基本的从"高"到"低"的等级。

即使直接联系一种已经过时的风格分配系统已经完全没有意义，米哈依尔·巴赫金对于小说词语功能的分析依然可以展示出，如果没有一种与每个写作个体相对应的有关风格内容地位和相对独立性的概念，就几乎不能理解现代散文体的形式。巴赫金的论述是最近十五年来有关"互文性"讨论的直接出发点。这些论述提供了基本认识,提醒我们注意,一种风格总是以和其他风格的区别为条件的,一种风格特点是一个有关差异的问题,有关一种公开的或者戴着面具的"反"。这自然使得,在与风格关联的表达中,未经修订就运用这个"反"概念会更加困难。在每个文本出现之前,以及围绕这个文本,都已经有一类已经纠正过的风格和种种样板文本会展开,那么处在这类风格和样板中,这个文本就得开辟新天地(不论是修订、模仿、仿制、戏仿、组合或者干脆就忽视那些现成的风格或样板)。对于每一种语言的表述,这些宏大风格都是有声音的充满意义的参考领域。个别的词语只要注意到这些领域,马上就会处在一种看不见的对话中。(在和《一个自我中心者的记忆》对立风格的作品中,我们可以看到比如说有卢梭的《忏悔录》,不仅如此,还有夏多布里昂和史达尔夫人的散文体作品等等。)

巴赫金的意思是,小说不会有同一性风格,因为小说技巧建筑在从社会和文学中仿制语言和音调。也就是说,小说是按照优先顺序进行的对话形式。小说不仅以语言为手段,也以目标为手段。其文本包容异质的风格,带有看不见的引述引文的字眼。其风格多少会根据和作者的距离远近而被歪曲,或者被相对化,或者更精确说:是根据述说主体在文本中的立场而定。巴赫金列举的例证是普希金对其全部作品的处理,从华而不实的浪漫派诗歌风格到这个诗人"诗体小说"《叶甫盖尼·奥涅金》里圣彼得堡的街巷俚语。事实上普希金在他的诗体小说里并没有自己的语言。不过,巴赫金依然坚持说其中有沟通的模式,在这种模式里这个天才诗人通过处理其他风格而铸造出一种具有个人特色的句子构造。"这个作家(作为这部诗体小说的创造者)能站得住不是因为找到其种种语言层次中的某个层次:他站在那些交叉层次的组织中心。"①

不是风格在表达,而是风格星群或者建构原则在表达:相同的推断成为一种个性为中心的文本阐释的最后防线,例如在面对乔伊斯《尤利西斯》那样风格上如焰火礼花五彩缤纷的情况。没错,甚至在面对书中系统性使用风格的章节"太阳神牛"的时候也是如此。②

作家个性在作品分析链条的终结处冒出来,这是一种侵袭到批评话语中的本体论强制手段的结果:在相互差异的风格和音调游戏之外,不惜一切代价找到一种伟大性,不受到差异的条件限制而是自己来限制条件的伟大性——也是一种突如其来地与自身完全同一起来的伟大性。自浪漫派以来就是:正在创造着的主体,正在写作着的主体的秘密的内在本质,那个真正的自我等等。不过有关风格起源的问题导向了一种回环的推理分析。主体本身其实就是通过种种风格来形象化的,也是可以在这一形象化动作之前就最暧昧不明地书写出某个充满意义的单元。

司汤达本人回到了这样的看法,即对他来说在被书写出的文字*之前*没有什么可能性能让他感到他自身。但是,为什么如此?因为主体没有单一性,也不是稳定的(也就是说不可能表达"自身")。"我具有普通智力之外的智力吗?其实我自己一点都不知

---

① 参看莱纳·格吕贝尔(Rainer Grübel)编撰的《词语审美》(*Die Ästhetik des Wortes*),法兰克福1979版第308页。
② 参看例如沃尔夫冈·艾塞尔(Wolfgang Iser)的《隐含的读者》(*Der implizite Leser*),慕尼黑1972版第七章。

道。我忙于做的事情,就是一天天落在我头上的事情,很少去考虑那些最基本的问题——当我真去想的时候,我的判断力洞察力都会跟随我的气质性情而转换。我的判断力洞察力只是对那个片刻的印象。"① 不仅是被残缺不全的自我感觉驱使,他更是被缺少稳固实质的体验驱使。这种体会在他的虚构性故事叙述中会重复出现。小说《红与黑》中的关键问题之一就是主人公于连摇摆不定的身份。品味和情感的临时性抓住了司汤达,甚至是"最深的"那种情感抓住了他。在《吕西安·娄凡》(又名《红与白》)里,作家让主角在因为一个女人而遭受的痛苦中带着恐怖体会到一种临时性的堕落感。吕西安在绝望中突然脱口而出道:"明天我就能成为一个杀人犯,一个小偷,什么坏事我都能做!"这种要求的迫切节奏使得赋予灵魂固定形式都不可能了。

舒莎娜·费尔曼②已经指出,司汤达在其小说中通过一种双重光学来观察那些推动情节展开的人物,那是对立但彼此成立的角度,带有"疯狂/folie/"和"理性/raison/"这样的密码词汇。此理性是观察社会条件和心灵法则时的一种本质上带有讽刺意味的现实主义。在涉及现实的性质的时候它是有道理的,但是同时也会给自身带来某种受限制的和怯懦的色彩,因为这种理性基本上是建立在对存在之危险性的恐惧之上的。其对立的立场——充满激情的、陶醉般生机勃勃的、经常也是临时性地凯旋般疯狂的——就会把这种理性看作一种痛苦的荒漠。疯狂性就是声称上

---

① 参见《一个自我中心者的记忆》第5页,《全集》卷36第4页。
② 舒莎娜·费尔曼(Shushana Felman,1942—),生于以色列现长居美国的犹太裔文学批评家、作家,尤其对19世纪以来法国文学深有研究。

述那种要求的权利，一种对于生与死的双重肯定和认可，其表现就是反叛的年轻人、恋爱中的妇女和现实的意大利人。这种疯狂是高贵的，也是迫不及待的，但也天生地从娘胎里就带有犯罪的可能性。理性和疯狂之间的冲突在这部小说作品里成为两个价值尺度之间的斗争。这种自然而然率性随情的浪漫特性与一种讽刺性的反思形成了对立，而这种理性反思无论如何也不能战胜或者废止对方在拒绝接受理性时显示出来的超群能量。故事叙述就悬置在一种摇摆不定的平衡之中。一切都可以从两面去看，但是其中没有一方有力量让另一方屈服。在这两种面对现实的方式之间不会有任何合成。司汤达的文本是双重性的，其意图本身也是折叠起来的。在费尔曼眼中，这使得司汤达在某种意义上比现代主义者还更加前卫。"通过一种有意识的过程，贯穿着司汤达小说的那种谨慎思考的反浪漫特性的讽刺就被转向了作家自己。我们可以看到司汤达小说如何以不太直接的方式，通过一系列无止无休的往回照射/堕入深渊/比现代'反小说'更多用面具伪装的手段，已经对自身产生'怀疑'，反思自己，对自己进行了拷问。"①

在那些自传性文本里也能找到一种同样的对立结构（这点费尔曼没有讨论到），而且还展现得更加反复无常。当司汤达在《一个自我中心者的记忆》里解释说，在1821年他三十八岁的时候，在和女人有关的所有事情上他实际上只有二十岁，还说他幼稚得不可理解，连自己都莫名其妙，处在疯狂之中（没有一点分

---

① 引自费尔曼的《论司汤达小说里的"疯狂"》(*La "Folie" dans l'oeuvre romanesque de Stendhal*)，巴黎1971年版第123页。

辨事情的能力，满脑子都是突如其来的念头），毫无心计，做事情都是即兴发挥等等，他给这种信息提供了一点充满游戏感的循环比赛特色，但并不妨碍它依然是透明的，他实际上认为自己一直是个比较善良的人。比较善良，又比较蠢，那么其实也就是比较差。被陈述的主体依然被那种浪漫派的敏感性所控制，而陈述的主体则采用了智力活动的冷静态度，但是两者都没有作为文本的规范发挥作用。（借用亨利·布鲁拉德的话："如果我把我限制在这种理性的界限里，那么我对我愿意讲述的事情就会犯下不公正的错误。"①）这样的风格，也正是各种替代方式的糅合体，处在一种特殊而奇怪的张力地带。

如果把风格定义为某个文本内互可替代的阅读方法之间的一种张力（对立冲突的方式，而这个文本就靠这些对立方式来说明如何理解文本自身），那么通过如此考虑会出现一种非中心的主体，其唯一可能想到的元素就是一个文本。可以在这个主体**后面和之前**想到的一切，也只可能在主体不在场的时候去想，在这个主体后面和前面只有在风格存在的那个瞬间才能去构成，但那时就有什么已经消失，或者已经是不完整的了。我们的分析目的决定了我们用什么名字来称呼它：能量、身份、项目、书写……这里没有任何东西是**客观的**，没有任何风格分析可以来**展示**它，只能指出那些痕迹，它是通过这些痕迹事后得到这个本来的预先存在。那些对立冲突，如内部/外部、之前/之后、生活/作品等，就会在这里崩溃了。击毁它们的正是风格。正如我们在前面说明的，是风格打破了作品和世界之间的界线。

---

① 参见《全集》卷21 第371 页。

因为风格已经具有了自我，或者说控制笔尖的那个存在，那么它也会在外部失去自身，让自己被材料所占据，在一个比自身直觉更有包容性的更大舞台上得到了一个角色。在已经是现成的而且自我异化的语言里，风格为那种主体性表达意愿的释放和扩散提供了公式，而这种语言在古典意义上，和"表达"并不是一回事情。正在创作中的那个主体"同意"从这个瞬间开始只是被书写文字中的一个位置，一个在客观规则系统范围内的一个术语，不过"其条件"是这种语言被迫带有一种效果，一种象征化功能之外出现的效果。什么效果呢？

我们已经看到，《一个自我中心者的记忆》中的风格可以临时固定于不同的文本游戏上（不过不是被这些文本游戏来解释），也可以固定于角度的改变，某些词组构建和作文方面的负面性能。所以它也是一种写作方式，一种在所谓主题批评中几乎不可能拿来采用的方式。巴特有关作品的感性身体的概念，也就是有关类似一种物体反结构和光线一样分散在作品中的材料性的概念，滑脱开了这种类型的写作。能让我们直接认出司汤达元素的，就如让我们能认出例如普鲁斯特元素的事物一样，其实不是氛围，不是某种空间性或者必备条件。

更可能是某种精神性的编舞，我们称之为判断的动作……它反应的是一种瞬间的关系，这是由年份区分出来的，也许是以十年为一代区分出来的。这是一种内在的时间维度，简单说就是经验，但是在司汤达那里以一种独特的方式而变得可以逆转了，总是在重新成为那种钻石般多面的事件中被打破和怀疑。当写作已经充满了记忆的时候，出现的不仅仅是一种固定的图像，更是一些尝试和企图，听起来就是"司汤达"，成为一种活动不定的边界，朝向所有已经写出来的文字。

就在我们发现了这点并把它称之为风格的时刻，它就不再可能书写出来，这时引号出现了：边界已经坚硬起来，成为这种传统的地理地貌的一个部分。只有通过阅读的特权，把自己完全放置到这些引号的内部，风格才能再成为活动场地之间的一种分界线：也是该文本的对立矛盾同时变得具有当下性的非场地（因为风格从来不能捆绑到什么确定的地方）。它不**包括**在意义里，而是到处留下自己的存在迹象。在几个词语的音调分裂之处，这可能看来像是一句言外之意："在1826年到1832年间我没有过什么悲伤的事"。

有关碎片写作的笔记

"1920年9月17日。只有一个目标,却没有什么道路。我们叫做道路的是怀疑。"① 为什么卡夫卡要为这个反思标出日期?也许是为了强调这个想法到来的明确性。这个想法立即到达了它的目标,而并无准备,因此自己成了自己的例证。这是有关碎片写作的碎片写作。

*

当每一表述都在**恰到好处**的时候入场,一个文本中的语境和完整性给人的印象就产生了。是道路的延宕在说服你。读者已经准备就绪,而新想法如果被惊讶的闪光包围,那它就是一种无意识地预见到的惊讶,就跟录音室录入的掌声一样位置妥帖。在这种真相逐步追赶上来之际,有一种诈骗,这和背景的改善有关。理论到来得太晚了。

---

① 弗朗兹·卡夫卡:《出自笔记本和散页的碎片》(*Fragment ur anteckningsböcker och lösa blad*),瑞典文版译者汉斯·布鲁姆奎斯特(Hans Blomqvist),隆德1985年版第23页。

*

我们面前的断片是一个错觉吗？或者是照亮了未知物的闪电吗？能够在文本本身里指出这个差别的可能性看来前所未有过地微小。即使传奇般的碎片也已经在某些日子里死去了。我们对这种疑问要承担罪责。

*

这碎片突然就在那里了，像一个事件。它并不能像某项调查和某个故事那样设立一种内在的、教育学那样的构成顺序，而是从一个真实时间——写作时间——钻了出来进入另一个真实时间——阅读时间。一个碎片系列的块块碎片之间的关系即使有必要有先后顺序，也不是直线的。在某些句子里，它们被一种永恒隔开。

*

18世纪发现了碎片文学的可能性。不完整的事物得到一种价值，就如一种神圣事物留下的痕迹。天才的瞬间或者更加诗意的时代的残片将以其本来面目存留下来。反古典主义的先锋派把真实性的要求转移到了表现方式本身。一首碎片化的散文诗，如图里尔德[①]写于1792年的"场景"不会有其他形式，而只有灵魂内在对话和风景的愁绪连绵的眺望所提供的形式。这是一块时代的污迹留在文本上的一块污迹。

[①] 托马斯·图里尔德（Thomas Thorild，1759-1808），瑞典诗人、作家、哲学家、大学教授。

*

在谢尔格仁①的《西格瓦尔德和希尔玛》里，西格瓦尔德的独白遗漏了这首诗歌起决定性作用的事件。有些横线用来标志这个章节"失佚"。这是一个富有艺术性的空白，复制了一种古老而部分损坏的文稿的效果。但是，这首诗碎片化的更深层的原因是希尔玛的死亡无法复述。没有任何语言可以表述这段体验。18世纪的诗歌断片经常是和那种叫做断句法（aposiopesis）的修辞手法联系在一起的：就是在说话中突然中断说话，或只说半句话，张口结舌，支支吾吾打破音节以及用动作来压制发音。文本打断了虚构的内在时间，以便去参照一个不仅仅是梦想出来的举动：在一个真实的现在之中自我的自然言说。不过，这个现在和这个自我又在笔下被变成了虚构。这个明显的在场进行的言说举动被合并到了文本的意义世界里，成了其他意义层面中的一个意义层面。

*

写作的瞬间依然还是得到了保留。这是由断片、由不可言说性的标记呈现出来的。在标点处、在长的破折号处或者那种白色空隙处的沉默都是真正时间的印记，可以再次见证与体验和思想的抗争。也就是说，在碎片里发生的事情，不仅仅会在文本的词语场地里碰到，也同样会在这个场地的边缘碰到。碎片系列——

---

① 谢尔格仁（Johan Henric Kellgren, 1751–1795），瑞典重要诗人、批评家和语言学家，著作有瑞典科学学会出版的文集九卷。

这本身就是一种自相矛盾——把未知事物写进了**自己的形式**中。

*

对于帕斯卡①来说，碎片成了一种必要的表达形式，因为这种形式允许他永远从新的角度去接近同一中不可解决的自相矛盾。（"上帝存在真是不可理解，而他要是不存在也不可理解；灵魂包括与身体的纽带不可理解，而我们要是没有灵魂也不可理解；世界是创造出来的不可理解，而这个世界要不是创造出来的也不可理解；如此等等。原罪应该是存在的，又是不应该存在的。"）

在几行非常有价值的句子里，帕斯卡提供了什么是我们可以称之为碎片传播的解释（碎片对总结的抵抗、碎片固执的非同时性）："自然让它的所有真实都作为单位存在。我们人为地把一个单位关闭在另一个单位里。然而这是不自然的。每个真实都有自己的位置。"② 一个很需要费脑筋去考虑的想法，因为它看来会使得种种真实成为种种个体。

*

然而，是什么让两位年轻的德国知识分子在歌德年代就选择碎片作为一种新文学项目，一种新的普世哲学？诺瓦利斯在写作中发展出碎片风格的决定性因素是他与弗里德里希·施莱格尔密

---

① 布莱兹·帕斯卡（Blaise Pascal，1623 – 1662），法国科学家、哲学家和音乐家。此处引文出自其代表作《思想录》（*Pensées*）第 325 篇，瑞典文版译者斯文·斯托尔普（Sven Stolpe）卷二第 17 页。
② 同上书第 45 篇，卷一第 86 页。

切的合作。冲动是随着施莱格尔在文学杂志《阅览室》发表的那些文本而来的。诺瓦利斯在1797年12月29日给这个朋友写道："你的碎片是从头到底全**新**的——真正革命性的海报。"[1] 他赞赏施莱格尔闪电般照亮了当时的批评家的处境，具有法国革命家公告那样的战斗力。他们两位都是符号哲学家，其新的写作方式都是从语言的突变中跳出来的，也都有政治的原因。

*

法国革命在很高程度上是一个语言格式化的问题。来自人民代表的宣言，是一等级别的政治事件。在革命使得天地翻覆的瞬间，一种特别的语言功能也放大了，这已经首先被20世纪的哲学家做了充分圆满的分析。词语可以得到更广义多重的利用，而不只是描述眼下的实际状况。只要通过言说，词语就已经可以成为一种新的实际状况。那种"表演性的"表述（例如受洗、禁令发布、请求原谅和宽恕、给某个行为在法律上决定标题等等）设立了它们命名的现实。我们可以从塞尔那里借用一个例子："如果你说'我请求原谅'，那么通过这么说可以得到原谅，不过，如果你说的是'我煎了一个鸡蛋'，没有鸡蛋会通过这么说而煎出来。"[2]

---

[1] 参见德语版《诺瓦利斯文集》(Nowalis Schriften)，斯图加特1960—1975年版，卷四第241页。诺瓦利斯本名格奥尔格·冯·哈登柏格（Georg von Hardenberg），是德国浪漫主义诗人、作家、哲学家。弗里德里希·施莱格尔（Friedrich Schlegel, 1772-1829)，德国诗人、哲学家、语言学家。
[2] 参见约翰·塞尔（John Searle, 1932- ）《意向性》（*Intentionality*），剑桥版，1983年第167页。塞尔是美国加州大学伯克利分校语言哲学教授。

亨特①在《法国革命的政治、文化与阶级》(1984)这本书中,描述了法国革命家如何因为缺少历史榜样而被迫到对词语的重造事物力量的狂热信仰中去找到庇护。某些固定用语,比如说人民、国家、自由、平等、博爱、宪法等等,都成了神奇词汇,在功能上替代了那些王朝的徽章。在封建社会秩序的权力行使中,词语发挥过一种下属的作用。权力在象征和仪式中展现出来,其合法性由那种冠冕堂皇来证明。

人民代表只穿简单的黑色服装,但是他们可以说话。语言代替了国王,成了政治的中心。

克莱斯特和德拉克洛瓦两人②都对这个革命事件过程中的某个特殊瞬间感兴趣,在这个瞬间里言说含义的这种转变显示得特别清楚,以至于你会想象这种转变就是在那个瞬间**发生**的。而且深思熟虑过的历史学家也习惯把这个时机描绘成一个转折点,革命在这个转折点很可能就会完全失败。这个时刻就是在1789年6月23日王室会议之后,法国国王路易十六向已经联合起来组成国民大会的各等级下令,命令他们重新分开恢复原有秩序。第三等级的代表犹豫不决,依然留在国民大会。为了让这个过程尽量简短,国王就派自己的大司仪(还跟随了托着象征国王权力的饰物的侍从)去质问这些代表先生是否没有听到他的命令。

---

① 林·亨特(Lynn Hunt, 1945—),美国加州大学洛杉矶分校现代欧洲史教授。《法国革命的政治、文化与阶级》英文原文为 *Politics, Culture and Class in the French Revolution*。
② 克莱斯特(Bernd von Kleist, 1777-1811),德国浪漫派诗人、戏剧家和小说家。德拉克洛瓦(Eugène Delacroix, 1798-1863),法国著名浪漫主义画家,代表作有反映法国革命的名作《街垒中的自由》(1830)。

就在这个时刻米拉波出现了。起初他也不知道自己要说什么。(克莱斯特在他对米拉波演讲的分析中已说明了这一点。[①])那时还没有任何法定程式可以用来藐视一项国王的命令。不过,米拉波说着说着,他的话里就生长出了原则。"是的,我们已经听到了国王的命令,是的,我的阁下,我们听到了。"(他不知道如何继续,只是试图赢得时间。)"但是,您有什么权力带着命令到我们这里来?"(现在他走上了正确的轨道。于是就有了那个飞跃。)"我们是国家的代表。国家发布命令,不接受任何命令。"

用这样的宣言,米拉波创造出了作为政治合法性基础的国家。关于人民主权的想法早已经被哲学家阐述过了,但还是作为一种空洞的说法。到了米拉波这里,它通过一种可以成立的语言行为而成为现实了。

随后的句式对这个言说者就是自然而然的了:"为了您能清楚地明白这一切,请告诉您的国王,我们只会在遭到刺刀驱赶的时候才会离开我们的席位。"[②] 德拉克洛瓦用绘画再现了这个情景,当他用大司仪的惊艳服饰、放置象征国王权力的饰物的丝绸垫子和另一方黑色服装的国民大会代表和米拉波的演讲姿势作为对比来构建这幅画的时候,他已经理解了这件事情具有的意义。

词语的这种激活对于浪漫派作家来说是充满深刻意义的。革命的历史经验如小溪汇入了一种关于文学的想法中,这种文学不再是复制一种现实,而是唤醒一种自己的现实:一种绝对的文学。

[①] 米拉波(Mirabeau,1749-1991),法国政治家,法国革命重要人物。克莱斯特对此演说之分析参见其全集(*Sämtliche Werke und Briefe*)赫尔姆特·森布德纳版(Helmut Sembdner)第3卷第319—324页。
[②] 此处引语根据克莱斯特的复述,参见前页注释,第320页f段。

碎片则被当作这种文学的预兆和道路开拓者。

在诺瓦利斯的碎片里，这种公告式的、表演性的或者命令式的特色是明显的。他建立了一个新的精神王国，提出了一个思想和诗歌世界的新宪法，没错，事实上也是对政治变化的一种深远说明。他的句式都是实验性很强的一种新型心灵活动的使用说明，戴了面具而成了证词。有时，诗歌和革命之间的平行性是在措辞格式本身中行进，例如在他最早出版的碎片文集《花粉》（*Blüthenstaub*）里，开首的几篇中有一篇写道："通过声调和长破折号来指示象征意义是一种值得敬佩的抽象手法。四个字母（Gott）就能为我指示上帝；几个破折号就可以代表一百万事物。这样把握宇宙就变得如此容易，精神世界的集中性就如此明显可见了。语言学是精神王国里的动力。一个下命令的词就可以让军队行动起来；自由这个词可以让国家行动起来。"

诺瓦利斯追随着可译性，这种可译性穿越了整个自然，也在语言既高深莫测又奇妙无比的活动中取得了最高形式。他就好像成了可译性的盟友，被它的精神操纵，于是他也变得强大有力，半自愿半不自愿地，去揭示出那些最深的秘密。他的文本在措辞和格式上极少采用闪光一般而又自相矛盾的短句，和施莱格尔碎片写作可以并驾齐驱，都成为经典的格言警句。不过，他的魔术手法本来是要从幻想幻觉和强烈情欲的没有边际的变化中引诱出新的世界状态，却并不因此就比他朋友那种为了明天的正式性而写的智慧海报少了一点立法般的力量。

*

施莱格尔和诺瓦利斯的碎片写作风格的想法直接取自一个名

叫尚福尔①的法国作家：考虑到尚福尔留下的影响，他的确是被忽视了。施莱格尔在1797年9月26日的一封信里鼓励他的朋友选择"尚福尔的形式"，并把自己将要出版的《阅览室》碎片文集称为"批评性上尚福尔化的"。

尚福尔遗著《格言与妙思、人物与轶事》德文版是1797年复活节才出版的。但此前一年施莱格尔就在杂志《耶拿文学通报》②上发表了一篇文章，写到了他对尚福尔写作的关注。

尚福尔是某位贵族的私生子，但是在很简单的条件下成长起来。他选择了文学家的道路，发展成了巴黎文学沙龙里的一头狮子。但是一旦到了时机他就站在了革命这一边，是1789年7月14日那天最早攻入巴士底狱的人之一。

他的余生从此和法国政治发展紧密联系在一起。1789年他组织了第一个"爱国者俱乐部"。他启发了米拉波和塔列朗的演说，甚至其中某些部分还出自他的手笔——有关他投入的程度历史学家还有争议。但正是尚福尔为西哀士③提供了那个著名的问句："第三等级是什么？什么都是！至今为止他们一直是什么？什么都不是。他们希望成为什么？什么都可以是。"他参与了那些进

---

① 尚福尔（Chamfort）是笔名，本名塞巴斯蒂安·罗赫·尼古拉（Sébastien-Roch-Nicolas, 1741 - 1794），法国作家，以善写格言警句而知名，1781—1794年出任法兰西学院院士。
② 尚福尔死后出版著作《格言与妙思、人物与轶事》原文 *Maximes et pensées, charactères et anecdotes*。施莱格尔发表文章的杂志《耶拿文学通报》原文 *Jenaische Allgemeine Literatur Zeitung*。
③ 塔列朗（Charles Maurice de Talleyrand-Périgord, 1754 - 1838），法国著名外交家，曾出任路易十六到拿破仑一世、路易十八等数朝政府的外交大臣。西哀士（Emmanuel-Joseph Sieyès, 1748 - 1836），法国大革命重要人物，其著作《什么是第三等级？》（*Qu'est-ce que le tiers état?*）被认为是法国大革命宣言之一。

步媒体的工作,提出了口号:"战争给王室!和平给陋室!"他建议成立了后来叫做雅各宾俱乐部的组织。

在所谓雅各宾专政的恐怖时代,尚福尔站在马拉和罗伯斯庇尔的反对派那一边,但并没有停止对革命思想的辩护。他因为散布了尖刻而风趣地嘲讽福利委员会的笑话而被逮捕。被释放之后,他为了避免再度被捕而试图割腕自杀,但自杀未遂而幸存下来。他死于1794年,很可能是因为这次未遂自杀之后的后遗症而死。

尚福尔死后,一个民事法官在他的住处发现了几个硬纸板箱,里面都是零碎的纸条,上面写着一些想法、突如其来的念头、轶事和其他更加难以分类的笔记。他的一个朋友尽最大努力来整理这些材料,在1795年以《格言与妙思、人物与轶事》为书名将此出版。至今也不清楚作者是否有过出版这些硬纸板箱内东西的意图,但是他的这些苦涩智慧以及他的措辞风格对后世的影响,可以在他的读者司汤达、叔本华、尼采、贡纳尔·布约灵和贝克特[1]等人那里找到痕迹。

尚福尔这部遗著的书名就已经让我们明白,收集在这部书的册页里的文本互相迥异。细究一点可以看出它们分为两大类。一类我们可以称之为格言警句(即法语书名前一半的 *Maximes et pensées*)。它包括了对于社会生活的观察,给人的印象常常是这些文本产生于沙龙或是咖啡馆的热烈空气里。这是谈话艺术留下的碎片,这种谈话随时都可能转入政治行为中去。

---

[1] 此处提到数位著名作家一般读者熟知所以无需注解,不熟悉的大概仅有贡纳尔·布约灵(Gunnar Björling,1887-1960),出生于芬兰的瑞典语诗人。

这本书里的另一类文本类型更有轶事特色（即法语书名后一半的 *caraktères et anecdotes*）。总体判断，这些材料基本上出自同一个来源，即一个名叫布封夫人的守寡女医生，而尚福尔是她的情人。她曾经在法国曼恩王室公爵夫人那里服务多年，在那些年里听说过有关王室和路易十五时代其他著名人物的不可胜数的小故事。其中很多轶事都可以打上有伤风化的印戳，很多都是对高级男演员的批评讽刺，或者是给他们投上嘲弄的灯光。这些轶事让人想起那些民间传开的流言蜚语，根据当代历史学家的看法，在当时人民革命的宣传中，这些并非无关紧要和毫无益处。对这种故事布封夫人显然有超人的记忆力，尚福尔就用保留自己更具有哲理意味的字条的那种热心，把它们记录保存下来了。在他的硬纸箱里这些不同文本类型并没有分开，一类是从各种反思和完成了的概览中蹦出来的，而另一类是从日常生活中的闲言碎语和打情骂俏勾引挑逗中跳出来的。

尚福尔的文集可以把人们的思路引导到瓦尔特·本雅明为自己的"拱廊街作品"收集材料的那些大信封（这类作品包括《巴黎，十九世纪的首都》等）上。尚福尔的《格言与妙思、人物与轶事》是本雅明得到灵感的源泉之一，这一点早已为人所知。在琐碎性和高贵概念之间的冲突会影响读者对两方面的理解。最早的牺牲品就是有关历史不同年代的那些惯常的抽象方式。（本雅明把这种效果叫做"轶事的街道造反"。）

尚福尔写到，格言是一般化的，就如生物学把自然的丰富多元个体也简单化了，成了分级和属科。"还需要人的智慧去做到这一点；因为人被迫去比较，去观察种种关联：不过，伟大的自然研究家，那些天才，他们能看到自然界泛滥着个体的不同种类的生物,也能看到分类学和分级方法的不足,这些方法是给那些平庸和懒惰的脑袋使用的。"① 这里对尼采的唯名论,对他的风格,已经有一种预感。

*

出于明显的理由,尚福尔的格言并不是序列形式出现的。这是短暂的碎片写作,让某些主题的线索穿过一段又一段文字,以便让它们和其他文字编织在一起,或者不为人注意地消失,被新的或者表面上是新的段落代替。这种写法是诺瓦利斯的创造,尽管帕斯卡在他的《思想录》里已经预示了这种写作技巧。把尚福尔在《雅典娜神庙》里发表的碎片写作系列和他的原稿对比,有时可以看出原稿的连续性要比杂志上发表的版本所显示的连续性大得多。编辑施莱格尔把本来已经切断的文本分成了更多碎片,而且重新安排了位置,还插入了自己的碎片,于是主题线索就变得更加难以跟踪。施莱格尔自己的碎片系列更接近尚福尔的风格。但是,诺瓦利斯和施莱格尔(还有尼采)有一个共同点,可以把他们和他们的榜样尚福尔区分开:他们都远离开这种写作方法的女性的那一半,也就是说,写人物和轶事的那一半;同时保持了男性哲学的那一半,也就是说,那些格言和妙思。

施莱格尔也曾经邀请其弟弟的夫人卡罗琳娜·施莱格尔加入《雅典娜神庙》的活动,但同时要求她注意碎片写作的特点。他的意思是说,在她的书信里,虽然有些地方像是碎片写作,但没

---

① 参见法文版《格言与妙思、人物与轶事》,坡仁特瑞(Porrentruy)出版社1946年版第24页。此版前言为维尔德(d'Alfred Wild)所作。

有达到他们的刊物所要求的那种正确的抽象水准。① 但不管怎么说，还是显示出他们的灵感是来自一个有双重性的写作世界，因为他们的知识分子的思想流动方式意味思想等级的瓦解。虽然日常生活的和肌肤亲密的智力在碎片之间的空档里被排除出去了，不过，对于文本来说，不再有任何事情是理所当然的大事或者小事。

*

如果我们考虑到那些还未完成的写作项目，还可以发现一部浪漫派的碎片写作作品，基本上对上述的不同没有做什么区分。这就是阿利姆奎斯特的奇思妙想文字，是有关某位雨果大人的伟大轶事收藏。如果他早听说过有关尚福尔留下的那些纸条的故事，那么这个故事很有可能会让他想出一个标题"阿尔姆式伟大轶事"（Anecdoticon magnum almaquianum）。

阿尔姆奎斯特写于国外流亡年代的这部作品是最近才被人拿出来出版的，在这部作品里，他把碎片写作的原则转移到了让人眩晕的奇妙幻想。② 这个文本是拥有猎场城堡的雨果大人和一个不具姓名的秘书之间的对话。他们再次谈到一个神秘的物体，一个"用日本漆器工艺精致制作成的小盒子，边缘环绕着镀金镂花

---

① 参见弗里德里希·施莱格尔 1797 年 12 月 12 日给其弟媳妇卡罗琳娜·施莱格尔（Carolina Schlegel）的信件，载《弗里德里希·施莱格尔评注版》（*Kritische Friedrich-Schlegel-Ausgabe*）苏黎世 1985 版卷 24 第 60 页（出版社为雷蒙·依默瓦尔 Raymond Immerwahr）。

② 出版于瑞典著名文学杂志《博涅什文学》（*BLM*）1988 年第 1 期，并有数位年轻评论家写了评论，包括马格努斯·弗洛林（Magnus Frolin）、安德斯·乌尔松（Anders Olsson）和霍干·热恩拜利耶（Håkan Rehnberg）。

花边，还有镶嵌的银饰"。原来，雨果大人很腐败的社交圈子，所谓的"内阁会议"，里面的成员都习惯于通过这个盒子盖上的一条缝塞进一些小纸条，上面写着"轶事"（其原文 an-ek-dotov 意思也是"非出版物"）。这个概念其实可以做多种多样的解释："常可解释为一件小事，或一个小记事条，不是特为某具体问题而引起的事，不过临时由自己写下来或者这里某个朋友写下来；或是一个观察到的事实，或一段语录，或一种对将来的看法，一个微型故事，一个突发事件，旧事或者新事，重要的或不重要的事情，不过无论如何可能是令人愉快的，是完全不可忘记或者忽视的。"

阿尔姆奎斯特文本里的这个日本漆盒具有仪式用品的光彩，不过让人感觉似曾相识，其实和尚福尔放纸条的硬纸箱或者本雅明的大信封有异曲同工之用处，还是一个完全可以辨认得出来的物品。我们甚至联想到马塞尔·杜尚的《绿盒子》。①

雨果大人吩咐那个秘书做的事情，就是定期清空这个盒子里的纸条，然后把所有纸条上的内容抄录在一个大本子上，但是**千万不要去尝试给这些纸条安排什么秩序**。其结果就成了一个文本的迷宫，其入口和出口甚至还可以转换，就看你翻阅的时候是从哪页开始，又从哪页结束——没有人可以从头到尾地读完这样一本书。这本书就和某种记忆一样：它总是比每次特别的阅读能够实现的东西要大得多。它成为一个场地，让某一个系统摆放出来，

---

① 马塞尔·杜尚（Marcel Duchamp, 1887 - 1968），法国画家。此处的比较可参见《博涅什文学》（*BLM*）1988 年第 1 期第 3 页出版者对碎片文本的介绍，同时还比较了另一个德国作家阿尔诺·施密特（Arno Schmidt, 1914 - 1979）的小说《泽特尔之梦》（*Zettels Traum*, 1970）。

然后又崩溃垮掉。

这样一本书应该属于什么体裁呢？从来没人问过这个问题，而我们可以猜想，这个雨果大人和秘书之间的谈话在嘲弄这个问题，是开玩笑。盒子里包容的材料其实包括了知识的各个方面，对这些纸条的清理和反思也没有任何事先规定的抽象水准和风格上的要求。有关秘书记录下来的东西，我们可以断言的唯一的事情就是它要成为一本书；在一定意义上，是成为一本**大全书**。

碎片写作和大全书，当然是两个互相矛盾的想法，然而在浪漫派那里是可以同时出现。

弗里德里希·施莱格尔在《思想录》这篇文章里谈到过"像这样的书，这本绝对之书"。是他对文学史的整体主义观点把他推到了一个这样的概念。他比其他任何批评家都激进，声称一部作品只有当作文学传统的一个部分才能很好理解；所有的古典诗歌都是联系在一起的，实际上它们是同一首诗，以及诸如此类的说法。在充分全面的文学中所有的书应该是一本书，一本永远朝向未来的书，在这部书里人性的和图像的福音将会明白显示出来。

自然，一本这样的多元作品不会为我们提供什么透彻的理论或者故事。单元特性并不存在于内容里，而是在具体活动里。**被写者的碎片化会导致写者的单元特性。**

*

碎片写作是被时代的失序和混乱传染的一种文本，对立于系统的写作。系统写作的特点是有空间的，也就是说，是逻辑构建的。系统意味着让事物在一种自然而然的结构中各就各位，在这种结构中一切都静止不动,而意识根据既定的规则活动。系统写作的前提是某个想法有可能分散、压缩、成为例证,也就是说已经死亡了。碎片,包括碎片构成的书籍,其标志就是它们无法概括总结。因为每个小结都会要求有一条出自该体裁的规则。

*

在激进的碎片写作里是没有回头路可走的。诺瓦利斯的笔记,包括它们越来越短的句式,到最后只有几个关键词汇:在碎片写作的开头之时和结束之时,语言和世界之间都不再有同样的关系了……最清楚明显的例子也许是诺瓦利斯的散文小品《独白》。① 此文开头部分是对语言的一种看法,而到了同一文本中间是一个例子,说明根本没有可能把语言用于周密的看法,而在这个碎片写作结束时,又假设一切还是都可以成为语言充满秘密的活动的某种表述,可以把写下的东西变成预言,或者也可能是一个大大的笑话。

*

作为非体裁,碎片写作并不提供阅读的任何固定框架。就连那些模糊的文类,比如"应用文"和"小说",也常常是不好使用的分类。碎片写作不可以用"阐释"去面对,而是要求"补充"或者"实验"。我们甚至都不能确定这些碎片是可以当作声明还是当作挑战,或者当作什么第三者。并没有什么根据经验得出的法则,来区分碎片和其他的文本,因为它并不涉及某些特殊的

---

① 参见《诺瓦利斯文集》卷二第 672 页 F。

风格,甚或是因为它的简短,而是因为它在文化的表述场地之间的差异处书写。你如果把碎片写作理解为一种邀请,让你去接管一种形式,那么你将会写出另外的东西,而不是碎片。那时就成了体裁,通常是格言或警句,或者风格化的日记,那么退化和颓废就离得不远了。简短就成了自负,成了过分的要求,或者成了自我照镜。

有些作家会追求一种文化印戳,对他们来说,把文本破碎是一种方式,用于逃离开这个时代的粗野。现代主义诗歌的添加作品,用引语和提及来自庞德和艾略特的传统的暗示,把意义句子送回到过去了的文明的原典文本,表达一种使碎片写作变得琐碎平常的怀旧美学。

*

如果在现代哲学为社会和谐而制定的计划的意义上去看待对话,就会很容易误解对话对于浪漫派的意义。在伽达默尔那里,对话就是一种方式,参加者以此方式使自己从属于所讨论的"事情"的内在逻辑。而在哈贝马斯那里,对话被看作在对抗的利益之间进行民主斡旋调解,其目的是达到理性的一致意见。[①] 两种看待对话的方式对于浪漫派来说都是很陌生奇怪的。浪漫派不追求共识,因为他们认为神性不一定对所有人都以同样的方式出现。他们不会想到,神示或上帝的天启也会有些褶子,需要他们

[①] 伽达默尔(Hans-Georg Gadamer, 1900–2002), 20世纪最有影响的德国哲学家之一, 诠释学大师。哈贝马斯(Jürgen Habermas, 1929–), 当代德国最重要哲学家、社会学家之一。

去抚平。耶拿学派讨论的独特之处在于参加者中没有一个实际上想达到说服其他人的目的。相反，他们把重心放在对立观点可以并存这一点上，在一种不和谐的合作中找到意义。只有这样，才可以解释《雅典娜神庙》中的形式和编辑策略。①

这种思维方式的根源在于浪漫主义对于绝对性的理解。施莱格尔写道："一个想法就是一个带讽刺性的完善概念，绝对反义词的一种绝对的文法综合，也是在两个对立思想之间持续不断的自动转换。"②

如果两种不统一的想法同时存在于同样的逻辑场所，真相就成为不能同时采取的角度的统一。这就必须发生一种连续不断的位置变化——这时碎片就会互相替换。施莱格尔特别地把这种碎片写作叫做"普世哲学的形式"。他和那种只考虑到一个失去的或者无法言说出的中心的想法做游戏，把这种碎片叫做"经年文本的旁注"：具体历史（绝对不能在词语中措辞表达的历史）是基本文本，而思想在它的边白处书写。

如果这个基本文本纯粹是一个虚构文本的话，会出现什么情况呢？尤其是它不在场的情况下，它不是倒可以对那些添加的"批注"发挥一个结晶点那样的作用吗？当博尔赫斯假装他要写的文本已经存在，因此他可以把更大的乐趣放在分析或评论这个文本上时，他就是这么做的。文本成了一本读者还不知道的书的

---

① 耶拿学派是 18 世纪晚期在德国耶拿大学形成的浪漫主义文学流派，又称早期浪漫派。主要代表人物即包括本文前面提到的施莱格尔与诺瓦利斯等。1798 年创办刊物《雅典娜神庙》(*Athenäum*)。
② 参见《雅典娜神庙碎片》第 121 期（*Athenäumfragment nr. 121*），《文学文本》(*Schriften zur literatur*) 第 39 页。

笔记或者后记。这种做法在瑞典作家拉什·古斯塔夫松和皮特·科奈尔那里就变得更加纯粹更加精致。①

他者的在场会使得我的言说碎片化。施莱格尔说:"一次对话就是一个链条,或者一个碎片的花环。"② 而他者也是自我本身,是我准备发明的生物的某一个。诺瓦利斯谈到过分开而对立冲突的思想之间自动转换的游戏,把"花粉"形容为一种持续不断的内在对话的碎片的特征。③

*

阿尔姆奎斯特考虑更多的是作家和读者之间的转换游戏。每个个体都是一个数学上的分数,只有通过另外一个分数才可以转换成一个整数。"一种写作方式和它的观看者,一部作品和它的读者,难道不应该是两个半成品,轮流交替地互相占有和完成实现对方吗?当一个个体——不管是个人还是文本——要求有一种结局和完成了的形式,完成了自己而没有什么其他人的协作,这就好像一个虚假的精灵四处游荡,有一种奇怪的味道。因为所有有生命的物体,既有个体的完整性,同时也有必要是一块碎片;每一种仅仅只有完整性、自身自在的东西,都会冒出奇怪的冷气和死亡气息。"

---

① 古斯塔夫松(Lars Gustafsson)在文集《为逃跑做准备》(*Förberedelser till flykt*)中写过"碎片化的文本";科奈尔(Peter Cornell)在《天堂的道路》(*Paradisets vägar*)中运用同样做法,其主题就是说思想需要一个中心点。
② 参见《雅典娜神庙碎片》第78期(*Athenäumfragment nr. 78*),《文学文本》(*Schriften zur literatur*),第32页。
③ 参见《诺瓦利斯文集》卷四第32页,《1797年12月26日致弗里德里希·施莱格尔的信》。

"但是，如果说一切有生命的都是可爱的碎片（amabile fractum），也根本不是说它可以是一块抹布，一件随随便便的东西，一片垃圾。一块正当的碎片就如生命，更有艺术的造型，比完整的东西还要美。"（见《有关文章结束方式的对话》）①

*

如果继续跟随以上思路，那么这种看法就会导致对文本完整性是否存在的怀疑。正是在这种浪漫派精神的影响下，德里达写道："如果没有他者的回应来打断文本，而且通过打断而让文本发出声音，就没有任何文本具有文本所要求的共同性、和谐性、确定性、系统详尽性。因此也没有任何文本如人所说是'我的'；如果没有来自他者方面的某些活动强迫这个文本说出或者允许这个文本说出它暗含的意思。"②

也就是说，各个文本都可以在碎片写作的角度中去观察。

也因为如此，有人会声称碎片写作是不存在的。至少文本段落就是有多个部分组成的，是在一种相互关系中成立的，也就是说建立了一个系统，一种完整性。

我无意加入这一类的诡辩。我对碎片写作的理解来自我说明的那些观察。

---

① 此处引语出自《文集》（*Samlade skrifter*），斯德哥尔摩 1921—1928 年卷七第 214 页。阿尔姆奎斯特（Carl Almqvist, 1793 - 1866），瑞典浪漫派作家。此书出版者为乌勒·霍尔姆拜利耶（Olle Holmberg）、约苏阿·缪拜利耶（Josua Mjörberg）和阿尔戈特·维尔林（Algot Werin），编辑弗里德里克·波克（Fredrik Böök）。

② 参见德里达法文版《差异性》（*Altérités*），巴黎 1986 年版第 29 页。

*

"只有不完整的事物才可以把握和理解——可以推动我们继续前进。完整的东西只会成为享乐。"(诺瓦利斯)[1]

这段引文后面还继续说道:"如果我们想了解自然,我们必须把它们放置在不完整的位置,以到达一个未知的交流载体。所有的论断都是相对的。"

*

碎片写作对于继续下去的可能性的说明就类似于等待一个也许不会到来的客人,但这种可能性和想像中的到来使得这个空间充满了各种暗示和对话,都已经考虑到了这个客人的在场。它也类似于一个问题里的结构。也许可以这么说,在每个碎片后面都有一个看不见的问号。

*

在施莱格尔的文章《有关不可理解性》里,反讽被描写成阻止文本意义被固定化和被一元化的因素。这种严肃的推理什么时候转入了鬼魂游戏,带有了变化色调和中间模式?这些我们不知道,不过每一次我们注意到这样的转换,都会觉得我们转移到了一个新的文本。反讽或者用更恰当的话来说是对于反讽的怀疑,让写下的东西碎片化了。是不是因为要逃离开这个意外到来的喜剧家,所以我们转入了能创造出整体性的体裁?也许就是在反讽

---

[1] 参见《诺瓦利斯文集》卷二第559页。

要征服声音的地方，每个碎片被打断了。在沉默出现的那个空白的场地里，对立的音调才可以听得见。

*

碎片很少是独自出现的。它们有一种倾向，要以系列方式出场，或者成群结队地着陆。它们有一种自己的昆虫一般的物理学，一种围绕头脑跳的舞蹈中暴躁而充满了恶意的节奏。

布朗肖在他对"雅典娜神庙"文学圈子的批评中，是从他的一种看法出发的：这个圈子的作家没有能力全部投身到上面这种力学活动中去。他在浪漫派的碎片写作中分辨出了一种往封闭的和格言警句式的写作方向的退却，而他认为这是由于他们在三方面的错误：(1) 把碎片写作看作了集中性的文本，本来就处在自身的中心，而不是在这个文本和其他文本共同建立的场地；(2) 没有看到或忽视了间隔（等待、停顿），而间隔把碎片和其他分开，给作品提供了节奏性的原则；(3) 忘记了这种写作方式不仅涉及拒绝完整性的图像以及单元性的关系，而且也涉及建立不属于任何可能的完整性的关联。"碎片化的写作不是走在完整性的前面，而是在完整性*之外*，跟着它的后面。"[①]

*

不论布朗肖的批评是否有理，他提出了一个有实质意义的问

[①] 莫里斯·布朗肖（Maurice Blanchot, 1907 - 2003），法国作家、文学批评家和哲学家。此处引文出自他的文集《不限定的采访》（*L'entretiens infini*），巴黎 1969 年版第 229 页。

题：非连续性和差异本身能否成为一种形式？对这个问题最切近的回答我们可以从现代碎片写作创造者弗里德里希·尼采那里得到。

尼采的"格言警句式"著作里的顺序不是完全随意的。读者是按顺序经过某些关键概念和重要术语。不过，这些作品没有中心，也没有统一整合的原则或者有系统基础的想法。每个想法都有它自己的瞬间。如果我们把这个想法和这个系列里的另一个想法联系起来，很可能发生它们互相直接冲突起来发生矛盾的情况。但是，冲突和矛盾其实不存在。在读者试图把两个或者更多碎片放在一起做**一个**说明的那个瞬间才会出现矛盾。而这正是尼采不会去做的。正如布朗肖前面说的，尼采是在可能想象的完整性**之外**写作——也就是说，在辩证法之外。

尼采维护这个世界所有的相对性，但继续区分高和低或者高贵和粗俗，就像是一个无情而强硬的柏拉图主义者。尽管他宣告了基督教禁欲主义的死亡，肯定了酒神精神式积极生活的好处，他也一次又一次地赞美过节制和受难。他宣称，能让你认出卑贱的人的特征就是怀疑别人，同时他又说明怀疑对于高贵者的诠释学意义。就在从某句话进入下一句话时，他已经可以在对现代文明的赞美和厌恶之间转变态度。他揭露了文化的幻觉，但是肯定幻觉的创造。他蔑视艺术，同时又崇拜艺术。尼采有关妇女的言论也前后矛盾，甚至连德里达也没有完全搞清楚怎么回事。

在尼采这里，碎片会互相"遗忘"。这种"失忆"是必要的。要不然，一个作家怎么能断定语言并不可能谈论现实，而同时又继续写作，以便释放出妄想呢？或者说他怎么能拒绝主体性主观性，由此而表达出一种确定的理论愿望，而合理地看这种愿望必然会在某个地方有其位置?

尼采的碎片系列不会**引导**你到任何地方去。阅读这些碎片，就等于面对一种永久不会取消的自我创造物。在尼采的追随者那里，这种复杂情结和碎片化的能量常常丧失掉了。全部的尼采主义都建立在对某个单独的"起轴承作用的想法"的高度重视——对权力的意愿、永恒的回归、超人或者类似的想法。

*

但是，正如尼采在《偶像的黄昏》中指出的：如果否认一个真实世界的存在，那么虚假世界也会消失，也就是说，每一种上下文关联的现实都不复存在。剩下的就只是一些无连续性的东西，是在无数个体的中心生出来的，也必须骗过了语言才能显示。

尼采的哲学有一种自我意识表演的特点。每个定义，每个隐喻，都是意志的行为，把自己的标志强加给现象。所有世界的评估都只有在他的词语提升起来的那个新世界里才可能得到完全的理解。那是雅各宾恐怖专政的语法完成的"如日中天"的高度。

*

20世纪晚期的碎片作家从这种语言上的积极主动性中撤退了出来。这个时代的碎片写作获得了充满期待的热情，期待一种各类体裁之外的写作，期待一种在知识命令下的普遍有效性之外的思考。当勒内·夏尔谈到碎片写作的"扰乱性能量"，他几乎不是以尼采精神在说话，而是关心词语在意识内涵之外的一种诗意生命力的振兴。简短且突然中断的文本保持了语言的生长力量和盲目性。"一个词在其意义句子之前上升,唤醒了我们,用白日的清明笼罩了我们,一个还没有做过梦的词。"①

碎片写作在后弥赛亚时代的成熟期,也许在罗兰·巴特的观察思考《恋人絮语》中展现得最为清楚。巴特是从说出所要求的目标的不可能性出发的。碎片写作强调了文学对维特根斯坦规则的触犯,文学既是言说的,同时也是沉默的。爱情没有任何实质的东西能够用一种概念分析来确定。然而生活还是驱使我们去把爱情的经验纳入某种公式。

这时情人巴特选择了"形象"作为理论和叙述的替代物。一种爱情的哲学可以根据固定的标准来测量它的目标,写出确定的发展类型,就好像情欲也有一种理性的结构。从另一方面看,爱情故事又是一种对规范性的让步:恋爱中的人假装是情欲本身在再现,是一种行为的过程。它应该是书本里那样的。

巴特介绍他的"形象"都如一个没有终结的独白的断片,既没有再上升,也没有决定,都如所有恋爱中的人的引用的话,或者接管了的话。在那些文本中的看不见的激励之词都是那种没有希望不会成功的短语,或者是短语的一些小块,让那些期待中的人反反复复地念叨:"不管怎么说……不够意思","他/她本来不是可以……","他/她完全知道……",等等。② 它们引出了一大堆的文学引语、日常生活图像、奇怪的记忆、反思、地点、仪式

---

① 勒内·夏尔(René Char,1907–1988),当代法国作家。此处引语出自其瑞典文版《杏仁雨的严重性》(*Strängheten i ett mandelregn*),斯德哥尔摩1982年版第145页。
② 参见巴特《恋人絮语》(*Fragments d'un discours amoureux*),巴黎1977年版第9页。

等等，都是围绕着随心所欲的关键词集结成堆。这是那些恋爱中人的布景和演出可能性，是他们的密码本，他们的字母表。如果要把一个字母提供给此类文本无穷无尽的组合去使用，那么不可以让这个字母从属于任何其他字母。巴特的碎片仿造的就是这种自由的字母顺序。

最困难的是创作出一种条件，在这种条件下理论本身就是正确答案，或者说除了图解说明性例证的功能之外，还能同时有修饰和叙述的功能。巴特也用体裁元素临时组合来工作，包括文学批评、散文、思想上的辞典条目、心理学手册、小说检索、知识注解、自我分析、日记、报刊中心栏目的随笔等等。就和瓦尔特·本雅明愿意做的那样，巴特也返回到了在细枝末节和形而上学之间的那种尚福尔式的计谋写作。对于这个文本，没有任何权威可言，只有聪明过人的朋友。那些不同的写作方法和知识形式都得进入一种互相之间没有规则化关系的状态。这是一种写作实践，在巴特狡猾地修炼出的文笔之下，也并不缺少革命性。

*

碎片写作完全不是系统写作的**代用方式**，也不是意识形态或者美学。那么碎片文化会是什么？文化就是合并和创造全景视野。不可预见的会面要求一种街道式的网络，新的事物要求一种现存的边界。

碎片写作的决定可以让不同思想区域之间的自由移动成为可能。诺瓦利斯谈到过"精神的旅行艺术"，[①] 在他的笔记里这种艺

---

① 参见《诺瓦利斯文集》卷二第 598 页。

术采用永远处在回到一切涉及精神的事物的返乡形式。这是一部飞翔着的百科全书。① 在巴特这里，飞翔动作和大地有更紧密的关系，也更加令人伤心难过，是在爱情留下的痕迹里流连徘徊，其中品味和智慧划出的边界都不再有效了。

碎片写作并不是决定对某个题目做解释，它更是和未知的、也是太清楚的事物来往的一种方式。要抓住一种对事物的观察并不总是可能做到的，因为这种观察不跟随某种方法程序，而是只在那个对你有利的瞬间才提供给你。根据高尔吉亚②的看法，这种瞬间希腊语叫做"开罗斯"（Καιρς），唯有这种"开罗斯"才能让你进入真相。而威尔赫尔姆·艾克伦德说："真正的事件和临时的风格！因为正是在'开罗斯'之中，这样的变化才发生了。"③

*

在这个说明里面有一种自相矛盾。碎片写作被形容为一种非体裁，但还是被确认为一组文本，一个传统。当各种体裁边界之外的某种写作方式结构化，而且可以历史性地被确定为那个瞬间，它们就停止存在了。相信碎片写作具有解放作用的人——我本人也属于这样的人——会竭尽全力坚持到底，不让这种文本有什么题目。

---

① 有关诺瓦利斯文本的"飞翔"，参见瑞典文译本《碎片》（*Fragment*，斯德哥尔摩 1990 年版）译者安德斯·乌尔松（Anders Olsson）写的后记《诺瓦利斯和过渡》（"Novalis och övergången"）。
② 高尔吉亚（希腊文 Γοργαs，西文 Gorgias，约公元前 487—前 376），古希腊哲学家。
③ 威尔赫尔姆·艾克伦德（Vilhelm Ekelund, 1880 - 1949），瑞典作家。此处引语见其著作《另一种光明》（*Det andra ljuset*），斯德哥尔摩 1935 年版第 93 页。

金嘴

> 我哀伤的是我的嘴不是无限的。
> ——贡纳尔·布约灵①

一个人的声音到底是什么？如果我们考虑的只是某种生理学或物理学现象，比如呼气、声带、口形和声波等等，那么这个问题看起来琐碎细小。不过，一种自然科学的解释，对于**正在说话的声音**，等于什么都没说。

那么我们就进一步进入语言科学吧，但依然会感到困惑失望。语言学家研究的不过是声音的发声读音，但这个声音本身是在这个领域之外。这样被排除在外，很可能是方法上的，隔行如隔山。就算更换别的声带，也不会影响到语言声音的形式，不会触动所说句子的词汇上语法上的特性。在某个特别声调或者强调重音也构成表述之一部分的范围内，那么这种表述的调整必须用

---

① 贡纳尔·布约灵（Gonnar Björling, 1887-1960），出生于芬兰的瑞典语诗人，芬兰的瑞典语现代主义文学代表人物。

一种所有语言表述者使用的同种方式来执行，这样才能在该语言系统里做这种调整。

我们同时也注意到了，我们对于某种表述的理解会发生变化，这取决于这种表述是由男人说还是由女人说，或者说话的人听起来是年轻人还是老年人，是完整的还是断断续续的。罗兰·巴特写道："对声音的倾听建立了和其他声音的关系：通过这个声音我们认识了其他声音（就如一个信封上手写的文字），这种声音为我们显示出它们存在的方式，它们的快乐或者痛苦，它们的场所；这个声音会带着一个其身体的图像而且不仅如此，还带着完整的心理状态（比如我们会谈到热情的声音或一种没有色彩的声音等等）。"[1] 古代的修辞学者已经知道，听众对于某一叙说的判断首先是基于说话者的性格特征，即希腊语"ethos"。我们对于**谁**在说话的评估（有多少力量？有多少诚实？有多少经验？有什么样的感情状态？），决定了某一措辞是否达到了或者失去了其说话的作用。听众得到的性格图像取决于说话者的声誉，但是也受到他出场讲话情况的影响。一个人的声音就是这个人浓缩形式的性格特征，一个发出声音的信号描述。

修辞的经验显示出，声音能起到语言的标志作用，标志单独个别的起源。这意味着这个声音既是语言性的，同时又不是语言性的。它本身是言说出之物的载体，也是可言说之物的界限。在个人那里，声音代表了不可象征化的事物，不过它的前提同时也是语言的象征化，因为从一个人嘴里冒出来的不清楚的发声还不

---

[1] 参见罗兰·巴特论文集《显义和晦义》（*L'obvie et l'obtus*），巴黎1982年版第225页。

能算是声音。一个人的声音并不等于在所谓"用嘴巴发出的声音"之意义上的"口说"。它和言说是不可分离的。听一个声音，就是听某人说话（或者说唱或者唱歌）。这是一个有身体意义的充满了形式的发声。德里达称之为"干燥的声响"。那么哼哼的有节奏但没有词语的音响是什么呢？显然当有人用元音来唱歌的时候那就已经是声音了。这同时也是被排除在外的第三者——没有语言的语言——也是说话的开端。儿童在学会词语之前，在理解言说的参考功能之前，就能模仿词语的旋律了。有节奏的造句，语法的胚胎形成，是在词汇之前。

嘴巴是一个混合声气的容器，一个具有变换功能的洞穴。我吞下了其他人的词语，又把它们当作自己的词语吐出来，并混合了我自己的声音。这种声音是无法冲洗干净的，而是让我的表述改变了特点（有了另外一种性格特征）。当我抓起笔来书写的时候，这种关系也并不取消其有效性。在书写中会让人想起的那个主体虽然没有声音上的特别种类，不过还是会在意识中作为声音出现：一个声调、节奏和音响的单元，会告诉我们那些说出的话到底是怎么说的。理解一个文本，其实就是把一段话的口语经验转到无声的字母世界。这段话在一种无形的套子中被包裹成了句子，并在一种收集动作中呈现给读者。在包容了一个声音形式的同样范围内这些文字就成了可读的。这就是康德所说的"阅读的超越条件"。不过也有其他人，比如保罗·德曼把这点看作审美的幻觉，严格的文学批评家应该与之保持距离。[1]

那么文本也应该有嘴巴吗？

---

[1] 保罗·德曼（Paul de Man, 1919－1983），比利时出生长居美国的文学家。

对这样的分析推理必须提出一个警告。写出来的文本掩藏了结构，这种结构在它们转变为口语的时候才呈现，这并不意味着文本在本质上是抄写下来的话，或者只有在和活生生的词汇的关系中的一种服务功能。谁要相信这一点，谁就会成为德里达已经很成功地诊断出来的"声音中心主义"病症的牺牲品。文字的特殊之处就是文本中发出的读者听不到的声音，很可能是作家从来不会说出的东西。

1818年，瑞典批评家阿特布姆从意大利回国的路上经过维也纳，到皇家宫廷剧院看戏，剧目是格里尔帕尔泽的《萨福》，主演是著名的女演员施罗德夫人。格里尔帕尔泽在回忆录中写道："我毕生从来没有听到如此高声朗诵诗歌；完全是诗歌的音乐，有最美妙的音色变化，抑扬顿挫，让人如醉如痴；当诗人心里涌现出这些诗句的时候，他的耳中就是这样的声音，尽管通常他只是用笔写下来，而不是用他舌头来表达，但是在这里和一种非凡的美结合在一起，洪亮饱满，是每个灵魂琴弦发出的动人声音。"① 阿特布姆坐在剧院包厢里喜极而泣。但我们应该注意到他的思路。在高声朗诵中实现的美，其起源并非是诗人的舌头，也不是由他的笔来诠释的，而是在他的**笔本身**。通过它和诗人耳朵的联系。也就是说，诗人写下的文字倒比他的说话更具有口语

---

① 阿特布姆（Per Daniel Amadeus Atterbom，1790－1855），瑞典浪漫派作家、批评家，代表作有《至乐之岛》（*Lycksalighetensö*，1824－27）。此处引文见其散文集《来自德国意大利的记忆》（*Minnen från Tyskland och Italien*）1859年版第553页。弗朗兹·格里尔帕尔泽（Franz Grillparzer, 1791－1872），奥地利剧作家，《萨福》（*Sappho*, 1818）为其代表作之一。施罗德夫人（Wilhelmine Schröder, 1804－1860），著名德国歌剧女高音演员。

性，甚至到了只有施罗德夫人的杰出嗓音才能表演再现的那种程度。

阿特布姆理解了，在这样的声音承载的美里有某种决定性的意义：在这个时刻，这个声音是诗本身的声音，而不是诗人的声音。在最个人化的事物之中，隐藏着一种非个人性诗学的胚芽。

马拉美

似是而非的是象征主义文学的某种期望，即期望一种作家本人从中消失的诗歌，它让马拉美反思**"文本中的声音"**这样的奇妙现象。他是从他的诗的概念出发，在他看来诗不是相对散文而言的文体，而是有意识地对风格进行尝试的每一种语言表达的名称。"除了广告和报纸的文化版之外，诗到处可见，只要有节奏的语言就有诗。"①

对于马拉美来说，简而言之，诗就是个人性的发声，发音。"……每个个人都有自己的说话韵律，新的韵律，和这个人的呼吸息息相关的韵律……"② 但要注意：在诗中显露出来的是诗的主体——不是那种资产阶级的个人，甚至也不是作家本人。马拉美谈到"除掉那个还留在写作中的绅士"。③ 输送词汇的是那个通过写作而成为输送者的主体。诗歌的嘴则是另外一张嘴。

---

① 参见马拉美（Stéphane Mallarmé, 1842–1898）《全集》（*Oeuvres complètes*），巴黎 1951 年版第 867 页。
② 同上书，第 364 页。
③ 同上书，第 657 页。

其实还是一回事情。马拉美的诗歌句法显然有对话的特点。①句子开始的时候他的想法还没有完成,这种想法还在活动中,还在继续扩展,在强化,在变得更准确,在和其他想法隔离开。各个词组都获得一种手势动作的特点。他的短语要求制动,要求声调的转换,要求有重点有韵律节奏——也许还必须高声朗读才能理解。马拉美现在被看作是法国文学最不容易理解的散文作家之一,但是听过他朗读的人都不认为他是法国作家中难以理解的一位。亨利·列吉涅尔就提出这样的证词:"通过美妙的遭词造句,马拉美文本的晦涩就消散了,不用去掉其神秘性也能呈现其内容。在朗读的时候,那些书写的句子都降落在听众可及的范围内……"②

尽管如此,马拉美在其理论思考文字"诗之危机"中预见了一种诗歌,口语的措辞会从这种诗歌中消除。他写道:"纯粹的文学作品是以说话的诗人消失为前提的,这是通过词汇被激发的不同性的冲突,把主动权交给词汇;它们用互相反射来照亮彼此,这种反射有如宝石上闪现的一道真实光线,代替了那种古老抒情灵感中或者句子里热情的个人意向中的可感觉到的呼吸。"③

同时,马拉美诗歌的韵律节奏又可以构想成一种意念的散

---

① 最早提出这一点的是法国文学批评家舍尔勒(Jean-Jacques Scherrer,1855 - 1916),可参看其论著《论马拉美作品的文学表达》(*L'expression littéraire dans l'oeuvre de mallarmé*),巴黎1947年版第192—196页。
② 引自舍尔勒的著作《马拉美的语法》(*Grammaire de Mallarmé*),巴黎1977年版第68页。亨利·列吉涅尔(Henri Regnier,1864 - 1936),法国诗人、作家,马拉美的学生。
③ 参见马拉美《全集》第366页。本文作者认为,马拉美所谓"说话的诗人消失"也就是指纯粹的文学作品要告别修辞。

射，化为一种有空间感的形式。他谈到了诗歌中的音乐成分，就好像这是有关一种内部建筑的问题。当他把诗歌看作无声的音乐，他的意思并非悦耳的声音，而是一种有韵律节奏的观念关系的分配，这"比在公开的或者交响乐里的表达还要有神性"。① 这是一种思想的音乐："这些诗句之间的相似性，以及旧式的比率，一种规则性等，都依然会保存不变，因为这种诗性的活动能持续下来，原因在于直观的可视性：某种观念在一系列同样价值的动机中分解开来，并被重新组合；它们能押韵……"②

马拉美把印刷文字的书页的白色纸面和沉默联系在一起，意思是说在这里放置了诗歌的思想骨架（"智慧的框架"）。③ 就连空格也创造出一种有空间性的节奏。

这种看法与书写图像的常规功能是抵触的。一张印刷文字的书页的力学体现通常不在于能看到不同字体痕迹上的韵律节奏运动，而是一种其起源在于句子的措辞造句中的运动。如果不是沉默的话，这也是说话说出来的。而在马拉美作品中，空行排布的精心计算扰乱了这种关系。而在他的活字排版印刷的长诗《骰子一掷》（*Un Coup de dés*）中也非常明显，朗读的韵律节奏并不能再现通过文字图像的编排而产生的韵律节奏。这个声音失去了对于这首诗的形式的控制。

---

① 引自马拉美 1893 年 1 月 10 日致顾瑟（A. E. Gosse）信件，收录于《通信录》（*Correspondance générale*）第 6 卷第 MCDIII 号。
② 参见马拉美《全集》第 364 页。
③ 引自马拉美 1892 年 10 月 27 日致莫里斯（A. C. Morice）信件，收录于《通信录》（*Correspondance générale*）第 5 卷第 MCCCLV 号。

乔伊斯的双重游戏

一种这样的变化会让那种古典文学阐释学面对一个困难。当汉斯·格奥尔格·伽达默尔说理解会包含一种内在发言的时候，他是在概括说明现象学派诠释学的中心教义。我们是用听力在阅读。这毫无疑问是最古老的而且依然是最规范化的学习掌握文字作品的方式。韵脚、声音形象、多音词游戏，或许还包括韵律节奏等，很显然是在字母被作为声音来考虑的时候才存在的。不过，即使是句法，在很多情况下也会要求一种特定言说才能显示出来。某句子的力学会影响到我们对于其逻辑的理解，这是现代主义已经善加利用而毫无犹豫的。比如贡纳尔·布约灵这样的瑞典诗人在很大程度上让韵律节奏代替了那些语法的关联，这也是明白无误的。总体来看，句法和词法上脱离常规的差异会加强一个文本的声音特点。我们被迫去品尝这些词汇，以便试验其各种关联的可能性。对一个文本内容产生怀疑，其实就是对于如何朗读这个文本产生怀疑。

作为内在发言的阅读，其前提就是在涉及韵律节奏和声调的时候要做一系列的决定。反之，这个发言——不论是可以听到的发言还是沉默的发言——没有条件再现的正是在涉及某段话如何说出来的时候文本里的**不可决定性**。当听力背叛我们的时候我们怎么继续阅读呢？比如在乔伊斯的《芬尼根守灵夜》这部著作里，当我们看到"And he war"这个短语的时候，我们如何阅读呢？其中的第三词，如果我们读成 [vɑːr]，那么这三个词在内容上是对上帝之名耶和华的一种暗示，即"如是者"。如果我们读成［wɔː］，那么这就是指上帝对巴别塔建塔者的战争。也就是说乔伊斯利用了"war"这个词应该读成英语还是德语的不确定性，这是在发言中绝对不会出现的一种飘忽不定。一个朗读者就不得不做出选择，因此也破坏了这种双重性。我们可以这么说，在这里有多个发音在同一个地方发出了声响：这个文本在自己的嘴里发言说话。

那么我们要不要放弃让文本发出声音呢？不，这同样是有破坏性的，因为在《芬尼根守灵夜》里多重多样而不同的意义关联就建立在同音意义词和声音的回声效果的基础上，也建立在词源学的暗示以及来自一种或多种语言的词汇的融合的基础上。就算是这种多声特性无法在发言中表达出来：它还是完全要以声音世界为前提。把《芬尼根守灵夜》发言中说出来，就等于是消灭它，同时它也不需要发言说出来才成为《芬尼根守灵夜》。正如德里达在评论"And he war"这段话时提出来的，乔伊斯的文本仅仅存在与其制版形式和其声音形式的分隔线上，而没有在其中任何一个单独维度上。① 它是被一张更大的嘴在言说出来，这张嘴与符号学的法则背道而驰，允许多个元素，没错，也是允许多个系统占据同一个地方。这样一种写作方式的想法其实乔伊斯是从马拉美那里得来的。这是文学史家大卫·海耶曼通过深入彻底的调查得出的结论。②

---

① 参看德里达《尤利西斯留声机》(*Ulysse gramaphone*)，巴黎 1987 年版第 46 页。
② 参看大卫·海耶曼（David Hayman）《乔伊斯与马拉美》(*Joyce et Mallamé*)，巴黎 1956 年版。

《骰子一掷》

　　一个相应的问题出现在马拉美的《骰子一掷》一诗中，尽管这里不是声音和拼写之间的边缘的问题，而是发言和排版图像之间的边缘的问题。高声朗读这首诗（本来这是应该发生的事情，要有多个当时的人的声音，大约就和一次未来派歌舞表演会上的情景）就可能提供对于这样一种想法内容的理解，但同时这也会使得其形式瓦解。除了字母会融合成线条，在空白处描绘出苍白图像，这些词汇的排版和在纸页上的位置安排会建立起发言中无法兑现的关联和种种差异。读者的任务是注意到文字的编纂，其多少就和倾听发言一样。

　　马拉美在其诗作如《烤面包葬礼》《纯正指甲》中使用的句法可谓声名狼藉，其句子成分不是以那种自然顺序来通告的，而是用另外一种顺序，所以经常会有多种可能性来组合其语法路线，这就预告了一种革命性的改变。读者不是跟随声音的流动，而是得用词组来做碎片拼图一样的游戏。

　　马拉美给他的《骰子一掷》写的前言中，关键概念是"间距"（espacement）。这篇文字用其空间分配的方式对发言与时间的简单关系提出了质疑，也是对其在活生生的当下中占据什么位置表示疑问。那些要用口语说出的内容在被说出的时刻就很快蒸发掉了，其全部内容是集中在倾听动作的现在时间里，是在持续不断地更新的累计中。与之相反，文本是处在这个时刻之外的。文本在综合一批同时性的，或者更准确地说是时间上不确定的意义，这些意义都可以提供给概览或组合的不同形式。要说文本和什么相似，那么也不是发言，而是记忆。① 不过这也可能是海市蜃楼一般的幻觉。在马拉美那里，书写出的文字是作为一种固执不变的组合而被揭示出来的，这是声音和空间的组合，是消失的和永恒的事物的组合，也是发言的持续性和书写的不持续性的组合。一种两者都分发词语又保留词语的方式；一种没有尽头的开始。

金子

对于马拉美来说，对于从马拉美出发的全部写作方向来说，文学写作就是一个把日常生活语言转变为一种更纯粹和更真实的语言的问题。② 大众嘴里的语言，混杂了生活的垃圾，在诗人的嘴里得到清洁，得以和一种陌生的措词造句方法一起震动。这种言说出特定词汇的新方式，最终就使得这些词汇从其他残剩语言中解脱了出来，因为尽管句子和音量经过调配，残剩语言依然会夹带在这些词汇上。马拉美向读者承诺，他会给他们带来"惊奇，因为他们从来没有听到过这样平常的发言，同时对那些所提到事物的记忆沐浴在一种新的氛围里"。③

当玛格丽特·杜拉斯梦见一个剧场，在这个剧场里我们真的可以听到到词语的那种"在平常生活中从来没有听到过"的声

---

① 有关这种相似性的更详细分析说明，可参看作者发表于文学批评期刊《危机》（*Kris*）1983年第25/26期合刊的文章《更进一步》（"Vidare"），第88—91页。
② 参见马拉美《全集》第368页。
③ 同上。

音,那么她就是马拉美的弟子。①

马拉美在讨论诗歌的时候,使用了两个模式,一个音乐模式和一个星座模式,这已经被文学史家视为一个问题。阿尔伯特·提巴德在其已成经典的研究著作里就尝试过分析评价这个问题,对此有部分的异议。具体地说,提巴德认为马拉美的文学创作是在爱伦·坡的影响之下从一个声响和语音构成的层面开始,不过最终发展成为一个书写的诗人。提巴德把《骰子一掷》看作马拉美明确告别音响美学的作品。② 事实是我们时常发现,这两种思维方式可以在同一个段落里出现,那么这样一种解决问题的方案看了也是不可取的。

马拉美的原创性在于他把看起来不可能结合的东西结合了起来,把嘴巴的法则和文字的法则结合了起来。他谈到了"在文本下面的歌曲"(法语"l'air ou chant sours le texte")。③ 空格或间距的形式还是远远不够的。乐器必须发出声音,就算是不能听到的,因为要使得韵律节奏(形式)成为现实的存在。语言的声响关系会创造出比任何思想所能包含的关联还要巨大的关联,而这是诗歌构建的前提。在每一可能场合放置在文本嘴里的这个词,会在其他不在场的词中形成分支扩展开来。这是新的倾听的方式,是诗歌创作引发出来的方式,更是一个对这些关联加以关注

---

① 此处引文出自瑞典文版《日常事物》(*Vardagens ting*),译者卡塔琳娜·弗罗斯滕松 Katarina Frostenson,斯德哥尔摩 1989 年版第 14 页。
② 阿尔伯特·提巴德(Albert Thibaudet, 1874 - 1936),法国现代文学史家,此处提到的经典著作是《论马拉美的诗歌》(*La Poésie de Stéphane Mallarmé*),巴黎 1912 年版。有关《骰子一掷》的段落见 1926 年第 4 版第 419 页。
③ 参见马拉美《全集》第 387 页。

的问题，而不是加重词汇意义的问题。这是通过其他词汇在某个词中如镜像反射出来，而使得这个词被改变。

我们可以采用马拉美散文中一个不言说出的关联中出现的几个术语，用于构建一个简单的例证：

    Son（or）al

"Sonore""or"和"oral"这几个法文词意思分别是"发出声音的""金子"和"嘴巴的（口的）"；这些词一般并不常一起出现，但是在一个文本的空间里可以谨慎小心地互相回应，但并不包容在其发言说出时的现在时里。这就好像这个声音可以同时向两个方向说话，一个是语言的流动方向，而另一个是这个文本的回流方向。做一种释义时的错误不在于这个声音阐明了词义，而是它具有变换功能的器官，把文本的声音放入一个过于狭小的嘴里。我们称之为理解的事情，其实常常是一种归还，还给通常的文本的"一次就一件事"的释义。魅力被取消了，被"说出什么"的需要给接替了。这种解释就和医生对被催眠的病人打出响指一样：其潜藏地下的声音消失了。我们不是应该在睡眠中也阅读吗？也许金子只会对那些梦游中的关注才会显示出来？

书写的诗学的起源也只有在口语性中找到。上述例子中把字母"or"（词义为金子）括起来的括号，可以想象为这个文本的嘴，这个词就在里面发出声音，不过只是为了呼唤出一个并不在场的词。有没有可能想出一种发言，它虽然在震动，而且有丰富的关联，还是赢得了现在时，赢得了理解？在这种情况下，这种嘴里含着的就是诗歌的金子。

沤肥后结构主义[①]

——琉善的讽刺对话录

来自萨摩萨塔的琉善[②]是差不多八十多部古典作品的作者，其中主要是对话体的讽喻文章。尽管也是用优美的雅典希腊语写作，但是他从未在古典主义研究中占有什么突出的地位，或者可以说，即使在对古典文化的崇拜非常广泛的时期，琉善也没有收获特别的香火。

这是可以理解的。对于那些培育文艺和爱好文艺的人，那些强制让人接受经过精心打扮的"古典文化遗产"的学者，琉善是一个凸凹不平的哈哈镜，会扭曲照镜子者的形象。自从苏格拉底、毕达哥拉斯、赫拉克利特、德谟克利特及其同仁等古代贤哲

[①] 此文标题的瑞典文"Kompoststrukturalismen"是作者自创的一个新词，包含"kompost"（词义"沤肥"）和"poststrukturalismen"（词义"后结构主义"）两个词，但中间的"post"重叠，而"post"本身也是一个词（词义有作为前缀的"后-"及"信件""邮政""职位""柱子"等）。这是作者的一个文字游戏。

[②] 琉善（又译为路吉阿诺斯，瑞典语 Lukianos，希腊语 Λουκιανς，拉丁语 Luciānus、英语 Lucian，生卒年据不同记载大约为公元 120 - 180 年），生于萨摩萨塔（Samosata，今叙利亚与土耳其交界处），古罗马帝国时期用希腊语写作的讽刺作家。中译有周作人翻译的《路吉阿诺斯对话集》等二十多部。

都得以在嘈杂喧闹的大庭广众面前介绍自己的系统理论，琉善就把这些贤哲当作哗众取宠的宗教法师在拍卖场上出卖，那么人们怎么可以把严肃的哲学教学和这个家伙写出的文本结合起来呢？

　　琉善能看到那些伟大哲人无非就是广告样品，那是一种好像从宿醉中突然清醒过来的经验。对琉善笔下的奥林匹亚众神做一次访问，会有同样的醒酒效果。众神和凡人的相似性被这个家伙在字面上当真了，由此那些神话也就遭受了臭名昭著的误读。琉善不承认有任何实际存在的特殊等级，而是完全冷酷无情地把那种近古的城市生活看作一切的衡量标准。那些本来不朽的神祇就变得和住在城市街头小巷里的凡人一模一样了：有一个大家庭，有一个喜怒无常的父亲做家长，有终日碎嘴争吵不休的女人们，还有调皮捣蛋的孩子、肢体不缺的残废、小妾佣仆、业余乐师以及一两个诚实勤勉劳作的儿子（赫尔墨斯和卡戎）。所有家族成员都心惊胆战地害怕享乐主义的哲学家，而这些哲学家忙于解决这种宗教的自相矛盾的事情。

　　俄罗斯文学研究家米哈依尔·巴赫金写道，在琉善那里，这些神祇会遭遇喜剧性的死亡。我们也可以这么说，他们都变得红润而活生生的了，而这是过去从来没有过的。不过琉善的神话解释也许依然只是他修辞技巧的练习，为了把一种形式转到另一种形式，就如把生肉做成给美食家的炖肉。

　　神祇的生活方式体现在轻松的、有点色情的小品描写中。那些超自然的成分，本来对神话是如此重要，现在只不过是嬉皮式的疯狂元素。雅典娜是从宙斯的头脑里生出来的，而这听起来就像是一个怪诞的外科医生的轶事。赫淮斯托斯用一把斧子劈开病人的脑袋之后说："那么大个活生生的女孩子在脑膜下面，还不要钱白给了全套盔甲,那你的脾气急躁就没什么奇怪的。谁也想不到,你顶在头上走来走去的其实不是一个脑袋,而是一个练兵场。"

琉善很注意避免那种正面的论辩。在那些较长的对话录里有一段笑谈是说梅尼普斯①到云端之上的诸神住宅去做客,发现天国看上去其实和古典学者描写的样子完全一样。这不算什么批评。批评性的东西是他跟随一个太空旅行者旅行,这个旅行者揭露了太空其实空荡荡的秘密,所有关于更高境界的说法也都是虚假的。不,不是揭露而是一种启蒙。琉善什么都没有否定。他乐于在一切细节上为你服务。在他的文本里就打开了创造神话的远古时代(对这个时代来说神话故事里没有任何事情是野蛮原始或滑稽的)和城市公众之间的一个历史差距,而城市公众对于事物比例的记忆更是从澡堂浴室出发的,不是从巨大的深渊出发的。琉善在这里磨练的技术对于世界文学中的音调调节有着很大的意义。

我猜想在琉善后来定居下来的雅典城,人们会把他叫做"叙利亚人"。他来自萨摩萨塔,是幼发拉底河岸上罗马帝国面对帕提亚的边境处的一个驻军地点。这里的文化环境是纷乱杂陈的,如果你愿意显示世界主义立场或者还可以这么说:这里有说拉丁语的官员,有伊朗人和闪米特人,后者还以亚美尼亚语为母语(有人认为琉善属于这个族群)。文学的和教育的语言则早就是希腊语了。要是我们可以相信他那个自传性的序言"梦"的话,琉

---

① 梅尼普斯(瑞典语 Menippos,希腊语 Μνιππos,约活动于公元前 3 世纪),古希腊犬儒派哲学家,善写讽刺小品,对琉善有很大影响。

善在舅舅的雕塑工场当徒弟失败之后选择了职业演说家和讼师的职业道路。

后来他在罗马帝国的各省区巡回演讲：修辞学被人看作是很好的娱乐。在他人生事业中期的某个阶段他还发明了一种新的文学体裁，使他得以名垂文学史册：讽刺对话体。这种体裁的第一个受害者就是神话和哲学，也是希腊文化的奠基石。

那些靠人们对文化遗产的尊敬为生的职业人士看来并不明白琉善的玩笑，而是扑上去和他格斗。而他针锋相对，就好像斗牛时抓住牛角，写出了一个新的对话录。在这个对话录里他编造了一场对他自己的审判，而起诉的检察官是修辞学家和哲学家。

哲学家是最痛苦的，他的控诉是："以前我是尊贵的，思考的是神祇和自然，是万物的循环。我可以在云端之上高远的空气里四处周游，而伟大的宙斯在那里驾着他插着翅膀的銮驾奔驰向前。可当我已经飞翔在蓝天之上，已经骑到了天的脊背之上，这个人却把我拽下来，折断了我的翅膀，把我放在和粗俗野蛮的老百姓一样的高度。不仅如此，他还拿走了我戴在脸上的令人尊敬的悲剧面具，然后给我戴上了另一个喜剧的面具，半人半鬼甚至半呆傻半精明的面具。他干脆就像赶牲口一样把我和笑丑、抑扬格讽刺家、犬儒主义者、尤娄里斯和阿里斯托芬赶到一起，都是些可怕的家伙，跟所有神圣的事情过不去，还作弄法律。最后他还把梅尼普斯挖了出来，让他来咬我，那可是个成了古董的老狗，只会大声吠叫，狗牙又特别锋利。这真是一条会出其不意咬人让你又恐怖又不快的儒犬，因为他下口咬你的时候还大笑。"

梅尼普斯是大家熟悉的古希腊犬儒主义哲学家，是他创立了散文讽刺文体，也有后来琉善在上面进一步搭建文字的诗句成分。哲学家在这里说的话还包括了两段隐蔽的柏拉图语录，以及一条涉及阿里斯托芬喜剧《云》的典故。琉善的文本算得上一种有互文性的文字飨宴，在铺陈的各种文字里，我们到处都会被那些沉醉在地毫无防卫的古典大师绊倒。

好吧，对这样的事情我们该作何回答呢？这个叙利亚人对哲学家那边表达的痛苦装作困惑不解的样子："我去照顾他的时候，在大多数人的眼里他依然还是那么忧愁苦闷，被持续不断的问题完全吸干了水分，都缩成一小团了。既然这种样子，表面看起来他毫无疑问还是可以尊敬的，不过，对公众来说一点都不令人愉快，无味又无趣，没有一点吸引力。所以我先带他到集市上去，像平常人那样走一走。然后我洗掉了他身上积攒了很厚的污垢老泥，强迫他脸上露出笑容，看上去快活多了。做完所有这些，我就让他跟喜剧家一起上街游行，这下子他在观众那里就大受欢迎了。过去观众最怕的就是他身上的刺，总要躲开他，就好像他是只刺猬。"

但我知道让他最痛苦的是什么。那就是我不坐下来和他争论什么无用的或者轻松的事情，比如灵魂是否不灭不死，上帝把宇宙煮成的时候在锅子里倒进了多少公升清洁而不会变质的东西，还有修辞学家是否是一门政治理论下属学科的幻影，也是不诚实的影响的第四种存在形式。（这些例子都是出自柏拉图。）

在这次审判中琉善被宣布无罪。

哲学对话者提供给人的是常常被赞誉为罗马帝国最幸福时代的种种状况的一幅令人厌恶、令人作呕的图画。城市里好像都是富人和他们身边的寄生虫，当然不管怎么说还有一些拿着狼牙棒和小包袱的犬儒。有钱人即使一事无成也被自由民和奴隶敬畏为神祇，不过他们总是胆战心惊神经紧张，生怕自己的财富被偷走。做母亲的让自己十几岁的女儿出去卖淫，换取每日的食粮。迷信、邪教和装神弄鬼的事情盛行，达到前所未有的程度。成群的婴儿等在卡戎的渡口，都是刚被打死的，和他们作伴的还有被自己的老婆或子女毒死的人，或者被谋财害命的人。琉善笔下呈现出来的希腊让你触目惊心，能联想到 20 世纪后半叶的第三世界大城市。梅尼普斯在那些属于地下冥界的对话里再次出现，在涉及对那些已死头面人物的调查之际，他当然很愿意出手帮助那些死亡王国的法律人士。我们也不会错过从琉善的犬儒之心里表达出的阶级仇恨。

在介绍这些犬儒派的时候，我们也会碰到那种奇怪的崇拜，古人能感到的对无欲无求无所需要的崇拜，这种无欲无求到了几乎抹掉生死区别的程度。这是超出所有希望的一种自由，有清楚的观念，不再依靠什么，唯一的行李就只有笑声。

不过在琉善的其他对话录里，犬儒派也遭到了和所有其他哲学流派一样的挖苦讽刺不怀好意的对待。这个叙利亚人到底站在哪一边？谁知道。那种嘲弄人的语调是从一个面具后面，从多个面具后面发出声音来的。他是不是就像伏尔泰或维兰德所认为的那样，是一个从乡下来的理性绅士，靠自己的口才撕掉了伪道学家和原教旨狂热分子的画皮？这么说吧，当他有机会的时候，也会毫不犹豫地在维鲁斯大帝情妇耳边甜言蜜语。

当听众觉得他对哲学过分指责的时候，琉善也会收回他的话，并解释说他只是想到同时代那些鹦鹉学舌重复过去的伟大圣贤学说的浅薄之徒。他又一次站到了法庭受审台上，在这里古典哲学家成了法官，即哲学的真正辩护士——这也是苏格拉底那伙人接受的——审判结果还是琉善被判无罪。不过,他是认真严肃的吗?那些大胡子的叔伯辈是不是又一次被他哄骗了?要不是这样,那么在他写的文章里到处都能看到哲学简直就成了一种开玩笑的行业,让那些食客用来在大户人家骗吃骗喝,或者让那些有恋童癖的人找到好借口来接近那些美貌的少年。

我们究竟懂不懂这些在原本范围里属于戏仿的内容?正如巴赫金已经指出的,在古代,正宗的体裁系统之外(在各种手册里这已经有很多介绍了)还有主要是与所有文学体裁基本平行存在的嘲讽戏仿形式。高贵的英雄投下了阴影,而影子朝他们伸出了嘲讽的长鼻子。在琉善的《死者间的对话》中,当阿伽门农的幽灵来拜访大埃阿斯的时候,大埃阿斯还继续纠缠不休地谈他对奥德修斯的反感,就好像一个已经被解雇的运动员,过了很多年还在坚持说他当年的对手犯规应该取消比赛资格。① 而在另一篇对话录里的人物神父菲利普如此评论亚历山大大帝的东征大军,他认为所谓大军,多半可以看作是卑鄙的广告骗人把戏制造的一种结果。

在古代,这种开玩笑的形式被看作很有必要,有这种形式才可以全面完整地说明现实情况。连悲剧也必须伴随一种羊人剧。② 庞贝城的壁画有些展示了两种不同画面,一种展示的是严肃的悲壮的主题,而另一种是喜剧的滑稽的主题。那么这意味着什么?是对每种深奥思考形式的怀疑吗?不,巴赫金就不这么认为。

---

① 据荷马史诗《伊利亚特》记载,攻打特洛伊的联军将领大埃阿斯和奥德修斯争夺阿喀琉斯死后留下的盔甲,因比武失败而愤怒发狂拔剑自杀。
② 羊人原名萨提尔(Satyr),希腊神话中半人半羊形的森林之神,所以羊人剧亦称萨提尔剧,是古希腊戏剧最早的形式之一。

"当直截了当的、意义严肃的词被转变成了这个词的嘲笑图像,这个词就暴露出了它的有限性和不完整性,这并不是贬低其价值。因此我们完全可以这么认为,荷马自己也写过对荷马风格的戏仿之作。"[1]

也许琉善避免建立一种针对神话或哲学的虚假的"真正"的话语。我们必须注意到他的一篇短文,作者在文中扮演"王家牧师",也就是说他负责根据传统来筹备每年一度的农神节。这是狂欢的盛宴,这时社会地位的差别就暂时取消了,人们有很大的自由放浪形骸纵情声色,可以大摆宴席,也可以用各种玩笑作弄嘲笑社会的顶尖人物。农神节有时被解释为民众对社会规范的质疑和挑衅,有时被看作通过被允许的例外情况而对时下的社会秩序做仪式性的确认。但是这两种看法其实都没有抓住要点,都给这种玩笑强加了理性的意义和利用的好处。而这些节庆活动很可能和举办的想法有点自相矛盾,成了一种"不考虑经济"的状态,每场大笑都纯属浪费,一点不计时间而又和时间重生的体验紧密相关。

能不能把琉善的文本看作一种言语的农神节?如果是这种情况,那它们就不可否认地是反哲学的,不过是用一种完全不同的更加有意思的方式,不是通过言说来对哲学家的攻讦。这时它们是从一个自由的到处活动的观察视点去进行一个比真假和对错两种选择规模还更大的游戏,也是一种所有特权都会被质疑的游戏。在这样的文本里我们在阅读中设置的理论已经不可避免地在场上了,不能从外部来控制支配已经写下的文字。在笑声中,

---

[1] 参见巴赫金《文学与美学问题》(*Voprosy literatury i estetiki*) 1975 年版第 421 页。

"阳（面）具"就掉下来了。①

不过，如果我们认为有必要把琉善带到塞纳河左岸去，那么连这都也许是过分强暴了讽刺手段。② 有可能他追求的不过是在市场上把自己的竞争者抹黑。当我们试图把琉善的文本当作思想篇章的时候，这些文本就会掉下来打破了：因为在这样一个作家身后没有什么可继承的思想遗产。我甚至是在愉快享受了埃利克·贝克曼的《为众神祇所作的戏剧》和维利·叙尔克伦的《众神与人》之后，而且尽管我在心里还听到来自伊拉斯谟、拉伯雷、丰特奈尔、费尔丁和托马斯·拉夫·皮考克等人的声音，我还会这么说。③

要是琉善家族的人有朝一日重新抬头，那么一定是在酒局派对上，当你在厨房里寻找更多葡萄酒的时候，碰巧跟你谈话的那类灵感突发又性情乖张的人。要同意他们的说法几乎是不可能的，不过你会不好意思地跟着笑。他真的说到了什么沤肥后结构主义吗？我认为这有点为时已晚了吧。

---

① 此处原文"fall (log) os"，也是作者的文字游戏，其中包括了"fallos"（阳具）和"logo"（标记）两个词。
② "塞纳河左岸"指巴黎的一个大出版社和书店比较集中的地区，是欧洲主流文化的象征地之一。
③ 埃利克·贝克曼（Erik Beckman，1935 - 1995），瑞典作家（可参看本书"论埃利克·贝克曼"章节），《为众神祇所作的戏剧》（*Teater för gudar*）出版于1982年；维利·叙尔克伦（Willy Kyrklund，1921 - 2009），出生于芬兰的瑞典语作家，《众神与人》（*Gudar och människor*）出版于1978年。伊拉斯谟（Erasmus，1466 - 1536），中世纪尼德兰（今荷兰和比利时）著名人文主义思想家和神学家，欧洲文艺复兴时北方代表人物；拉伯雷（François Rabelais，约1493 - 1553），法国文艺复兴早期代表性作家；丰特奈尔（Bernard Le Bovier de Fontenelle，1657 - 1757），法国启蒙时期重要散文作家；费尔丁（Henry Fielding，1707 - 1754），英国启蒙时期重要作家；托马斯·拉夫·皮考克（Thomas Love Peacock，1785 - 1866），英国浪漫派文学家。

高卢古籍探秘

——维吉留斯·马罗《文集》解读

这个高卢人在一批研究者那里引起了这样的疑问：他到底想表达什么意思？罗杰尔这样做过总结："当你想到这个人被看作是6世纪或7世纪唯一值得保留下来的高卢理论家，那么可以毫不客气说，你就面对了一个已经被认为是平淡无奇无可介绍的时代的不育症。"① 在高卢这个匈奴人也来过并大肆蹂躏的地区，西哥特人又在这里结束了罗马帝国的统治，法兰克人在这里的突进或许也已经传播开新的社会动荡，还会有一个孤军奋战的狂热信徒坚持拉丁语的语言科学，没错，甚至以一种奇怪的方式来试图让这种科学更新复苏吗？

勒赫曼承认，这个人写的文献让他非常困惑。他写道："阅读时我经常自问：这个作者是个炫耀学问的招摇撞骗的骗子，还是那种真有学问的丑角弄臣，写下的东西有严肃的意义？有可能

---

① 参见法国文学史家罗杰尔（M. Roger）所著《古代法国文学研究导论》（*L'Enseignement des lettres classiques d'Ausone à Alcium*），巴黎1905年版。

他既非前者也非后者，而是一个开玩笑的大师。"① 勒赫曼的决定是把他放置在中世纪戏仿家的行列里：很可能这个人是要捉弄当时在高卢和其他地方的近古时期的学校里毫无节制胡乱发展的语言教学。

肯尼猜想的线索是大约公元五百年前后在高卢西南部出现的一种强烈的但很可惜方向错误的文学兴趣。他把这个作家及其圈子的人看作古典学术没落时期某一阶段的代表，这种没落要晚于我们在圣希多尼乌斯·阿波黎纳里斯那里看到的情况，也更加深刻。肯尼写道："不仅灵魂已经消失，连形式也被瓦解而分崩离析了；文学的游戏堕落成了儿戏和滑稽表演。"② 肯尼对这幅图景还做了更精确的描绘：这个作者对于拉丁语古典文献知道多少看来是不太清楚的，其研究工作充满了有意或无意的野蛮主义和天真幼稚的臆测编造。看起来好像这个人主要是对晦涩难懂有如密码的语言感兴趣，在他的文本里出现了一系列很奇怪或者是随意发明的词汇缩写语、省略号、附加词、重新组合的词组、新的拼写方式和字母等等；简言之是充满了荒诞不经的东西。但不仅如此，这个性格乖张而独特的作者看来还是为后来数世纪的经院哲学做好了准备的人。肯尼认为，后来的经院哲学话语的多种毛病此时已经出现：其中包括对边缘性的转弯抹角的问题立场的爱好，

---

① 参见德国语言学家、哲学家勒赫曼（Paul Lehmann, 1884 - 1964）所著《中世纪的戏仿》(*Die Parodie im Mittelalter*)，慕尼黑 1922 年版第 22 页。
② 参见美国历史学家肯尼（James Francis Kenney, 1884 - 1946）所著《爱尔兰早期历史资料》(*The Sources for the Early History of Ireland*)，纽约 1929 年版第 144 页。圣希多尼乌斯·阿波黎纳里斯（Sidonius Apollinaris, 430 - 489）出生于今法国里昂，西罗马帝国晚期政治家、主教。

喜好辩证法方面的诡辩，教义问答的形式、对权威性的毫无批评的召唤。不过，最主要的是这些带虚构性的文本对"挥霍无度的铺陈想象"有一种强烈爱好。①

莱斯特内完全同意这一点，他认为：在这些文本里处理语法和语言学问题的方式"只能形容为奇妙幻想"。② 有人提出，这些文本的制造者可能代表一个圈子的经院派学者，他们用这种变态的方式来支持研究自由的艺术。但莱斯特内对这种解释完全不相信。就算是出自之前时期的最装模做样的作品，和这个作家此时以离题而放荡的形式拿出来的东西相去甚远，没有一点相似性。"考虑到其怪异的程度，那么《西方奇谭》是我们可以想到的在那种神秘特点上最接近的，尽管内容和语言很不一样。要想认真严肃地……看待这部作品，就其现状来看是不可能的，对这些文献的最好解释就是它们构成了对当时语法手册的一种开心的讽刺或者是戏仿。"③ 莱斯特内还很肯定地说，要不是在7世纪和9世纪之间，这些文本在盎格鲁-撒克逊和爱尔兰的经院学者那里得到一定的赏识，这种怪异的东西本来甚至都不值得一提。

在这些文本刚出现的时代，学者也阅读这些文本，而且很严肃认真对待它们，把它们很当回事。马卡利斯特可以从一个相当

---

① 参见美国历史学家肯尼（James Francis Kenney，1884－1946）所著《爱尔兰早期历史资料》（*The Sources for the Early History of Ireland*），纽约1929年版第144页。
② 参见英裔美籍历史学家莱斯特内（M. I. W. Laistner，1890－1959）所著《公元500年至900年的西欧思想与文学》（*Thought and Letters in Western Europe A. D. 500 to 900*），伦敦1957年修订版第176页。
③ 同上书，第177页。《西语奇谭》（*Hisperica Famina*），7世纪前后爱尔兰僧侣用其特别神秘的拉丁语风格创作的神怪故事。

激烈的角度提出看法，因为他得出的结论是这些写作全然是在玩弄爱尔兰的秘密语言即所谓的"西拉丁语"（Hisperica）。①

也就是说有这样一个过程：起先是某些爱尔兰的经院学者故意开发出一种晦涩难解的文学风格，其次是一个高卢人对这种发明又写出了很血腥的戏仿，然后那些爱尔兰学者又把这种戏仿作为对他们自己的风格的语法解释来接受。②

马卡利斯特并不是节省攻击人的弹药。他责怪这个高卢的玩笑大师在自己身后留下了忧愁惨淡的痕迹，一直贯穿了中世纪，都没有让读者明白他写的全都是开玩笑："虽然并非有意，但他和经院哲学的发展有很大关系，而且和取代对权威性的原创研究也有很大关系。"③

马卡利斯特给我们描绘的这个神秘的高卢人，几乎就是一个魔鬼的肖像。他觉得他看到的分明是一个6世纪的斯威夫特，从自己的鹅毛笔管里洒出来的都是让人痛苦的嘲弄。"我们可以看到他站在我们面前：一个感觉敏锐的人，幽默但尖刻，有一点性情怪僻，深居简出的隐士，只酷爱翻阅自己保存的罗马文学古典时期的文稿，而且很不高兴地把它们和同时代作家的愚笨作品做对照。到最后连他自己也无法忍受，就把他的愤慨全都在一部斯威夫特式的讽刺作品里倾泻出来。"④

---

① 参看爱尔兰考古学家马卡利斯特（R. A. Stewart Macalister），所著《爱尔兰的秘密语言》（*The Secret Languages of Ireland*），剑桥1937年版。
② 同上书，第87页。
③ 同上书，第85页。
④ 参看爱尔兰考古学家马卡利斯特（R. A. Stewart Macalister）所著《爱尔兰的秘密语言》（*The Secret Languages of Ireland*），剑桥1937年版第84页。

也许马卡利斯特描绘的这幅天才而怪僻人物的肖像是从拉比那里查询到信息的。不过拉比用的是一种更加谦卑的口吻:"他到底纯粹是一个庸医,还是一个悲惨的迂腐文人,在欧洲最黑暗角落里散布腐朽学问的残简碎片?或者他是一个玩弄神秘事物的术士,根本就不值得我们关注?"拉比在一个注解里解释了自己倾向于有些人的看法,即我们讨论的这个高卢人本身是很聪慧的人,但受到的学校教育低劣,他的头脑因此不够健康,被引到怪僻的方向。①

库尔提乌斯认为这个人其实是卡巴拉主义者。在一个注解里库尔提乌斯解释了他的判断是出自何处:"根据德·塔尔迪的说法,这个缩写为 V. M. 的人是某个通过阿基坦青年协会传授卡巴拉教派教义的人的徒弟。他把卡巴拉教派的诠释翻译原则(比如希伯来字母代码等)转到了拉丁语语法中"。②

达蒙也曾经多次提到这个高卢人,但只是作为一个反启蒙主义者来提及。③

---

① 参看英国文学史家拉比(F. J. E. Raby, 1888-1966)所著《中世纪世俗拉丁诗歌史》(*A History of Secular Latin Poetry in the Middle Ages*)第一卷,牛津1934年版第153页。
② 参看德国作家库尔提乌斯(E. R. Curtius, 1886-1956)所著《欧洲文学与中世纪拉丁语》(*Europäische Literatur und Lateinisches Mittelalter*)第二卷,波恩1954年版第437页。卡巴拉主义(Kabbalism)是一种犹太教的思想流派,Kabbalah(希伯来语,字面意义为"接受/传承")。库尔提乌斯提到的塔尔迪(D. Tardi)著有《图卢兹维吉尔文集》(*Les Epitomae de Virgile de Toulouse*),巴黎1928年版,此处引文参看第23页。阿基坦(Akvitaine)是今法国西南部的一个地区。图卢兹是该地区一个城市。
③ 参看达蒙(P. W. Damon)论文《〈西语奇谭〉的意义》("The Meaning of Hisperica Famina"),收录于《美国语言学学报》(*American Journal of Philology*)卷 LXXIV 第398—406页。

这个神秘虚幻的人到底是谁？他自称是维吉留斯·马罗（Virgilius Maro），他还有一个语法学家头衔，以便和另一位同名的伟大史诗诗人加以区别。甚至没有可能确定他生活于哪个世纪，对其生卒日期考证的不同说法在5世纪到7世纪之间变化。我们只可以比较肯定地说，某个叫这个名字或者这个假名的人，在公元700年之前曾经留下两部著作，一部的书名可以翻译成《文集》或《汇编》（Epitomae），有十五章，另一部是《书信》（Epistolae），包括八封信函。两部作品都是写给某个名为"朱利乌斯·热尔曼努斯"（Julius Germanus）的教堂执事的。这些文本是以爱尔兰抄本的形式保存下来的。某些研究者声称，这些文本的作者很可能住在法国南部图卢兹，但是这种看法的基础很脆弱。他还在爱尔兰居住过吗？海因利希·兹默尔曾以为这个名叫维吉留斯·马罗的高卢人是移民到爱尔兰去的，他的身份也可以确认，就是那个神秘的爱尔兰作家费尔·蔡尔特纳（Fer Ceirtne），后者也是爱尔兰文学和语法的奠基人之一。不过，兹默尔的论点没有赢得其他研究者的信服。[①]

但有些情况还是清楚的，根据库诺·梅耶尔的调查，马罗不断提到的那些他的同事和朋友，即使他们不一定是爱尔兰人，但他们的名字从词源学来看都有很强烈的凯尔特文的因素。马卡利斯特把这一点看作他的立论论据，即《文集》其实是对《西语奇谭》的一种恶毒的攻击。"简言之，嘎尔布古斯和其他人物，都是文学中的第一批'登台爱尔兰人'：所有的米基·弗里斯和汉

[①] 参看肯尼《爱尔兰早期历史资料》1929年版第145页。海因利希·兹默尔（Heinrich Zimmer，1851-1910），德国历史学家和爱尔兰凯尔特文专家。

迪·安蒂耶都是他们一类的。"① 马罗的朋友圈子只可能存在于虚幻的世界里。马卡利斯特也和文学中其他的想象出的类似圈子做了比较,比如在柏拉图那里聚会的苏格拉底的酒肉兄弟,在艾迪森和斯蒂尔的文章里出现的"看客先生"和他的俱乐部,以及舒曼的"大卫同盟"。②

与马卡利斯特不同,肯尼就很难把马罗写的那些友人完全当作虚构的产物。他认为最可信的解释是,在西哥特人侵入高卢西南部和西班牙之后,在其第二代人统治的时期,虽然大部分当地文人已经逃走,但是还有一个很有志向的作家的圈子,非常严肃地组成一个本地的学院,认真维护罗马文明的光辉。③

但是在历史资料里,我们找不到一点马罗提到的那些人的痕迹,他们可能已创作出成果也没有一个字母幸存下来。语法学家维吉留斯·马罗好像只是孤独一人和他的著作同甘共苦。就是更仔细查看,在他的文本里也没有任何文字可以直接表明他其实知道《西语奇谭》这本书:没有任何引语,没有任何语言上或者内容上和那本书一致的地方。

和《西语奇谭》那本书的联系,是马罗文本之外的某些材料构建起来的:是靠每个研究者在自己的论述中都利用的策略和手

---

① 参看马卡利斯特《爱尔兰的秘密语言》1937 年版第 86 页。引文提到的名字如"嘎尔布古斯"(Galbungus)、"米基·弗里斯"(Micky Free)和"汉迪·安蒂耶"(Handy Andie)等均为马罗《文集》中提到的人名。
② 艾迪森(Joseph Addison, 1672-1719),英国诗人和剧作家;斯蒂尔(Richard Steele, 1672-1729),爱尔兰作家。两人曾于 1711 年在英国创办文人杂志《看客》(*The Spectator*),其中文章多以"看客先生"(Mr. Spectator)的口吻说话。"大卫同盟"(Davidsbündler),德国作曲家和音乐评论家舒曼(Robert Schumann, 1810-1856)在其音乐评论文章中编造的一个讨论音乐的团体。
③ 参看肯尼《爱尔兰早期历史资料》1929 年版第 144 页。

段。他们努力把马罗文本中违反当时公认的拉丁语形式和语法理论的错误边缘化，避免提到这些错误，贬低和嘲笑这些错误的意义，或者把这些错误打上极端语言学狂想的表现的烙印。尽管马罗和所谓"西拉丁语"在西方世界的传统承继者比如圣亚浩①那里也一度享受到尊敬，但他们的地位还是很边缘，被放置在拉丁语学问的大陆最靠边的地方，在过期隐喻日薄西山的黄昏光线里。在马罗展示的文字里，我们一次又一次感知到那种要靠极大努力才能抑制的愤怒，是对有人胆敢触犯天条的愤怒，对有人强暴语言本身的愤怒。

正如矮胖子②给爱丽丝指出来的，问题不在于随便什么意义词汇都可以表达，而是谁做主来决定。如果不是那种古典的图像构建，不是句子意义经营者的传统，那种教育学来监控的可参考性，那么是谁呢？

在《文集》中维吉留斯·马罗提出了很多看法，其中有下面的这一条：事实上拉丁语不仅有一种，而是十二种。由于某种原因，只有其中一种被大家使用了，但马罗解释说，他自己很愿意尝尝其他几种的味道。

> 有十二种拉丁语，其中一种是常用的，也是所有拉丁文文献写下来时所用的文字。为了对十二种都尝试一下，用一

---

① 圣亚浩（Aldhelm, 639-709），英国中世纪天主教神职人员、拉丁语诗人。
② 矮胖子（英语 Humpty Dumpty），英国作家道奇森（Charles Lutwidge Dodgson, 1832-1898）化名路易斯·卡罗尔（Lewis Carroll）创作的儿童文学著作《爱丽丝奇境历险记》（*Alice's Adventures in Wonderland*）中的人物，外形有如鸡蛋。曾告诉主人公爱丽丝词汇可以表达任何意思。

个词来做例子是很合适的。如在常用的拉丁语里使用的词"ignis"（火）。（1）某种就其性质来说可以点燃"/ignit/"所有东西。 （2）"Quoquihabin"，有下面几种拼法：所有格"quoquihabin"；与格"quoquihabi"；受格"quoquihabin"，带有长元音；呼格"quoquihabin"，带有短发音；夺格"quoquihabi"。此外复数的"quoquihabis"带有长发音，所有格是"quoquihabium"；与格"quoquihabibus"；受格"quoquihabis"；呼格"quoquihabis"；夺格"quoquihabibus"；这个词称呼为"quoquihabin"，因为生的东西是放在正煮沸着的东西下面"coquendi/domvärjo"。（3）"Ardon"，因为它在燃烧"ardeat"。 （4）"Calax calacis"，表示热的东西"/calore/"。（5）"Spiridon"，表示弯曲"/spiramine/"。（6）"Rusin"，表示红色的"/rubore/"。（7）"Fragon"，表示轰鸣声"/fragore/"。（8）"Fumaton"，表示有烟雾的"/fumo/"。（9）"Ustrax"，表示燃烧"/urendo/"。（10）"Uitius"，就好像有能量把死的四肢的生命唤醒。（11）"Siluleus"，因为它能从打火石上打出火星，因此，如果没有火星从这块打火石上打出火星的话，叫做打火石"/silex/"也并不正确。（12）"Aeneon"，是根据特洛伊英雄埃涅阿斯（Aeneas）的名字而来的，而他就住在这里面。或者是根据另一出处，那种没有边界的风就是从那里来的。①

---

① 参看胡厄默尔（I. Huemer）所著的《维吉尔利·马罗尼的语法歌剧》（*Virgili Maronis grammatici Opera*），莱比锡1886年版第5页。

这段引文是出自《文集》第一卷。在《文集》第十五卷里马罗再次回到了有关十二种拉丁语的理论，并把它归功于某个叫做维吉留斯·亚细亚努斯（Virgilius Assianus）的人。这一次他对这些不为人知的语言特点介绍得更详细。他列数了这个亚细亚的维吉留斯用来称谓不同拉丁语的特别名称，然后对它们突出的原则做了详细解释。

一、和过去一样，广为使用的拉丁语，称为"usitata"。

二、"assena"，马罗补充说，也就是写下来的书面拉丁语，其中一个字母就足以表达所有声音。

三、"semedia"，也就是既不完全使用也不完全不使用的语言，例如表示黄颜色（或喉咙）的词"gilmola"。

四、"numerosa"，这种拉丁语有自己的数词，分别是 nim、dun、tor、quir、quan、ses、sem、onx、amin、ple（即一到十）。

五、"metrofia"，就是可以听懂合乎逻辑的拉丁语。其中心词汇有：sade（正义）、gno（有用）、rfoph（尊敬）、brops（虔诚）、rihph（愉快）、gal（政府）、fkal（宗教）、clitps（贵族）、fann（承认）、ulio（荣誉）、gabpal（服从）、pal（日夜）、biun（水火）。（我们可以理解，那些做研究的政府官员看到这些观念要退避一舍。）

六、"lumbrosa"，非常长的拉丁语，可以把常用拉丁语里的一个词变成一个完整的诗句。例如"liv"（生活）这个词在这种拉丁语里会写成"nebesium almigero pater panniba"。

七、"sincolla"，非常短的拉丁语，一个词就可以概括常用拉丁语要用一个诗句才能表达的意思，比如"biro"这个词在常用拉丁语里表示"抛弃父母是没有好处的"。

八、"belsauia"，就是说被歪曲了的拉丁语，会随便改换名词的词格形式，比如说把"lex"（法规）写成"legibus"，反之依然，把"legibus"写成"lex"。或者改换动词的拼写形式，把"rogo"（问）写成"rogate"，或者"rogant"写成"rogo"。

九、"presina"，广义的拉丁语，一个词可以表示很多意思，比如"sur" = 田野、抛弃、发誓、河流等等。

十、"militana"，多元的拉丁语，这种拉丁语的每个词在常用拉丁语里都有多个词来表达，比如这种语言里的"跳跃"，在常用拉丁语里就有："gammon""sualin""selon"和"rabath"。

十一、"spela"，表示不显著的拉丁语，只谈论地球上的事物，比如"sabon"（野兔）、"gabul"（狐狸）、"gariga"（仙鹤）、"lena"（母鸡）等等。

十二、"polema"，高尚的拉丁语，处理的是高于地球超越世俗的事物，比如说"alippha"表示灵魂，"repota"表示某些较高的美德，"samamiana anus"表示最高的神的同意。[①]

马罗也把语法种类的数量从三增加到了四，认为在拉丁语里有五十个动词是没有单数形式的。他也提供了他同事的生活的一些片段。嘎尔布古斯和泰伦提乌斯要花两个星期在一起讨论"ego"（我）怎么会有一个呼格的所有格（"啊我"）。[②] 有关卡帕多希亚人热古鲁斯和罗马人塞杜鲁斯，马罗讲述到他们为表示开始动作的不完全动词或助动词激烈辩论了十五个日夜，不吃不

---

① 参看胡厄默尔《维吉尔利·马罗尼的语法歌剧》1886年版第88页。
② 同上书，第123页。

睡，最后差一点点就拔剑相向。（每人都为了安全考虑还让三个全副武装的人在身边待命，以防情况发生不利的转变。）①

在马罗的文章里，最有深远意义的信条涉及已成文文章的解体删改。他声称自己不是第一个在理论上处理这个问题的人，而是提到另一个叫埃涅阿斯的人，也是这个人为这种独特的语言方法提供三方面的动机或理由。第一，通过在晦涩朦胧事物中的求索可以锻炼我们的敏感；第二，能为演说艺术提供教化和乐趣；第三，让本来只应该在专家面前摆出的秘密学问不会供给大众和笨蛋傻瓜使用，也不会成为被人踩在脚下的远古珍宝。（远古的智慧？语法上的知识？）

本文解体删改有三种方式：首先是诗句的删改可以通过把词汇用全新语序来排列——马罗也指出，句子实际上的意义依然是完整的。其次是词汇也可以这样来删改，字母可以打乱后颠三倒四重新排列。比如说"quandolibet vestrum gero omni aevo affectum"（意思是"我对你们总是怀有热情"）可以重新打乱写成"ge·ves·ro·trum·quando·tum·a·fec·om·ni·libet·aevo"。最后，句子可以删改成字母，比如"RRR·SS·PP·MM·NT·EE·OO·A·V·I"，表示的意思是"spes Romanorum perit"，即"罗马的希望优先"。

马罗也建议大胆地使用缩写形式，比如用"-ur"来代替"nominatur"（意思是"主格"），用"vidis"来代替"vita+disciplina"

---

① 参看胡厄默尔《维吉尔利·马罗尼的语法歌剧》1886年版第138页。卡帕多希亚是土耳其中部省份。热古鲁斯（Regulus）和塞杜鲁斯（Sedulus）都是马罗编造的人物。

（意思是"生命和学科"）。他也把重新排列字母看作一种很有效果的手段，比如把"nodo"重新排列成"dono"（意思是"我给"），"gelo"重新排列成"lego"（意思是"我读"）。或者，他引用鲁卡努斯的话，把"germun Romanorum rectum est"（意思是"罗马人的主权是合法的"）中的"germun"重新排列成了"regnum"（意思是"主权"）。更具野心的做法是把词汇中挑出的某个音节（或者字母）放在句子里的特别位置。诸如此类。

这些观点，同样可以是对语言学家要在地狱受到的处罚的一种预感，也可以是抄得疲惫不堪的手抄本抄手对于正规文法拼法的无趣故意反叛，或是对于语言识别条件的一种颠覆性的臆测，否则这些常被责骂的书页绝对无法解释。把它们制造出来的那种交流语境没有可能重建，也没有任何学术机构框架可以指出，**我们是和什么样的说法有关系**。

德里达曾经在其著作《马刺》的一篇附录中提到他偶尔看到尼采涂写在一张纸片上的一句零碎的话，是尼采全集的出版者发现的。"我已经忘记了我的伞"，尼采这样涂写。纸片上就是这样的形式，前后带有引号。这是什么？是这个哲学家在某个临时场合写的便条，因为他确实忘记了他的伞吗，还是引了别人的话？或者是象征性的或者反讽性的隐喻？或是一个例句？那又是什么的例证？德里达翻来覆去研究这张看上去很无辜的便条，越翻越觉得自己理解明白这张纸条上的句子正和**尼采的全部著作**一样，具有不确定的立论特点。如果我们不去寻找阅读的方向，或者说有阅读的方向也选择了不去考虑，不去设想一个句子上下文，或者是这个文本的特定体裁及其带有的交流功能，那么就很难看到所写出的东西的种种游戏可能性。形而上的交流沟通的控制因素不在了，就使得文本可参考的东西飘忽不定，它就缺少一条法律来保护自己不受那些无效的关联的损害。德里达也指出，有关他在《马刺》中的文本，也完全可以表述同样的看法，没错，所找到的尼采纸片上的话，"我已经忘记了我的伞"，也许最终是**所有文学**的一个模式。①

体裁的法则是不能在所写文本中寻找的，而是在这些文字序列之外建立起来的。这个法则提供了一个文本与其他文本的关系，也承认通过这种关系就有了我们称之为翻译的可转移性。它既属于又不属于所写的文字，而且尽管它们的损失在书写文字本身里是看不见的，它也绝对改变了所写文字的语调。一种历史性的荒芜，在马罗文本的情况下，已经松开意义的连接或者说缝合处。文本要表达的东西没有改变，但是它原来的瞄准点无法再恢复。

有一个疑问依然存在。在一个崩溃的世界上，马罗对于自己构建的文字还抱有什么希望？马卡利斯特的解释是爱尔兰人对于加密语言的迷恋，听起来他的解释并非没有道理。在基督教传入之前的爱尔兰社会，德鲁伊们为了标志自己的独特地位和社会特权，彼此间使用一种自己的语言。根据某些信息来源判断，这种语言需要长达二十年时间的学习训练才能掌握。德鲁伊们自己的神圣文本是用这种文字来一代一代口头传授，是世俗之人无法企及的。在爱尔兰保存下来的历史传说中，有关使徒菲利普的传说是有这种特点的，他曾经向一个有学问的人组成的团体传达过用天使口语说的片段。这种口语听起来是这样的，"Elestia tibon

---

① 参看法国哲学家德里达（Jacques Derrida, 1930 – 2004）所著《马刺》(*Éperons*)，芝加哥/伦敦 1969 年版第 122 页。

ituria tamne ito firbia fuan"（大意是"我不知道什么东西数量更多，是海底的沙粒，还是地狱里把灵魂钉住的各种野兽"）。① 马罗推荐或者亲自实践的词汇扭曲化的结果，正如莱斯特内指出的，就是要成为一种秘密的方言。不过，在远离德鲁伊们的爱尔兰的地方，这种方言是打算给谁留下印象呢？这种方言和关于初始而神圣的拉丁语的种种想法又有什么关系？为什么马罗从来没有提到这种关系？他难道不是更想为一种新的没人听过的语言提供胚芽？

在《文集》里还有另外一种独特的成分，是至此我们还没有谈到的。马罗使用了相当丰富充足的引语来支持自己的论证，不光引用了朋友和同事圈子的话，即让莱斯特内和肯尼都困惑不已的嘎尔布古斯那帮人，也引用了那些知名的古典权威人士，比如说加图、泰伦提乌斯、西塞罗、卡图卢斯、贺拉斯、普罗佩提乌斯、昆提利安等大家，还有至少三位不同的卢坎。② 问题只是，马罗引用的这些大家的任何话在这些大家现存的作品里都找不

---

① 德鲁伊（druin）是爱尔兰古代社会最高阶层的僧侣的名称，犹如印度的婆罗门。此处引文参看马卡利斯特《爱尔兰的秘密语言》1937年版第75页。
② 加图（Marcus Porcius Cato，公元前234－前149），罗马共和国政治家，世界最早的拉丁语散文作家。泰伦提乌斯（Publius Terentius Afer，公元前195/185－前159/161），用拉丁语写作的罗马共和国喜剧作家。西塞罗（Marcus Tullius Cicero，公元前106－前43），罗马共和国晚期政治家、辩论家。卡图卢斯（Gaius Valerius Catullus，约公元前87－约前54），用拉丁语写作的罗马帝国奥古斯特时期的诗人。贺拉斯（Quintus Horatius Flaccus，公元前65－前8），罗马帝国奥古斯特时期的拉丁语诗人和文学批评家，代表作有《诗艺》。普罗佩提乌斯（Propertius，公元前50年－?），罗马帝国屋大维时期用拉丁语写作的诗人。昆提利安（Marcus Fabius Quintilianus，约35－100），罗马帝国时期用拉丁语写作的诗人和辩论家。卢坎（Marcus Annaeus Lucanus，39－65），罗马帝国后期史诗诗人。

到。在马罗的脑子里有一个虚构的罗马传统，一种另类的文学，有自成规范的写法、体裁和竞争性的哲学系统。让我们这么说吧，在马罗的叙述中，有很多明显的非现实之物，就跟博尔赫斯某个短篇里写的瑞典神学家一样。他们传达一个依然还是完整的文化宇宙的幻象，但我们知道他们是从空气中随便抓来的。

高卢西南部的那些公开的流派，看来没有一个在公元 420 年之后还幸存下来。那么这个语法学家维吉留斯·马罗到底想干什么？

诗之死与死之诗

——弗朗岑和斯塔格涅留斯的诗之比较

> 朝圣者的拐杖敲地寻找
> 赶往圣殿,那里东方女卫士
> 快活地沉睡在提松的香榻
>
> ——斯塔格涅留斯①

见鬼了,谁是提松?当我们读上面这个浪漫派诗人的诗,我们不小心会连续不断碰到一个现在已废除不用的语码。这个语码很容易识别,用它的三个系列就可以了:希腊罗马古典文学、圣经和北欧神话。这三者加起来有上千个名字,有可能引用的典故和暗藏的引语,而浪漫派作家以一种今天的读者完全想不到的方

---

① 提松(瑞典语 Ththons、古希腊语 Τιθων、英语 Tithonos),古希腊神话中特洛伊国王和林中仙女所生的儿子,黎明女神厄俄斯(Eos)的情人。而厄俄斯在古罗马神话中的对应神则叫做欧若拉(拉丁语 Aurora)。厄俄斯求主神宙斯让本是凡人的提松长生不死,得到宙斯允许,但并非长生不老,所以提松虽不死但青春不在逐渐老去枯萎而成蟋蟀。斯塔格涅留斯(Erik Johan Stagnelius, 1793-1823),瑞典诗人、浪漫主义文学代表人物。

冰岛发现的岩画展示的北欧神话人物

式加以利用。

在古罗马神话里提松是晚霞之神,也是朝霞女神欧若拉即"东方女卫士"的丈夫。(上面引述的斯塔格涅留斯诗句也可以表示:寻找到对应物结合起来的那个地方。)一个词的说明就可以让我们领悟到这样的内涵。不过,我们理解不理解这种表述里的神话与风景的双重视野,在同一个字里的立体镜像的组合?也许这是需要一点练习的。

在现代读者和浪漫派文本之间出现的另一种障碍则情况更糟,因为它涉及的是浪漫派的愚蠢。这种愚蠢主要有两种形式:招魂术与和谐强迫症。我说的招魂术,并不是指有神论,相信神的存在,而是一种对平淡无趣的人身保险的嗜好,相信人先成了鬼之后才能达成现实的决定。和谐强迫症则展示出,对于那种忧心忡忡谨慎小心的作者来说,凡是对世界秩序的智慧、母性的神圣、儿童之心的天真无邪、王权的合法性和灵魂的不死不朽等会投上怀疑阴影的所有想法,都应该远离或者拒斥。从文学史来看,这种对天意神明的讨好其实是所谓"诗的正义"的进一步发展。这是首先在戏剧里实行的一条原则。它意味着,在最后一幕戏结束之前要对反面人物实施惩罚,而且有可能的话要对那些有美德的正面人物进行褒奖,这属于作家应该完成的责任。正是这条原则长久以来使得《李尔王》都不可能上演,因为莎士比亚实际上写的结局不符合这条原则。甚至一个批评大家塞缪尔·约翰逊也为剧院使用重新编排过的版本做辩护,在这个版本里考德丽娅未死而活了下来,而且以幸福的婚姻告终。①

因此伏尔泰的小说《戆第德》就成了让人大吃一惊的事情。首先要面对这种文学悲观主义禁令的背景,我们才可以理解伏尔泰剧作中夸张编造的血腥暴力。②

特格涅尔③认为,在思想世界里,除了被承认的权力,没有任何其他权力。把一个书面文本构成的文学遗产看作必须用历史眼光去辩护和原谅的事物,这毫无意义。那我们该如何对待瞎了眼睛的弗朗岑④呢?数年前,我在弗朗岑《诗集》第一卷(厄勒布鲁1867年版)里读到一首长诗的一部分,竟然不忍释手。不仅因为它对浪漫派的情人观念的清楚明确的阐述,把自然看作一种更高权力为人类写出的形象语言,也是因为它妙不可言地包容

---

① 塞缪尔·约翰逊(Samuel Johnson, 1709 - 1784),英国著名文学批评家。考德丽娅是莎士比亚《李尔王》中的小公主,因失去父亲李尔王的信任而惨死。
② 法国启蒙主义时期思想家、哲学家与文学家伏尔泰(Voltaire, 1694 - 1778)的小说《戆第德》(Candide)让主人公戆第德见证了人世苦难,并讥讽天真的乐观主义。
③ 特格涅尔(Esaias Tegnér, 1782 - 1846),瑞典诗人、学者,曾任隆德大学希腊语教授。
④ 弗朗岑(Frans Michael Franzén, 1772 - 1847),瑞典语诗人,但出生地在今日芬兰,也是教会人士,创作了很多和基督教有关的赞美诗。

在下面这些诗句里的伟大音乐：

> 现在所有造物对于他都成为一首歌曲，
> 其中一切同时都是图画和声音和思想。
> 在悬崖峭壁中奔流而出的河流里，
> 静悄悄地，让人在深处看见天空；
> 在白天的风暴之后从黑暗云天走出的
> 黄昏落日绚丽的笑容里；
> 在绿色的埋葬死者的坟茔上；
> 在造物更新过的今天的目光里；
> 在大地穿扮成新娘的春天花冠里；
> 在朝向光明之源微笑的花朵的眼泪里；
> 在鸟儿朝向更快乐的海滩的飞翔中；
> 在万物中，在带翅膀盛装出行的昆虫本身，
> 改信基督的普赛克预言，①
> 她看到一首情感丰富的诗，一种诗歌——出自上帝。

这首诗叫做《母与子》，本文引用的版本是来自 1824 年。当我再拿出弗朗岑的《诗集》阅读时，我发现我已经忘记了这个文本的其他部分是怎么样的。

　　这首诗涉及一个母亲和一个小男孩之间充满爱的关系，介绍母亲如何教会儿子在自然中发现全能上帝存在的痕迹。对这部分

---

① 普赛克（古希腊语 Ψυχ，瑞典语和英语 Psyche）一译普姬，在古希腊神话和古罗马神话中都是代表人类灵魂的神。其少女形象常带有蝴蝶翅膀。

我只有一点微弱的记忆，记得几行很美丽的诗句，其中母亲和儿子被比喻成两个天使，怀着虔诚的心情在窥探上帝新创造的世界。但是在这个文本里并没有这样的画面。相反，这个文本原来竟是一堂被拉长了的基督教课程，结尾部分用如此有节奏的翅膀带动飞升，这个想法带着听写的声音到处进军，还用一个让人难忘的食指指向天空。这里有和更高存在者的比较，不过是用了一个死天使的形式，也是弗朗岑把死亡感伤化的一个最糟糕例证之一。也就是说这个比方是用于母亲的：

用充满灵魂之光的眼神，用仔细倾听的耳朵，
美利达默默坐在儿子的床边；
她愿意听着他的呼吸。
于是出现一个更高的世界来的天使，
等待着把一个将死的人送往那里，
翅膀伸展在这个人之上一动不动，
直到他看到自己的生命之灯熄灭。

　　这首诗或许在心理分析学上是有意思的，但是有一种对诗歌有害的甜腻味。里尔克在一个糟糕的日子里可能会写出这样的诗句。

　　无论如何，我意识到对于这首诗还有更早的阐释。如更仔细地加以判断，我在《诗集》里读到的这个文本已经是弗朗岑出版的第三个版本，而且在之前1824年厄勒布鲁出版的《诗选》第一卷里已经出现。

　　这首诗第一次出版是以一种完全不同的形态，发表在1794

年某日的《斯德哥尔摩邮报》上，标题是《朝霞》，体裁的说明是"牧歌"，之后以稍作修改的形式收录在 1810 年奥博出版的一卷《诗选》里。随后，这首诗经过彻底的重写，收入了前述的厄勒布鲁出版的《诗选》第一卷和我首次读到的《诗集》里。

正如斯维克尔·艾克已经指出的，这首诗还可追溯到散文稿的《一个春日》，而《斯德哥尔摩邮报》的版本之前还有另外两首相当不同的诗。诗人自己把《母与子》称为"我的最早期诗作之一……其最初起源就是这样的"①。

正是在第一次出版的版本《朝霞》里，就动词而言，这首诗中很多想法都具有极大的新鲜感。在这首诗的开头，母亲看着熟睡的儿子以及同样熟睡着的麻雀。朝霞落入室内，麻雀开始啾啾鸣叫，儿子在母亲的一个亲吻中醒来。诗中写道，儿子的眼睛就好像"一颗星星升入了白天"。于是，在清晨的明亮天空和依然笼罩在阴影中的大地的对照之后，就到了和天使相比的那段比喻：

> 这对美丽的人现在就站在那里
> 这是大地曾有过的无比美丽，
> 一个母亲带着自己的儿子！——
> 在依然黑暗的牧场之上，
> 从窗外可以看到已点燃的天际。
> 于是这两个天使，在新世界的景象边
> 虔诚而安静地站立。

---

① 参看瑞典文学批评家斯维克尔·艾克（Sverker Ek, 1887-1981）所著的《弗朗岑的奥博诗作》（*Franzéns Åbodiktning*），斯德哥尔摩 1916 年版。

发现了新世界的天使的图像,如艾克已经指出的,其灵感源泉是弥尔顿的《失乐园》。早在1810年的版本里,这个地方就经过了一次退步的修订,一方面是引入了没有必要的抽象词汇,另一方面是和天国有了一次复杂的交换。按照艾克的分析,这也是对圭多·雷尼①的画《教父们辩论处女玛丽娅的贞洁》的反思。有关这个新世界,也因为安全保险的考虑而让教父们在措词造句中获得了地位。也就更不用提这个怯懦的保持距离的方式,"一个诗人就是这么考虑的":

> 她们站在那里,母与子:
> 我知道在这死亡之人间是最美的。
> 是的,这一对人还被美
> 被贞节和爱情,
> 甚至到了天堂
> 从山谷里的小屋上天成神。
>
> 她们手牵手站着,目光朝向天空,
> 看着那充满奇思妙想的景象
> 夜晚的影子还抗拒白天的彩色。
> 一个诗人就是这么考虑的
> 两个天使,站立着祈祷期盼
> 一个造物主命令下从无到有的世界。

---

① 圭多·雷尼(Guido Reni,1575-1642),意大利文艺复兴晚期的画家。

在1824年的版本里并非只是死亡天使的出场标志了最初的想象情结的破灭。男孩子似乎在苏醒中也是一个外来的陌生人，是从天堂下到人间来的，带着疑问打量自己的周围；"直到母亲张开了自己的胳膊/在她的怀抱里给他一个天堂"。我们不知道这是不是作为一种技巧的有意处理。此外这个诗人还显示出，他通过想象拉斐尔绘制的圣母场景来组织画面，把母与子的图像作为大地对于天堂画廊的贡献来描写。

创作于1792年的首版还带有古斯塔夫朝代诗作体裁的痕迹。标题"牧歌"标志了弗朗岑对于所用材料的处理角度，为了把它转化为一件诗人的艺术作品（而不是成为一件感动人的童年记忆，那不是什么可以强迫公众接受的事情）。母亲和孩子都有游牧民族的名字——美利达和帕拉蒙，读者就可以想象出一个犹如理想化的阿卡迪亚的山川景色。① 一个母亲早晨唤醒儿子的简单的日常生活场景，本来几乎不应该只因为场景本身的理由而在牧歌创作中出现，是诗人让这个场景包容进了一种清楚的伦理学中。通过眺望美丽的朝霞，通过风景得以在光明中展现的天堂背景，这个儿子就相当于上帝的果实了。

但弗朗岑对此还不满足。他并不愿意作为一个平庸的感伤主义者站在那里，而是利用警句短诗形式的转折把自己拉开，就好像伦格仁夫人②在这个年青诗人就要受人嘲笑的那个瞬间出手帮了他一把。

---

① 阿卡迪亚（希腊语 Αρκαδα，英语 Arkadia），位于希腊伯罗奔尼撒半岛南部的一个区域，在西方文学中有类似中文所谓"世外桃源"的意思。
② 伦格仁夫人（Anna Maria Lenngren，1754 – 1817），瑞典浪漫文学时期著名女诗人。

美丽场景让美利达整天快乐无比
她并不知道艺术也能创造奇迹;
然而也许她为了一个歌剧之夜
会用一个这样早晨时刻去交易?

这有一种时间的气息,某种皇家剧院包厢里能闻到的温和的卢梭时代的味道。不过,要说这首诗受到的欢迎,大概如飞机迫降,在沙龙文化中是一次灾难。

这一段尾声在 1810 年版本里去掉了,标题改为《母与子》,也没有了"牧歌"的体裁说明。相反,这个版本加入了一个部分,描绘母亲和儿子的生活,是一串充满亲情柔光的日子,母子忙于学习有关自然中的上帝神迹的课程。但此时弗朗岑还没有找到 1824 年版本里那种奇妙的片语,能把生存状况转化为一种比喻组成的圣歌。离论点形式依然还太近,最后的几行诗很虔诚但软弱无力:①

于是一天一天又一天
用同样但总是新的快乐
大自然感动她们的心田。
绿荫清泉天空周围的一切
她从中只看到神的透明花瓣。

---

① 此处的"论点"(tes)一词其词源来自希腊语 ϑενsι,拉丁语 thesis,是通过辩论来证明的观点。

> 当她指点儿子的目光
> 浏览大地、浏览天空
> 连最小的叶片也能发现艺术和思想：
> 她喜悦地看到所享用的美丽
> 美化着儿子自己清洁的灵魂。

结尾就是这样的。要找到一首真正好的弗朗岑诗歌是个问题，而且这个问题不能通过放弃这个引起我注意的文本——在1867年出版的《诗集》里的文本——而采用之前出版的文本中的某一个来解决。这是真的：男孩和母亲的场景，并没有由于1794年和1810年的特别有坚信礼说教色彩的版本而变得更沉重。但是这里缺少了高潮。最完美的出路是把第一种版本的开始和最后一种版本的结尾剪贴到一起，但这样做是不允许的。和谐强迫症已经击败了弗朗岑。《母与子》这个例子是一个让人痛苦的提醒，让人注意到这个在某些方面很伟大的诗人，对于斯塔格涅留斯或者阿尔姆奎斯特这样的浪漫派诗人来说，不是最趣味相投。他更可能是毕德麦伊尔文化和唯心现实主义的先锋人物。①

但是，使得弗朗岑诗歌变得迟钝呆傻的并不是所谓宗教性。所有浪漫派都是从对一个更高世界的想象出发的。问题仅仅在于，在这首诗的意义宇宙的另外一个地方，有什么样的经验让我们与之发生关联。

---

① 阿尔姆奎斯特（Almqvist），瑞典浪漫主义文学时期的重要诗人。毕德麦伊尔文化（德语 Biedermeier），1815年至1848年德国流行的保守文化倾向，远离政治和社会重大问题，注重个人感官享受，表现在家庭音乐会、室内装潢设计、私人性绘画和诗歌等方面。

*

在斯塔格涅留斯的诗《秋夜》中，第一段里朝我们迎面扑来的是一种更加原生粗野的气息。

> 自然的尸体休憩在月亮的光束里，
> 如白霜珍珠的轻盈外衣发光熠熠，
> 而灵床上抱怨的是风的沉重叹息。
> 河边垂柳的树冠在风中轻轻摇曳，
> 在山谷的怀抱里游荡着白色雾气，
> 寓言世界的岁月里走出一个影子。
> 清冷星星从大气的国度往下窥伺，
> 沉重海水扑向岸边带着怨声呜咽。

如果我们完整地读这首诗，读完随后的有关乌拉诺斯和盖娅的婚姻、有关春天里会在大自然中苏醒过来的永恒不灭的原子、有关人类对于肉体腐烂的抱怨和诗人对爱神维纳斯的祈祷请求等段落，那么这首诗显然要比弗朗岑的《母与子》更加复杂也更加难以解释。[1] 该文本里的这种对抗，今天在我们看来就是一种价值。弗朗岑的诗看起来太简单了，没有抓住所要说的事情充分展开，而是追求某种直接效果。

在《秋夜》里，我们可以从字里行间读到多个神话故事，它

---

[1] 据古罗马神话，天神乌拉诺斯和地神盖娅婚姻破裂，盖娅命小儿子克洛诺斯割下乌拉诺斯的阳具丢入大海，维纳斯由此而在大海泡沫中诞生。

们只是靠暗示才和书面上的词汇联系起来。它们构建成一个部分地由被压制文本组成的系统：这是赫西俄德或者普罗提诺对维纳斯神话的解说，有圣经式的公式，不过也是一种没有幻想的唯物主义。① 这里的风景在很高程度上是象征主义的，但同时也是非常现实的。

《秋夜》显示出了斯塔格涅留斯用新浪漫派方法创作的能力，不用什么固定的意义计划也照样可以产生效果。这首诗的文字和一个独立自在的世界是紧密结合的。前导的图像具有暴力性，这在神话材料里有其对应的部分。神话中，天神乌拉诺斯在和盖娅睡觉的时候被儿子克洛诺斯阉割了，维纳斯从一滴血中诞生。自然和神话在这首诗里几乎是无法分开的。荒凉的风景已经吞食掉了众神，他们的名字只是作为对于生物学上的必要性的呼唤才继续发挥作用。盖娅睡了，而这是秋天，她成了一具尸体，而诗人处在一种悲惨的黑暗状态中。这是一个浪漫派文本，其中一个更高的不朽世界的到来，常被认为是非常不确定的。

斯塔格涅留斯把人对于肉体腐烂感到的痛苦放在了一个神话场景之内，涉及永恒的更新再生。它不会成为某种和谐的整体，而是一种强硬对抗性的组合。这首诗的不确定性的限度是随着特别的浪漫派诉求而在增长的，而在弗朗岑的诗歌里缺少这样的诉求。这种诉求是指向一个距离较远但可以救助诉求者的"你"，而"你"的本质也还难以把握。弗朗岑过分清晰地确定了读者要

---

① 赫西俄德（古希腊语 σοδος、英语或瑞典语 Hesiodos，约公元前 8 世纪到 7 世纪）是迄今为止西方所知的最早的诗人，早于荷马。普罗提诺（希腊语 Πλωτνος，英语、瑞典语 Plotinos, 204-270），生于古埃及的古希腊近古时期哲学家，新柏拉图主义者。

扮演的角色：读者要被母与子这种组合感动，也要接受敬畏神明的反思。

但是，对于诗的价值而言，多元性和充满矛盾冲突的特性，就真的是一条可靠的评判标准吗？肯定不是的。我们可以特别看一看斯塔格涅留斯的《泉水》，这首诗选自《沙伦的百合》：①

泉水

我知道一处天蓝泉水。
出自大地隐蔽的阴户
她在玫瑰丛之间流淌，
在绿色的夏日山谷中，
水流如水晶脉管透明。
瀑布在远处咆哮轰鸣，
覆盖着雪白水花泡沫，
他用自己的潺潺回声，
安慰这山谷所有森林，
让夜莺婉转歌喉安静，
也让斑鸠们停止歌唱。
但泉水依然静静流淌，
她轻轻叹息仰望天空，
只有天空倾听她叹息。

---

① 沙伦（Saron），以色列北部濒临地中海的一个区域，以盛产百合花而闻名。在《圣经·旧约》里提到沙伦的百合，象征繁荣和生命力。

她对着天空温柔微笑，
天空也回报她的微笑。
或是早晨，或是夜晚，
带着双重的紫色镶边
他在泉水平静水面上，
充满爱意地观照自己，
而月亮、太阳和星星，
这清亮的夜半的队伍
在水的深处映射光焰，
用光明的清洁的嘴唇，
亲吻她银色晶莹波浪。
从松柏如王冠的山巅，
一个友好的牧人走来。

经过野性不羁的瀑布，
永远笼罩云雾的溪流，
他用轻快的步伐飞奔，
用鲜丽花朵做成花冠，
往下走近羞涩的泉水，
这是处女的洁净泉水。
如镜波浪上映照自己，
映照自己神祇的面目。
鲜红如葡萄的血露珠，
洁白如牛羊的鲜乳汁，
如镜水面上光芒四射

> 快乐地交还他的美丽：
> 清冷的泉水溢满爱情，
> 泉水的心在激动跳荡，
> 因为无法言语的快乐。
>
> 人啊，你是否愿意知道？
> 这清泉到底是在何方？
> 这牧人到底去往何方？
> 她是在无邪的心中过夜，
> 那也是洁净的银色波浪，
> 而牧人的名字就是上帝。

  毫无疑问这是一首非常有价值的诗作。不过，诗人到底做了什么？用一种唯此才能完全清楚的方式，风景在这里作为一种神身上的生命的感知图像。比喻在整个场景之上生长出来，没有一个说话的人物，母与子那类的，还需要继续站在那里指点自然现象，讲述出这些现象里更深刻的内容。当斯塔格涅留斯在最后几行诗里把隐喻的钥匙（牧人＝天神、泉水＝虔诚的人心）提交出来的时候，其实是诗人自己把钥匙递交过来。这是一个非常天真幼稚的形式。但是，这种天真幼稚并不像弗朗岑的诗里那样，给人伤感的风格化的印象。图像顺序和事物顺序再次如此强烈地互相影响，以至于在文本说到泉水被感情震荡的时候，也几乎不可能在读者那里引起讥笑。这好像也不会是所谓有伤风化的。这些诗句提供了一种衡量尺度，衡量出一个伟大诗人可以允许自己达到什么样的荒诞性。

对《泉水》这首诗做一种内容上的总结概括，恐怕不会引起读者要阅读它更加了解熟悉它的兴趣。它和那些充满力量和黑暗的东西是保持距离的，它维护的是光明的处女的贞洁。其图画语言有一种非常耀眼的颜料，用在牧人这个人物身上有点宗教性书签的意义。不过，注意节奏！非强制性的句法结合那些短句在最后的多余的上升处的轻松停顿，表示一种分为四部分的节奏，有三拍子韵律而又带有一小部分隐秘而微弱节拍，可以把最后那个稍微有些下压的音节转变为柔和的强调。很难说，结尾处的诗句事实上是女性的还是男性的，是阴性的还是阳性的，或者更准确地说：诗的节奏是在模仿人类心脏以及和合的自然那里半男半女半阴半阳的特点。它成为一种词汇的舞蹈，在那些较少见的纯粹男性的诗行结尾、在那些关键词汇如"快感"和"名字"等处，或者在节奏上不可断定的词"神祇面目"上，都会有瞬间的休止停顿。

这种编舞式技巧把注意力指向了那些单独个别的词汇，并把词汇从它们的直接的功能语境搬离开，有一种迹象说明这个文本的表面已经遭到破坏，有了那种决定性的诗歌的褶皱，使得遥远的变成了接近的，或者相反。

正如我们已经论证过的，这首诗的基本想法和弗朗岑诗作《母与子》中的神学性部分是一模一样的。不过，我们在这首诗里已经离开了孩子的卧室，站在一个有强烈色情色彩的诗作前面：在美貌的牧人面前，处女泉水的心因为快感而激动震荡。斯塔格涅留斯用一种悖论来让这幅图画中的感官性聚焦而清晰。冰冷的泉水充满了爱情（尽管爱情暗示着热情、充血的激情等等。）

这首诗与现代主义的距离并不是很大。我的脑海里浮现一首西班牙诗人安东尼奥·马查多[①]的有关梦的诗。其大意是"今夜我入睡时,我做了梦,受神福佑的幻象!是一股清泉流进我的心田"。很可能马查多那里显现的泉水其实是上帝,而不是灵魂。不过在这些诗里的让人感到痛苦的透明性其实是一样的。

但是,这种看法并非邀请我们去谈斯塔格涅留斯诗歌的现代性,因为一种这样的措辞可能会对可疑的诗歌进步主义提供一种本无必要的认可。诗里有一些词汇的组合,其奇妙的清晰性使得它们比较难以固定下来,于是它们就创造出了自己的时代潮流的算法。

[①] 安东尼奥·马查多(Antonio Machado, 1875 - 1939),西班牙现代主义诗人。

化名斯卡丹纳利的荷尔德林

"说起这个荷尔德林,我觉得好像有一种神圣的力量冲洗过他,如同一条河流,明确地说就是语言,用压倒一切的突然的风浪席卷了他的感官,把它们淹没;当水流退去的时候,这些感官已经变得微弱,精神的力量已经被打败,已经被彻底毁灭。"

几乎还不到二十岁的贝蒂娜·布伦塔诺就是这么写的。她见过了荷尔德林的朋友辛克莱尔之后(很可能是1804年),给自己的女友卡罗琳娜·冯·君特罗德写信的时候写下上面的句子。三年之后,荷尔德林已经被关在内卡河边那座塔楼里,真的被宣布得了不能治愈的精神病。不过他还是继续写诗,一直到1843年他去世之前的那些日子依然还在写。他在这些年里写下的短小文本,有些看来还是他卖给来访者换烟草的短诗,只有少量还能找到。这些诗几乎原模原样经过了几十年,只有很小的改动或者说根本就没有改动过。在荷尔德林生命的最后十年里,他曾写出一个很长系列的季节诗(其中有二十多首保留下来了),但这些诗也可能是在几天时间里写出来的。他的诗歌时钟还在继续前行,不过指针却已经静止不动了。

最后这些诗作里有好几首的签名是"斯卡丹纳利",写作日期则出自其幻想的不同时间点,比如1676年1月24日、1748年5月24日或者1940年3月9日。这些诗是用规则的、均匀韵步长度的形式写成的,有绝对纯正的尾韵。正是三十年前的荷尔德林翻译创作的那类诗作,使他得到了索福克勒斯翻译家、圣歌写手等头衔,他的作品被打上无用和鬼样的烙印。

在下面的两个访问者证词里我们可以观察到荷尔德林的情况。我们看到荷尔德林坐在他的看护人、木匠兹默尔的房间里:"而当他写诗时,以其左手拍打诗行韵步,每行诗结束之处,均会自胸声腔挤出'嗯''嗯'之声表示满意"。1843年1月27日,当来访者把他一部诗集的第二版递交给他的时候,他说:"对,这些诗都是真的,是我写的,不过名字写错了;我一辈子都没有叫什么荷尔德林,而是斯卡丹纳利,或者萨尔瓦托·如斯,或者什么类似的名字。"

由于辛克莱尔对贝蒂娜的虔诚转告,贝蒂娜1804年的信件里才会提到荷尔德林的名字。这里涉及那个真实存在的诗人,他好像一只鹰,处在受神召唤的疯狂状态里(自以为清醒到如醉如痴、对世界绝对一览无余的状态)直冲云霄朝太阳飞去,被诗韵托到一个高度,那里只有语言才能有所作为……"这时(人的精神)好像会眼花目眩,完全沉浸在光明之中,它原来的能开花结果的特性在强烈的阳光里也干枯了,但是一个这样燃烧过的地球进入了复活再生的状态,这是为超越人世做好的准备。"那么我们是否还能继续跟随在荷尔德林术语里的动作,把这种疾病解读成一种高升上天动作的疯狂的终点?也就是超越人世,不再知道任何痛苦,也没有了任何自我意识,没有了带个人代词的语法。

或者换个说法，荷尔德林周围世界的俗人要不要依然留在人世，站在一条地球的视线上，看到一种悲剧的迟钝，离开他的想法而在短暂喘息中缓口气，而且惊惶失措，所以在现实面前身不由己被迫地要赞美称颂？是不是精神病人的思想空虚状态倒是活跃主动的，可以得到复杂的排除机制的保护，这种机制可以切断那些不被允许的外部关联？

    Der Erde Rund mit Felsen ausgezieret
    Ist wie die Wolke nicht, die Abends sich verlieret,
    Es zeiget sich mit einerm goldnen Tage,
    Und die Volkkommenheit ist ohne Klage.

    圆石点缀原野，
    不似晚霞消散，
    金色白日展现，
    圆满没有哀怨。

荷尔德林生病时期写的诗歌和他1804年之前写的已经相去甚远。他的选词有了一种失语症的标志。否定形式的和痛苦的词汇，但也是一切很精确无误能分辨清楚的词汇，都已经被黑暗笼罩隐蔽起来，只有很少例外。（比如"哀怨"这个词出现过两次，不过用了否定形式"没有哀怨"。）在那些季节诗里，我们只看到风景：绿色的山谷、闪光的小溪、雪后的田野、堆积的落叶、云彩等等，光线和色彩随季节改变以及每天各个时刻的变化而变换。这是图画吗？细节已经不存，也就失掉了观察的情感。就好像一切都非常遥远，是通过一个倒过来的望远镜在观看，再转成了文字。

同时我们也看不到任何象征。一切都是直接出现毫无掩饰。这使得这些诗歌特别难读：在说出来的话"底下"已经没有任何东西。在一首写秋季的诗里，荷尔德林自己谈到意义是环绕着这幅图画飞翔的一种"金碧辉煌"；就是说只存在一个层次。

这些文本是用一个只有三百到四百个词的词库来构成的，其中一百多个词重复出现，其中某些词（日子、人、生活、自然、高）出现记录多达二十多次。它们构成四组可以明显区别开来的词群。两种是物体性词汇。其中一种是自然现象（白日、山谷、春天、年、天空、田野、花朵、空气、小溪、黄昏、树、土、小径等等）；另一种是人文主义的思想词汇（人类、生命、意义、精神、图像等等）。还有一个词群是形容词，包括赞美性的词汇（高大、温和、高兴、宽广、壮丽、光明、新鲜、绿色等等）。最后剩下的这个词群是由动词组成的，都和观看或显示有关系，或者是和荷尔德林的使用习惯有关的动词，成为没有实体性的观察和体验词汇（闪光、出现、行走、站立、小心、找到、显示、完成、滑动等等）。这些词群之间的结合就构成了他的诗作。

一种奇怪的沉寂和不可触及性支配了一切。很少声音，很少香味，没有任何触觉的经验。说话的这个人将自己献给一种现实，而其中实体性的压力已经被他奇迹般地摆脱了。在自然和人类之间出现了完全的和谐，完全一目了然。

Die Sichtbarkeit gewinnt von hellen Unterschieden,
Der Frühlingshimmel weilt mit seinem Frieden.

> 不同亮光清晰分明，
> 春日天空留住安宁。

也可以说他避开了这种语言的压力。写作被移交给了一种公式化构建和用陈词滥调完成的自动行为。这首诗也就不知所终了。句子并列在一起，就好像堆积的木块只是轻轻互相触碰。诗行和词组肯定是用关联词和向前指示的语法构建来结合的，不过句法的首尾一致性很少用思想去达到或实现。保险栓已经拉掉了，诗句很可能就滑开分散并构成新的组合。

这里缺少的是能把字结合成为一个角度或者一个经验人物的中心点。奇怪的对复数形式的过分侧重（不光是被那些从头至尾使用的女性韵脚强行推出来的）透露了诗人指出事物方面的疲惫无力。荷尔德林看起来要让路给那种把分散的想法强行凑到一起的有意识行为。能量是很平均的，也是低的。这些诗作和我们通常的强度美学是不相容的。以一种让人痛苦的方式来看，它们缺少任何一种得出结论的模式。它们没有张力，也太透明了。这种疯狂让词汇的魔术远离开了语言。除了动机之外，剩下的还有一种模糊而欢愉的转向在安排很节约的词语材料。这就好像诗人愿意为自己的词群提供自由的游戏空间，不让文本中的我和你扰乱了可见视野中的清晰线条。

在这些图像中，起支配作用的是空间、宽度、开放性、距离。那些赞美诗、牧歌和民歌的微弱语调如滴水般流过其中。关于诗人用给定的形式练习，在贝蒂娜的信里提到的那个荷尔德林已经说过，"他们像鸟一样蹲在语言之树的树枝上，按照原始的韵律节奏摇晃，而这些韵律节奏是在这棵语言之树的根里"。现在他是用韵的，并用手来计算诗句的脚。

这种人格化是唯一的修辞性人物，在这些文本里推广开去，比隐喻还用得多。自然现象和时代是作为一类天堂家族的模糊形象出现的。这些诗作首先是**白日**的故事。白日苏醒过来，在大地上伸展，也走过大地。这是这些诗歌的最本质情节。

> So zieht der Tag hinaus durch Berg und Thale,
> Mit seiner Unaufhaltsambeit und seinem Strale,
> Und Wolken ziehn'in Ruh', in hohen Räumen,
> Es scheint das Jahr mit Herrlichkeit zu säumen.

> 白日飞越山峰河谷，
> 明亮光芒不可隔阻，
> 天空高远静飘云彩，
> 岁月仿佛环绕光带。

我们可能受到诱骗去阅读这种宁静，把宁静当作一种内心收敛的迹象，是在收敛一种加深了的虔诚（正如于尔利克·海宇塞曼在他有关荷尔德林晚期诗歌的第一部真正能阐述清楚的研究著作里做到的）。不过，当我们继续搜寻荷尔德林的措词造句，就可以很快明白，这些表面下并没有什么秘密的下降下沉。在诗作的这里那里时有谈论的精神性活动是和所谓完美区域里的所有其他动作一样，是一般性的，没有什么实质的。季节周转，在山水风景的西洋景箱里推出新的图像，但是，来自颂歌和恩培多克勒①断片残简岁月的那种爆炸性社会批评性的自然哲学图像，在此踪迹全无。

而这些诗也同样有一种诗外之诗的捕捉人心而充满秘密的光泽。它们记住了那些幸福的梦，在这些梦里，我们已经体会过了疯狂的自由，徒劳无功之事倾斜的金黄光芒已经落到了街道之上。它们用自己内在的距离就冷却下来，也完全不要求和那个坠落下来的伊卡洛斯②保持一致，同心同德（如果那个在塔楼里弹着钢琴的诗人现在真的就是这样一个人物）。

这个内容的中心到底是什么，能滑开而躲避那个写作的人，问这个问题是没有什么好处的。将现实理想化是一个套子，装入的是一种空白的虚张声势的秘密，也是不能指望种种分析打破的套子。也许他骗过了我们，在词语的空空弹壳里面掩藏了一个最后会有效的但用不上的智慧。

反之，我相信另外一个有关系的问题是可以回答的，也就是说，到底是什么在创作过程中缺少了，又产生了所有其他的"缺陷"。当我们把那些技术特征摆成一个模式的时候，回答就显示出来了。缺少的是**记忆**。

这些诗是某个不再有能力使用记忆的人写的，至少是个在语言里无法使用记忆的人。一切都是现在时，或者是稍微指向未来的。记忆，也是创造一个人身份的记忆，一种主体的视角，一种

---

① 恩培多克勒（Empedokle，希腊语 μπεδοκλs，公元前 490 - 前 430），古希腊哲学家，相传投身火山口而死以证明自己的神性。其著作只剩下四百多行残篇。荷尔德林曾经写过有关他的剧本《恩培多克勒之死》。
② 伊卡洛斯（Ikaren，希腊语 καρos），古希腊神话中建筑师代达罗斯之子，曾用蜡制翅膀飞升以便逃离克里特岛，但因太靠近太阳导致蜡融化而坠落摔死。

做批评性比较的可能性,这些都被删除了。它们的缺席就在诗歌的中心导致了白色斑点的形成。不知多少次,某一行诗甚至不会"记得"前一行诗是什么。

比较一下荷尔德林生病之前的写作方式,事情就更加清楚了。在生病之前的写作方式里,对他个人的同时也是对文化的沉沦经验的重新召唤有决定性的作用。为了克服那个平庸时代里的麻痹,只能通过诗人走入记忆的阴影世界中去,走到古迹还能幸运保存之处去靠近众神,或者走到自己的童年中去。记忆的拯救力量在诗歌中蒸馏成了圣歌的精华,将带来自然的解放,也是酒神狄奥尼索斯的革命。

但是早期达到了破裂极限的圣歌,其紧张而有品达[1]特质的喊叫,会在后来的斯卡丹纳利那里沉静下来,在一个纯净的空白的词里、在一个没有自我而方向对着虚无的谈话中沉静下来。语言的意愿在哪里?在某个句子里,某个可能难以接受的句子里,也许有一个非人性的完结,那只笔直飞向太阳的鹰,成了在语言之树上看不见的鸟,而那些有韵诗歌的满意地表示同意的观者,"小心翼翼地注意到生命的完成",看着白日开始又结束它的旅行。

Aus Höhen glänzt der Tag, des Abends leben
Ist der Betrachtung auch des innern Sinns gegeben.

白日光芒高照生命黄昏

---

[1] 品达(Pindaros,公元前522或518-前446或438),古希腊诗人。

赐予思考内在意蕴精神。

译者注：

此文中四段荷尔德林诗作原文是德文，由德国文学博士徐沛女士帮助译出，特此致谢。

文中引用的荷尔德林诗作，引自《荷尔德林全集》（*Sämtliche Werke*）卷 2：1，德国斯图加特 Friedrich Beissner 出版社 1951 年版。

文中引用的贝蒂娜·布伦塔诺（Bettina Brentano）信件，请参看贝蒂娜·冯·阿尔尼姆（Bettina von Arnim）的《君特罗德》（*Die Günderode*），慕尼黑 Elisabeth Bronfen 出版社 1982 年版第 224 页。瑞典文译文可查看《危机》（*Kris*）杂志斯德哥尔摩 1982 年第 23/24 合刊期。

于尔利克·海宇塞曼（Ulrich Häussermann）的研究是《荷尔德林最新诗作》（"Hölderlins späteste Gedichte"），收入《日耳曼-罗马研究月刊》（*Germanisch-romanische Monatsschrift*）1961 年第十一期（NF XI）。

有关对荷尔德林的探访，请参看《荷尔德林学会文丛》（*Schriften der Hölderlin-Gesellschaft*）第 6/7 卷《文字与图片编年史》（*Eine Chronik in Text und Bild*），由 Adolf Beck 和 Paul Raade 出版社出版，法兰克福 1970 年版第 107 页。

面对人性的克莱斯特

当一个人要求别人选择自己而不被接受,甚至都不被理解,那么他在这个社会里的生活就成了一个不断受到冒渎的源泉。克莱斯特[①]用一个要求继承王位者的图像来抓住了这样的状态,而这个人处在一群不承认他生来就有王位继承权的人中间。这时,克莱斯特自己在绝望中,努力想完成他的悲剧《罗伯特·桂斯卡德》。有人靠记忆写下了这部剧作的残片,伟大启蒙作家魏尔兰对此剧默然无语,预言克莱斯特前程无量,会成为德国戏剧的革新者。然而,克莱斯特自己放弃了,烧毁了手稿。

克莱斯特生活层面里的活动伴随着无法根除的羞愧感。他背弃过军队,在自己的学术研究中也从来没有做成什么事情,担任过政府文职工作又半途而废,当他试图在拿破仑征讨英国的军队里当志愿兵的时候又违背了对国王的承诺,而在经济上他利用亲戚朋友——带着不断增长的债务和负疚感。他对于整个世界的期

[①] 克莱斯特(Bernd Heinrich Wilhelm von Kleist, 1777–1811),德国诗人、戏剧家、小说家,《罗伯特·桂斯卡德》(*Robert Guiskard*, 1801)是他第一部剧作。

望也早已麻木不仁。他的环境其实并不是对他充满敌意的，相反，大体上人人都对他很宽容体谅，甚至政府高官中也有很多人同情他。只是他长期不能适应社会，最后才失去了人们的支持。

在很多信件里我们看到他要求延期还债，还释放一点烟幕迷惑人。文学研究者已经提到了他的"康德危机"，但是，对万物不可知性的洞察，对于一个二十三岁的年轻人真那么惊心动魄吗？或者只是寻找一种借口托辞，让他可以借此为自己不愿意继续做学术研究开脱？各种系统性研究室里的寒冷和仪器都会把他推开，正如各种形式的衙门里、各种社团生活中的机械死板和虚伪也让他退避三舍。

> 我知道扮演某一角色的必要性，而对此内心又是一种不甘心情愿，使得每次社会交往都让我感到吃力，只有我一人独处时我才能高兴起来，因为那个时候我可以完全是真实的自我。和别人在一起这是不可能的，也没有一个人是真实的。嗐，世上有一种让人伤心的清楚透明，这真是很多人的运气，因为大自然就用这种清楚透明饶恕了他们，他们也只要看到万物的表面就够了。这种清楚透明揭露了每个面具后面的思想，每个词后面的意义，每个情节后面的动机——它向我展示了我周围的所有事情，包括我自己，痛苦地暴露自己，最后连我的心脏都对这种赤裸裸感到厌烦极了。
>
> （摘自1801年2月5日致其妹于勒利卡·冯·克莱斯特的信）

我们在这封信里认识的1800年前后的年轻的克莱斯特，用日常生活的尺度来衡量，是一个豌豆上的公主，一个少年维特类型的人，为虚荣心得不到满足而烦恼。①

对他来说人生只有两种可能性：为自己创造一种不容讨论的永垂不朽，或者是"到达一个从来没有人曾经到过的地方"。当人一度不在那个地方的时候，那么代替人的就是名誉。荣誉则是一种为死亡做的准备，没有荣誉就会导致一种杀人的自我仇恨。所以对于被虚荣心刺伤的人来说就只有一条出路了。

在克莱斯特的剧作和小说里我们会遇到世界文学中最美的自大傲慢。这就是人在面对世界的时候要坚定地站在自己的尊严这一边。比如说O侯爵夫人（面对女人如何怀孕的各种经验）、米歇尔·库罗斯（面对整个王国的政治和社会利益）等等。这是为了不让自己异化成自己的陌生人——那还不如让世界毁灭。克莱斯特在给妹妹于勒利卡的信中还写道，"如果上帝拒绝给我伟大的名誉，那么我就把所有其他神赐予我的恩惠也都抛弃"。只要人在这个世界可以满足自己的需求，或者换句话说那些崇高的事物都不在场，那么这个世界还是一个很安宁的地方。克莱斯特并非是根据条件才变得不合群不善社会交往的（那是对另一社会秩序提出的模糊不清的要求），而是绝对无条件的离群索居。只有现实原则的毁灭，才可能满足像克莱斯特信中表述的那种自我。

克莱斯特把他笔下的人物都推往极端，而这样做是为了让他们自由解脱。当人已经走过了可能妥协的那个点，心中的压力就

---

① "豌豆上的公主"典故出自丹麦作家安徒生童话故事《豌豆公主》，以敏感著称。"少年维特"则是德国作家歌德小说《少年维特之烦恼》里多愁善感的主人公。

会减轻了。自我就会走向胜利，或者走向毁灭，但不会走向某种退路，去创造某种可以用得上的人，吃得开的社会公民。

　　有成千上万的纽带把人互相联结起来，让他们有同样的看法，同样的兴趣，同样的期待和希望以及未来的展望；不过，所有这些纽带不会把我和他们联结起来，这可能是我和他们不能互相理解的一个根本原因。特别是我的兴趣是他们非常陌生的，和他们的兴趣是完全不一样，所以，他们要是对我的兴趣哪怕有一点点了解，也会像是从天上掉到了地上。我曾经试过几次让他们睁开眼睛、让他们打开心灵，但都失败了，这让我总是感到恐惧；我必须把我内心的更深刻的一切都关闭在自己的内心世界里。

　　（摘自1799年11月12日致其妹于勒利卡·冯·克莱斯特的信件）

　　我们真的要奉承自己，说我们理解克莱斯特吗？他信中写的话，让我们感觉到的是一种出乎所有人之常情的不心甘情愿。或者他也是自欺欺人？是不是所有的孤独其实都是平凡琐碎的小事？他的剧作《彭忒西勒亚》的主题选择是属于大理石般冰冷的新古典时代的，但是一个像他这样的作家怎么会进入到那个时代去呢？① 这也是黑格尔为自己有关现实理性的学说打下基础的时

---

① 彭忒西勒亚（Penthesilea，古希腊语 Πενθεσλεια），古希腊神话中的亚马逊女王，在援助特洛伊抗击希腊联军的战斗中被希腊英雄阿基里斯杀死。克莱斯特据此创作的剧本曾由本文作者翻译成瑞典文于1987年出版。

代,一个像他这样的作家怎么找到了爱情是毁灭和吞噬他人这样的想法呢?而且把恋人的"亲吻"当作升华了的"咬伤"(德语原文"küssen-bissen"玩弄的文字游戏几乎是无法翻译的,是押韵的,而说出这些话的彭忒西勒亚也仅仅是口误,一种弗洛伊德式的失口,不过不是舌头的问题而是牙齿的问题,一个致命的笑话,在这个笑话里一种无意识逻辑会突破进来,而这个隐喻会成为死亡的现实),怎么会呢?难道美倒成了恐惧的开始,而爱情反被让人厌恶的东西缠绕?

  有一个问题:人的内心世界是无法对人传达的。在克莱斯特的剧作里有一种结构性的语言悲观主义支配一切(这种悲观主义在他的小说里则不见一丝痕迹)。每次试图理性地搞清事物真相,都会绝对无误地导致一种新的而且更深刻的秩序混乱。词语会把每个演员都缠绕到一个茧子里,只有灾难才可以切割并穿透这个茧子。然后就只剩下了欣喜若狂的毁灭过程,或者是欣喜若狂的屈从。

  ——嗐,你根本不知道我内心最深处是什么样子。不过你还是有兴趣知道对吧?——哦,这个我知道!要是有可能的话,我很愿意告诉你一切。不过这是不可能的,即使除此之外没有其他的障碍,我们也缺少一种告诉你的手段。甚至我们拥有的唯一手段,也就是说语言,也不够用,语言无法描绘灵魂,语言提供我们的只是撕破的碎片。所以每次我对什么人披露我最内心的东西,都带着一种恐惧战栗的感觉;不是因为裸露而惊慌失措,而是因为我无法展示这种人性的一切,不能够做到这一点,所以不得不害怕出自那些碎片的展示只会被人误解。

(摘自 1801 年 2 月 5 日致其妹于勒利卡·冯·克莱斯特的信)

卢梭的精神栩栩如生。不过,这个"最内心的东西"是什么?是那种现代个人的不安分的真实要求的参考点吗?这是下一个问题。如果社会共同体是建立在谎言之上的,如果其目的是虚假的并且其扮演角色对温暖鲜活的人类灵魂也是陌生的(诗人之王的角色是例外),那么还有什么可以给人信心?康德可能回答说,"良知"。柯尼斯堡的哲学家曾经把新教伦理推到了极致,其方式与其说是把道德建立在美学共同性的参与上,不如说是建立在内心的理性自律的基础上。

对于克莱斯特来说,直觉和道义召唤比理性更重要。不过,这种直觉可靠的程度如何?从同一封信里提出两种说法互相是对立的:"每个目标都是虚假的,对这种目标纯净的自然不会人类提供什么暗示";以及"……我的希望在变换,一会儿是这个希望进入阴影,一会儿是另一个希望进入阴影,就好像大自然里的某样东西,当云朵从上面飘过去的时候"就是那样。(摘自 1801 年 6 月 3 日致威尔赫尔敏娜·冯·曾格的信)因为和周围世界已经隔离开,自我就成了一个洞,里面充满了飞翔着的妖怪。而当自我全身心投入生活毫无保留,那么它自己的模式也就消解了。"甚至我们从不怀疑其永恒性的情感也完全从记忆中消失了。"(摘自 1801 年 7 月 28 日致阿多尔芬娜·冯·维尔戴克的信)我们怎么能在这样的无形无序的状态上建立一种对立的秩序呢?

而克莱斯特依然固执己见：

> 我心中有一种内在的法规，是和所有外在法规针锋相对的，外在法规如果说都是国王签过字生效的，在内在法规面前也失去了效力。因此我觉得我完全不用去适应任何外在世界的陈规旧习。我发现很多这方面的机构以我的感觉判断都是微不足道的，所以对我来说不可能与之合作来维持它们或者发展它们。尽管我常常也不能建议什么更好机构去取代它们的位置。
>
> （摘自 1801 年 10 月 10 日致威尔赫尔敏娜·冯·曾格的信）

克莱斯特几乎不可能是什么革命家，因为他不会在社会层面去考虑。他只是一个忧虑不安的人，一个扰乱内心和平的人。

但是，如果自我能成功地打破孤独呢？在阿尔卡美涅斯和安菲特律翁的关系中，自我的内在信心是与再认出被爱者的能力不可分开的联结纽带。①（这涉及克莱斯特杰出的莫里哀手法的剧作《安菲特律翁》。）一个新的，同时也是大胆的想法。这是通过一个"你"而使自我达到关于自己的清楚明白，也是通过互相的身体的归宿感，通过克莱斯特剧作里的夫妇以为自己独有的一种亲密体验。他们没有考虑到神祇对权利的垄断。

---

① 阿尔卡美涅斯（Alcamenes，约公元前 5 世纪左右），古希腊雕塑家。安菲特律翁（Amfitryon），古希腊神话中的人物。所以两者是艺术家和作品的关系。

阿尔卡美涅斯：

……以前我把错误算在自己头上！
以前这种最内心的情感
是我从母亲乳房吸吮到心里，
我就是我阿尔卡美涅斯的感觉
对我就成了帕提亚人或波斯人。
这是我的手吗？这是我的乳房吗？
镜子显示的这个图像，是我吗？
那他就会少出名了吗？用我的眼睛，
我就听到他；用耳朵，就感觉到他；
用感觉，我呼吸到他的气息；
拿走我的眼睛、耳朵、感觉和气息
拿走我的所有感官，只剩我的心灵，
那你就饶恕了我需要的大钟
在世界随便什么地方都能找到他。

  有关心灵的那几行是一个毕达哥拉斯的隐喻。如果有一定数量的不同尺寸和不同声调高度的大钟放在一个黑暗的房间里，那么只要你敲你带去的大钟，通过敲钟你还是可以很容易找到匹配得上你的大钟的那个大钟。你敲出的声音会在房间里的那些大钟中间铸造成同样形式的那个钟那里唤起一种共鸣。你不用碰那个钟，它也会开始发出嗡嗡的声音。两个相爱的人的心会感觉到一种秘密的音调，是别人都不能模仿的。这就是这幅图画的内容。

  但是当阿尔卡美涅斯真的面对这种选择，要在虚假的安菲特律翁（打扮得完全像爱神）和真的、她的丈夫安菲特律翁之间做选择的时候,她却选错了。她的世界就被打得粉碎,而她受到了神的褒奖。

在灾难发生地的上方,崇高的彩虹放射出光彩。一种危险的思考方式。我们理解不理解在克莱斯特创作里到底有什么东西会引诱纳粹分子也演出他的剧作?如果我们不能同时听到那种极端微弱的叹息、阿尔卡美涅斯伤心的"嘻——"、洪堡王子的死亡恐惧、彭忒西勒亚说的"还有更多真让我真高兴",如果我们不能听到这些,我们还能理解克莱斯特吗?也许只有一种希望,能够堕落而成为人。

镜子制造者霍夫曼

在霍夫曼的创作中,镜像是另一个自我,一个看来可以和人分开的镜像。在《新年夜历险记》里,魔鬼基列塔就这么说,"一个梦幻的自我"①。镜子的玻璃起一层薄膜的作用,能把已知世界和另一世界分开。

我们知道,复制品和镜像之间的相似性掩盖了一种重要的差别:一种是有实体的真的存在,而另一种是光学上的错觉。镜子执行了一种区分工作,这是目光通常做不到的。自有纳西索斯的神话故事以来,镜像成为一个主题,这个主题与其说是在谈观看,不如说是在谈盲目,或者更正确地说:在谈观看而又看不见的盲目。在这种关系上霍夫曼把自己和一种古典传统联系在一起。他的镜子是有关可见的东西和不可见的东西的种种悖论。在他这些镜子的虚假空间里,出场的是那些人类自己内心

---

① 霍夫曼(E. T. A. Hoffmann, 1776-1822),德国浪漫派作家。引文出自其著作《诗作》(*Poetische Werke*),柏林1957—1962年版(以下简称PW版)12卷中的第1卷第331页。魔鬼名字基列塔原文为"Giulietta"。

的东西。①

《破败的房子》是由一个典型的具有霍夫曼特色的事件开始的。第一人称"我"的叙述者被一个女性面孔（很可能是画出来的肖像）用魔法迷住，而这个面孔只是闪现在一栋废弃封存的房子的一扇窗户上。当"我"从一个街头小贩那里买来的小镜子看这个窗户的时候，这个女人没有生命的、无法闪动的眼睛就有了生命，而他就爱上了这个不为人知的女人。后来当他独自一人拿出这个小镜子在上面呵气的时候，这个女人的身影就从朦胧水汽中出现了。或者他看到的只是自己的影子，被水汽半遮半掩着？霍夫曼描写的是一种远距离的魔术戏法，还是男人有意识的意淫，让自己被欲望搞得晕头转向？这个作家按照他平常的做法，避免在自然的和超自然的解释之间强行做出明确的选择。让读者困惑的这种不确定性，是对"我"失去的同一性的一种品尝，也是霍夫曼的主人公自己体验到的不确定性。

目光的现象学

在霍夫曼的音乐评论随笔的《克莱斯勒们》里，室内乐队指挥克莱斯勒也曾玩弄这种一人加倍成二人的游戏：他坐在一面镜子前给自己写了一封教训口气的信，后面的签名是"我就是你克莱斯勒"（Ich wie du Johannes Kreisler）。② 这样看自己的目光有

---

① 纳西索斯（Narkissos，古希腊语 Νρκισσos），古希腊神话中的美男子，因爱上自己在水中映照出的形象不能自持堕水而死，化为水仙。
② 参看 PW 版第 1 卷第 391 页。

一个故事吗？哪些是那种最早的图画，其中被画的人物真的好像是把目光对准了看画的人？很可能是文艺复兴时期的自画像吧。那种画是依靠镜子画出来的。其中的目光有一种隐蔽的替身结构："我就是你"。

不过，在玻璃镜两边的人，只是表面上看一模一样，因为一边其实是主体，而另一边是客体，是对象；一边是活生生的，而另一边是——还能是什么呢？我从画我的肖像里接受的那个目光是空洞的，没有深度的，是一个鬼影的目光，但毕竟还是我的目光。这个目光的起源是和镜子的完美的重复加倍紧密结合在一起的，同时作为镜子又取消了这个目光与其本身的同一性，因此也是"我"与其本身的同一性。霍夫曼的故事就是从这种裂缝中挤出来的。

镜面，也就是说那种捕捉住"我"的投影的材料，在霍夫曼那里是多种多样的，有时也使得它难以被发现。可以这么说，"镜子"并不永远是平的，而是会把图像打破变成让人认不出来的。例如它可能是一种"自动人"，也就是说一种人为制作出来的人，一种机器人。这样的机械装置的玩偶在18世纪末对于已建成的欧洲有一种强大的诱惑力，大致就和我们这个时代的技术迷忙着做的"人工智能"差不多。

霍夫曼创作的自动人系列故事里最有名的是《沙人》，其中写到大学生纳撒尼尔和美丽的奥林匹娅的会面。奥林匹娅只是一个玩偶，由于制作技巧非常高超，她的模样完全可以以假乱真，至少在通过一个特别的望远镜看过去时，她完全就是个活人。纳撒尼尔就从一个神秘的叫考珀拉的配眼镜师傅那里买了一个这样的望远镜。奥林匹娅感情丰富光彩照人，在这个大学生身上点燃了熊熊爱火。但这个美丽玩偶身上一切他爱慕的事情其实都是他自己放进去的。她的嘴唇是在他的热吻下才变得温暖的。当他压住她的手臂，她的脉搏才会跳动起来。不过，有关这些身体上的照镜效果，纳撒尼尔自己是完全没意识到的。

这个系列中一个不太有名的故事就叫《自动人》。其中有一个打扮成土耳其人样子的玩偶，不仅能扭动手臂和腿，而且还能说话，即使还是用轻轻耳语的语调，看起来也能听懂人说的话。这还不够。它熟悉每个人的过去，还能看到未来。

这个土耳其玩偶引起了轰动。它成了上流社会的名人。有两个朋友，路德维希和费迪南，对此先有些怀疑，也前往能会见这个"自动人"的沙龙去，想搞清楚这件事情的底细。这两个人都不迷信。故事就是讲述这两个朋友试图借助当时有关动物磁力学、心理学、声学和电学的科学理论来解释这个现象。例如路德维希认为，是来访者自己的内心轻轻说出了这个名人的答复，就好像我们在做梦的时候，让别人来对我们说话，而词语一定是从我们自己的脑子里冒出来的。

在会见这个"自动人"的时候，让路德维希感到最可怕的某种体验，有什么东西既是活的同时又是死的。他讲到自己从小就很厌恶去蜡像馆。让他感到害怕的就是蜡像的目光。当他看到那些实际空空但反射出人影的玻璃，他愿意大叫，就好像莎士比亚笔下的麦克白，对着自己派人杀死的班科的鬼魂大叫："你为什么用没有眼光的眼睛盯着我？"[①] 让人感觉到这个人已接近疯

[①] 参见莎士比亚悲剧《麦克白》第三幕。此句的中译有人翻译成"你那向人瞪着的眼睛也已经失去了光彩"，不确。——译者注

狂了。

在这个故事里还有很多奇怪的目光。另一个朋友费迪南对那个人造的土耳其人提了一个问题,他得到了一个回答,这个回答让他恐惧得脸色苍白。他想知道他是否还有机会见到他访问这个国家一个偏僻地方时偶尔看到的那个美女。这个土耳其玩偶回答说,他会在再看到她的同一个瞬间又失去她。

费迪南和这个女人会面之前曾经先有过一种很不平常的梦境体验。他躺在一个旅馆的房间里,到了晚上听见这个旅馆里的什么地方传出一个女人的歌声,唱的是一首意大利歌剧的咏叹调。费迪南睡着了,梦见了他少年时的恋人。他们说的词汇和目光成了不断增大的声调,像水流一样汇集到一起,成了一道火流。当他醒来的时候,他突然想到自己过去从来没遇见过梦中的这个女人。她纯粹是一种幻想的图像。不过他前一个晚上听到唱歌的那个女客人一大早就出现在院子里,要登上一辆马车离开。不知为什么她转过身来朝费迪南站着的窗户看着:她就是梦中的女人!费迪南后来用充满矛盾的词语来形容这个美丽歌女的目光,或者说这种目光的效果。这个目光既是一个水晶体的一道光线,能击中他的胸膛,又是一个冒着火焰的短剑伤口。它让费迪南"麻痹僵直"(德语 erstarrt),好像成了石头。① 这是一种美杜莎的目光,但同时也是来自天堂的极乐世界的激流。②

这是霍夫曼创作中的另一类的目光:不是死人的和像镜子一样反射的,而是像钻头一样能钻穿你的,有破坏性的,能从被看

---
① PW 版第 6 卷第 92 页。
② 美杜莎(Medusa),古希腊神话里的女妖,任何人直视她的目光就会化为石头。

到的人身上摄取力量。在《破败的房子》这个故事里,这种目光被比作响尾蛇尾巴发出声音的催眠作用,让猎物不能动弹。在《自动人》这个故事里,即使这种目光作用展示得不一样清楚,但也意味着一种阉割去势或者自我丧失。霍夫曼本人对这种催眠术和"动物磁力学"也很着迷。当时这种理论在欧洲大陆很盛行,随着天才的骗术大师梅斯默的活动留下的轨迹传播。[①]看来他主要是把这种催眠暗示手段看作权力操作的极端形式,这和半世纪后瑞典戏剧家斯特林堡想做的几乎一样。显然你一想到这种陌生奇怪的目光就会疑神疑鬼地发抖,因为在这种目光里你什么都掩盖不住,它会使得一个人自己透明如水晶。对于占优势的灵魂力量暗示能力的想法在霍夫曼的幻想中是和19世纪初政治事变过程的创伤经验融合在一起的:从整个欧洲版图和社会状态来看,一切都是屈从于个体或者说魔鬼的意志。他把拿破仑看作来自动物磁力学的黑暗世界的人物。[②]

在霍夫曼的其他著作里,把这两类不同的目光分开看来比较困难,也许是因为两者都有一种隐蔽的镜子结构。《破败的房子》里的叙述者记得自己还是孩子的时候如何害怕父亲房间里的镜子,因为保姆诱骗他去想象有一个怪异的魔鬼会从镜子里往外

---

① 梅斯默(Franz Friedrich Anton Mesmer,1734-1815),德国物理学家、也是"动物磁力学"(animal magnetism)理论创建者。该理论认为人与动物及所有物体之间都可以产生磁力影响。此学说因此有时也被称为"梅斯默主义"(Mesmerism)。

② 有关霍夫曼创作的这种政治语境,请参考德国作家萨弗兰斯基(Rüdiger Safranski,1945-)所著《霍夫曼:持怀疑态度的梦想家的生活》(*E. T. A. Hoffmann. Das Leben eines skeptischen Phantasten*),慕尼黑1984年版第17章。

看，让他的眼睛变成石头不能动。当他不顾禁令往镜子里看了一眼之后，他觉得自己看到了一对让人恐怖的燃烧的眼睛，这种经验让他大病不起。《自动人》也有同样的故事，那个女人面孔开始也是费迪南内心的一个图像，而后她在旅店院子里出现，就有了某种梦幻的性质。就和那个在镜子里照自己但是自己又不意识到的人一样，他已经把自己的一部分转移到一个陌生的生物那里去了。歌女是存在的，但他看到的其实不是她。在霍夫曼的文本里，目光的同一性是这样被强调的：即使是燃烧的征服控制人的目光也会有一种生与死之间的界限设定。在《魔鬼的剂量》这个故事里，年青的圣方济会僧侣梅达多斯成功地赢得了教堂演说大师的好名声，成群结队的人从四面八方涌来听他布道。这是用一种充满艺术性和征服人心的力量的语言做的布道。这让他变得极为自大。这也是一种高尚能力的显示。但是凶手出现了，一个陌生人来到了教堂，用"钻透人的让生命僵死的眼睛"盯着他看。梅达多斯演说的力量立刻就丧失了，甚至不知道自己的身份（他以为自己是圣安东纽斯）。①

霍夫曼是一个创造类型化形象的作家。他研究的是在有意识的愿望控制之外的希望的图像和恐怖的图像，一种精神性心理性的自动人，能在活的事物和机械上令人恐怖地不清楚的事物之间分出界限。在他的文本里，有决定性意义的经验是用重复出现的陈词滥调来表达的。《自动人》中有关歌女的那个片段里，有光线、有短剑伤口、有水晶体的声调。当霍夫曼笔下的人物偶然看到那些神化了的梦中图像的时候，他们受到的惊吓效果通常都会

---

① PW 版第 2 卷第 34 页。

引出"燃烧的火流""短剑伤口"和"触电"等表述。除了生和死之外,那些堕入爱情的恋人几乎总是中了定身法的招,变成眼睛盯着某处一动也不能动的石人,成了纯粹的目光。

被实现的隐喻

那种特别的霍夫曼式的目光变换手法,能让自动人或者镜像中死亡的眼睛栩栩如生,在《沙人》里又借助一种魔术再次用上了。通过配眼镜师傅考珀拉制作的看戏用的望远镜看,奥林匹娅一动不动坐在窗前的时候,她的面容就成了活的了。当纳撒尼尔在斯帕兰萨尼斯教授的沙龙里和她见面的时候,她几乎一句话都不说,但是他从她眼睛里感到一种无限深情的响应。这可以解读为讽刺。这个年轻人其实只是在一个没有个人特色的被动幻想出的女人身上追求自己内在灵魂的回应。她要说的话,或者更正确地说,她眼睛里表达的东西,告诉他的是在他内心最深处的活动。心理学家弗洛伊德在一篇评论令人恐怖的图像的论文里,对霍夫曼的《沙人》曾经有一段著名的分析。这篇文章也多少涉及霍夫曼创作中出现的替身现象。弗洛伊德比较集中地谈到了这个故事里反复出现的眼睛母题,而他是就纳撒尼尔的阉割苦恼而言来进行分析的。他把奥林匹娅看作纳撒尼尔儿时对父亲就有的女性态度的物化,因此把这个年轻人对一个自动人(玩偶)的恋情特征定为纳西索斯自恋情结。弗洛伊德也特别注意到,令人恐怖的效果经常是在幻想和现实之间的区别突然被抹去的那个瞬间出现的,比如说,当此前一直被以为是幻想的东西突然在现实中出现或者在一个象征物突然接过了被象征事物的属性的时候。①

不过,这一次把悲剧记在镜子效果的账上恐怕还是不够的。出现的事情还有修辞学的一面。纳撒尼尔的情况在同样程度上也是语言的崩溃。崩溃的是图像意义和字面意义之间的差别。当这个坠入情网的大学生发现了光学的诈骗游戏,这个故事就走向了一场灾难。他成了一个证人,证明奥林匹娅如何被她的发明者斯帕兰萨尼斯教授和配眼镜师傅考珀拉虐待,然后把她作为没有眼睛的东西抛弃了。这个姑娘被制作得非常精巧,一点也看不出和人不一样,可以加入大学城里的社交生活。但是真相最后还是败露了,丑闻已经成为事实。这个教诗歌和演说术的教授试图对这件事做出理性的解释:"尊敬的女士们先生们!难道你们没有注意到美之所在吗?这全都是寓言啊!一个完成了的比喻而已啊!——你们理解我!Sapienti sat(拉丁语,表示'不言而喻'或"不言自明")!"② 德语原文事实上是"eine Allegorie——eine fortgeführte Metapher"(一个寓言——一个持续的隐喻)。③ 把奥林匹娅当作隐喻并不难。在她容光焕发的表面之下是木头和机械,她代表了这个社交团体里的姑娘们灵魂的空虚。不过,霍夫曼是让这个讽刺性的比喻在真实的人们中间出现。其效果既是令人恐怖的,也是喜剧性的。我们会嘲笑这个善良的社交团体,其中的姑娘们在这个丑闻之后,都必须证明她们不是这样的自动

---

① 参见弗洛伊德(Sigmund Freud,1856 - 1939)《弗洛伊德文集》(*Gesammelte Werke*)第12卷第227—269页的论文,其题目是《鬼斧神工》("Das Unheimliche")。
② 此处引文参见瑞典文版《世界文学杰作》(*Världslitteraturens mästerverk*),斯德哥尔摩1929年版第29卷第54页,瑞典文翻译是 Gösta Montelius。
③ 德文原文参见 PW 版第3卷第40页。

人。她们必须对别人问的问题做出理性的回答，用有一点不规则的韵律节奏来跳舞，等等，借此来证明她们不是玩偶。

对于纳撒尼尔，这幅图像就变为现实了，而这会带来一种根本上的语言的误会。当他说到奥林匹娅的灵魂反射的完全是他本身，他把自己的措辞是当作隐喻的，但其实不是。①

弗洛伊德发现，做梦的事情经常是把图像的表述当作字面的表述。② 柏格森把这种交换当作一个例证，说明我们如何用语言创造喜剧效果。③ 被实现的隐喻使得文本成为一个场地，梦幻、喜剧、恐怖故事、抒情的恍惚状态以及疯狂都可以紧密集中在这个场地上。对于霍夫曼来说，最重要的看来并不是要取得整体性效果，而是让读者留在这个飘忽不定的场地上。

图像层面的崩溃同时也是一种关于阅读的隐喻。纳撒尼尔看奥林匹娅时的画面在性质上和看戏用的那种望远镜看的目光相像，或者和用西洋镜魔术看的目光相似。我们可以这么说吧，在西洋镜盒内部的玻璃片上，在一种人为的光线里，一个光彩四射的美丽姑娘在一扇窗户边出现。她是从一种无法确定的深处跨出来，是如此真切如此接近让你觉得你可以伸手抓住她的手。但是，当你打开这个装置，里面其实只有一些画了图像的纸片，和我们读书时的纸页一样平，而我们从这些纸片里获得活生生的生

---

① 参见 PW 版第 3 卷第 32 页。
② 参见《弗洛伊德文集》第 2—3 卷第 6D 章论文《释梦》（"Traumdeutung"）。
③ 柏格森（Henri-Louis Bergson, 1859 - 1941），法国哲学家和作家，曾获 1927 年诺贝尔文学奖。此处论点参见其著作《笑：对喜剧本质的一项调查》（瑞典文译名 Skrattet. En undersökning av komikens väsen），译者马林（Margareta Marin），隆德大学 1987 年版第 63 页。

命的幻想。在另一篇故事《侏儒查赫斯》里，霍夫曼直截了当地指出，图像的现实化就是阅读的一种转义法①。在试图解开畸形儿齐恩诺贝尔让人不可抗拒的魅力所在的神秘的过程中，魔术师普罗斯普·阿尔潘拿出了几本对开本大书，里面是着色铜版画展示的自然界出现的各种各样形形色色的古怪生物。他只要一碰纸上的某个生物，这个生物就会成为活生生的形象，从书里跳出去，调皮捣蛋，四处乱跑，旋转舞蹈，胡唱乱叫，直到普罗斯普抓住这个生物的头，把它放回书里去，它就马上躺回到原来的那幅图画里去了。

阅读其实是一种身份判定，一种修辞行为。在那些沉默不语的大片印刷文字中，我们觉得自己能感知到一种声调，就是说一个人的声音。我们感觉自己与一种说话声相遇，也是文本里对你说话者，相当于前述的目光。读者对此做解读的立场相当于考珀拉的看戏望远镜。②文学爱好者通常对于过分"技术性的"文学分析是很有反感的，类似于纳撒尼尔看到奥林匹娅被斯帕兰萨尼斯和考珀拉折磨得七零八落时的反应。

在形而上的层面上，光的图像会转变成一个有关阅读的形象特点的隐喻，而故事本身却走向一条相反的道路，把隐喻转变成误解和误读。这些镜子反转的动作在一种结构中既互相否定又以

---

① 有关《侏儒查赫斯》(*Klein Zaches*) 请参看 PW 版第 4 卷第 169 页。"转义法"（英语 trope、瑞典语 trop）是一种修辞方法，其中包括比喻。
② 参看彼得·冯·麦特 (Peter von Matt) 所著《自动人的眼睛：霍夫曼叙事艺术的想象原则》 (*Die Augen der Automaten. E. T. A. Hoffmann Imaginations Lehre als Prinzip seiner Ersählkunst*)，图宾根 1971 年版。这是迄今为止最令人信服的对霍夫曼文学创作的完整解释。

互相存在为前提,保罗·德曼曾把这种结构描述为文学文本多谜难解的原因。①

笑镜

霍夫曼小说《雄猫穆尔的生活观》里的室内乐队指挥克莱斯勒(化名)在西格哈特斯维勒王爷那里任职,而他的影子经常像幽灵一样在不幸的宫廷画师艾特灵格脑子里出现。艾特灵格画出了自己最好的王后画像,而且不用她坐在画室里为他摆姿势,而是从自己内心想象出她的样子。他的不幸仅仅在于他没有能力摆脱他对于这种梦中图像的爱恋,摆脱他对于这个女人活生生肉体的情感。其结果就是疯狂,就是杀人的欲念和身份的丧失。他以为自己就是那只红色的兀鹰。

克莱斯勒很瞧不起艾特灵格,他不屑地指出,如果艾特灵格现在想要让王后的画像随着岁月流逝依然符合本人的样子,那么艾特灵格就不得不在女王身上画,而不是在画布上画。对于自然的衰变,艺术是没有权力控制的。衰变会无情地暴露出镜像和这个被爱者的真实形象之间的差别。对这种差别的领会就把克莱斯勒和艾特灵格区别开了,不过这只是在有关这个年迈王后的问题上如此。克莱斯勒对那个年青可爱的玩偶女郎尤利娅的爱情把他和一种徘徊不定的图像捆绑在一起,而且威胁着他,会使得他的

---

① 请参看保罗·德曼(Paul de Man)所著《阅读的隐喻:论卢梭、尼采、里尔克和普鲁斯特作品中的形象语言》(*Allegories of Reading*:*Figural Language in Rousseau*,*Nietzsche*,*Rilke and Proust*),纽黑文 1979 版。

命运就和画师艾特灵格一样悲惨。当他在花园水池上俯身看着水面的时候,他觉得自己识别出了池水深处的那个叠影。镜像的眼睛是一个疯子的眼睛。克莱斯勒感觉到自己被一股力量往水的深处拉去,而读者也会猜测克莱斯勒的内心深处对这种柏拉图式的"艺术家的爱情"是否有能力帮助他战胜对于弟子尤利娅的强烈性欲其实是怀疑的。艺术家身份只是受挫折的性欲和疯狂之间一个并不安全的平衡点:不安全是因为威胁来自创造中的幻想的最深处。同时,艺术也是自我在斗争和挣扎中的同盟军,以便把图像减低为假象,减低为虚幻的光线。当艺术作品声明自己是虚构的时候,在误解误读中被颠覆的修辞顺序就恢复了。对于霍夫曼来说,幻想并非是一个表达更深刻真相的器官,我们也不能像另一德国作家诺瓦利斯那样把神话当作绝对的象形文字来阅读。霍夫曼的象征与其说是天真的,不如说是童心论或质朴主义的,有时好像也是愉悦随意的。从这些方面看,霍夫曼的美学与通常描述的浪漫派诗歌原则是针锋相对的。那么他能基本上算作浪漫派吗?对这个问题做出否定回答的是德国批评家穆姆贝利耶,他的《太阳与潘趣酒》是对霍夫曼作品最早进行的解构主义研究。穆姆贝利耶大胆运用罗兰·巴特、德里达、克里斯蒂娃、德勒兹、巴什拉、福柯、拉康、巴赫金、弗洛伊德、尼采、本雅明和阿多诺等人的理论来分析霍夫曼作品。出于某种原因他忽略了耶鲁学派。穆姆贝利耶比之前任何研究者都更有力地强调,霍夫曼不仅仅属于浪漫派,而是有意把浪漫派诗歌机器推倒的人。霍夫曼从第一代浪漫派作家那里接过了神秘主义结构、隐喻和一种哲学的思想产品,但是他只把这些当作原材料,把这些材料和来自民间文学的形式和材料混合起来:比如说哥特式小说里让人毛骨悚然的恐怖故事、历史小说里神秘化的故事等等。他的神话故事成为轻歌剧,诗歌的图像负载过重以至于其观念会丧失。当他踏上故事传说的领域,一种有意的俗气调子就会悄悄潜入。当浪漫派最后将目光朝向一个和谐世界解释的时候,霍夫曼建立了文本而不瞄准任何绝对真理。穆姆贝利耶得出的结论是,霍夫曼的笑声是一种对于无身份和无意义的追求。作为幽默大师和滑稽演员,他接受存在的无理由无根据,而对这点浪漫派的反讽作家会退避三舍。从许多方面看,霍夫曼毫无疑问是反诗人。他使用传说母体的方式对于他那个对形式敏感的时代,肯定有强烈的喜剧性。①

不能区别生活和文学的人,在霍夫曼这里是行不通的。

或者,在没有什么更强烈方式可以来拉开距离的话,那么还有幽默可以。正如我们会看到的,霍夫曼把幽默看作严肃的思想和其讽刺性重叠物之间的一种关系,即使这是一种照镜的关系,但也是批评性的、救助性的。

在霍夫曼创作中,人们很愿意把一个稍欠文雅的词和反讽这个词结合在一起。在一次有关较新文学中让人遗憾的不和谐倾向的演说中,黑格尔曾经责怪霍夫曼的故事是"反讽的猴戏"(德语 eine Fratzenhaftigkeit der Ironie)。② "Frantz"的意思就是做鬼脸、丑陋的表情,但也是假面具,是演员的面具。

这是一个关键词。狡猾淘气的鬼脸化的半人半兽面孔是霍夫曼文本的一个极端,与让你中邪的一动不动凝视你的面孔正好相

---

① 参看穆姆贝利耶(Manfred Momberger),《太阳与潘趣酒:霍夫曼创作中浪漫理念的传播》(*Sonne und Punsch: Die Dissemination des romantischen Kunstbegriffs bei E. T. A. Hoffmann*),慕尼黑 1986 年版。
② 此处引文出自穆姆贝利耶《太阳与潘趣酒》第 82 页。

对。在霍夫曼的晚期作品《布拉姆比拉公主》里，猴戏艺术家可以治疗幻想病症。作者在这部书的前言里特意写道，"猴戏"的说法根本不是黑格尔想出来的。霍夫曼自己相信，对于他摆出来让人享用的这部独一无二的作品，这其实就是读者要说的话。①

这个故事要从洛林艺术家雅克·卡洛②的一系列蚀刻讲起。卡洛这个人物在霍夫曼1814年发表的第一部著作《卡洛方式的奇幻片》里就已经出现过了。构成了《布拉姆比拉公主》小说基础的蚀刻图像是1622年的《斯费萨尼亚之舞》，那幅画再现了意大利即兴喜剧传统人物。霍夫曼的故事可以看作把意大利即兴喜剧转换成书面叙述文本的大胆尝试。

这本书的叙述者塞里欧纳提也是一个江湖医生，观察到年轻的男演员吉格里奥和他的未婚妻吉阿辛塔都得了幻想症。这种幻想症干扰了他们的爱情，引诱吉格里奥投身于受法国影响的大话连篇的悲剧，而不是更受民众欢迎的喜剧。塞里欧纳提决定利用嘉年华狂欢节的服装游戏让吉格里奥和吉阿辛塔醒悟。在这出戏里，模特和复制图像之间的区别得以抹除，不，应该说是将要消失，有如一种治疗疾病的操练。

在这个故事里集中了很多镜子；让我们就停留在其中最重要的镜子前吧。在罗马著名的西班牙台阶旁的格列库咖啡馆，在一群很严肃的德国艺术家圈子里，塞里欧纳提讲了一个故事，其中的国王和王后都被非自然和无聊沉闷的生活搞得麻木不仁。塞里

---

① 参看 PW 版第 10 卷第 30 页。
② 雅克·卡洛（Jacques Callot，1592－1635），出生于法国洛林地区的版画艺术家。

欧纳提讲的故事在某个层次上是关于观看和反思之间的关系，一个在很高程度上引起康德之后霍夫曼时代的哲学家兴趣的问题。这个故事里的不幸王室有一条座右铭："思想毁灭观看"，也可以解释为针对已经被粉碎了的理解而为直觉所做的一种辩护。① 费希特和谢林对这个座右铭都会点头称是。立即把握有关自己的自我真相的直接途径在思考的镜子场景里就会失去了，在那种镜子场景里自我就好像被固定骨折的夹板夹在被观看部分和观看之间，绝无可能百分之百确定所看到的图像就是自己的图像。

不过，当这个座右铭被应用于这个传说的王宫里的时候，它并没有引向什么精神的革命，而是导致了国王和王后堕入死亡一般的沉睡。鬼脸！

反之，当传说中的王国智者从一块水晶中创造出了奇迹般的玉泉，国王和王后醒过来，在镜子般闪光的水面上看自己的倒影而且笑了起来。不是之前提到的折磨王后的那种空洞和神经质的笑，而是一种健康的笑，一种得到解放的笑，所以这个王国的哲学家果断地劝告他们不要再低头往泉水里看了。

霍夫曼支持的看法到底是什么？尽管他是间接地也是开玩笑地采取支持立场的。德国艺术家莱因赫德，也是在格列库咖啡馆里听塞里欧纳提讲故事的听众之一，试图对此做出一种解释。他认为，玉泉就是德国人所谓的幽默："思想的奇妙的力量是从对自然的最深入的观望中诞生的，自己做出一个自己的反讽的替身，在这个替身的妙不可言的鬼脸上，再感觉到自己以及——我

---

① 德文原文是 "Der Gedanke zerstört die Anschauung"，参看 PW 版第 10 卷第 60 页。

愿意保留这个傲慢粗野的词——在这个地球上的整个存在的种种鬼脸,为它们而感到愉快。"①

吉格里奥和吉阿辛塔最后也得到机会朝玉泉的水里看去——在这个让人笑的镜子里感觉到自己。这是否意味着,他们在嘉年华节狂欢中变换身份沉浸在光学造成的幻觉里之后,在和自己的替身游戏作乐到了头昏眼花的地步和梦中爱情之后,终于能区别出了图像和现实的区别?这是一种可能的但也是不安全可靠的阅读。《布拉姆比拉公主》里的叙述一方面是在这个传说及其讨论的缓慢节奏中进行的,另一方面也是在即兴戏剧人物跳来跳去、如火燃烧、如羽毛轻飘的急促节奏中进行的。如果我们愿意的话,我们甚至可以说这是些没有一点血液的人物。这个文本把思想活动和哑剧动作结合了起来,但不是和谐的和给人力量的,而是不和谐的、作弄人的。也许这些人物只是站在伊尔柯索饭店门外摆地摊的江湖郎中手里的用稻草填满身体的玩偶。所以江湖郎中塞里欧纳提开这个药方的目的何在,这个问题基本上是无解的。他是否想把吉格里奥和吉阿辛塔变成适应现实的一对?或者相反,他要让他们睁开眼睛,看到那个魔术变出来的世界,让他们把这个世界转移到自己的内心中去,转移到他们的梦中自我里去?

在霍夫曼对于幻想的分析中,那种不确定性,模棱两可的暧昧,在这个文本里是非常突出的。在涉及取消希望图像的蛊惑力或魔术力量时,意识的作用到底是什么?与其说是别的,不如说是身体的动作和游戏实现了这种改变,是否如此?如果我和我的镜像跳舞,可能就失去了支配目光的权力。

---

① 参看 PW 版第 10 卷第 63 页。

绝对精神的丑角

霍夫曼的创作显示了一圈重复出现的符号，它们互相吸引，构成不同的群体，但没有一个符号从一文本到另一文本是相同的，或者有可以固定不变的内容。隐喻的真实化也一样非常小，镜子就不可能提供永久性的价值。其潜在可能性随着一个比例尺变异，其刻度从替身的追债般的死亡威胁到江湖郎中和自己的被保护人玩弄的恶作剧不等。

艺术家语言的灵活性也导致了进入加倍重叠和真实化区域的符号，也处在和所有这些可能性同时接触的状态。令人恐惧的一面和具有反讽性的一面，在霍夫曼这里是同一个结构的两面。

在《布拉姆比拉公主》里，霍夫曼看来更重视观察镜像的**不同性**，而不是镜像的相同性。即兴喜剧的面具增加一种歪斜感和一种怪诞感，防止观者如吸毒一样沉溺到这幅图像中。隐藏于照镜逻辑（在自我和梦中自我之间的认同其实是一种骗局）中的事物可以在游荡的聚光灯里揭示出来。甚至神奇的泉水，在一个浪漫的寓言里会是更高的显灵之地，此时也代表反面的事物，可以用愉快的扭曲变形而让真、善、美都成为相对性的。生者与死者都在笑声中共享快乐，至少可以在一个瞬间共享。占据了霍夫曼幻想的双重性并不是对称的，而是不对称的。在复制的关系中，某种区别会显示出来。划分本身是一个有关镜像、替身或者反讽的语言分裂的问题，同时也是一种推进，使得事物不再可能回到最初的整体同一性去。古典主义的重叠加倍是补充和让事物完整，也有一种创造和谐中多余累赘的倾向，让人想起一种修辞阶段的句子排列之间的重量平衡。浪漫主义的两元性则打乱平衡，把事物和对立物分开，对于事物的再认识表示质疑。在这方面，霍夫曼是一个完成工作收尾的人。

霍夫曼的文学创作是在唯心主义的同一哲学成为那个时代伟大思想以后马上就自成一格的。唯心论学说描述了精神如何通过智慧的观望（谢林的看法）或者通过哲学系统（黑格尔的看法）达到一种对自己的绝对存在的不断观望。霍夫曼发现了一张存在之面孔上的鬼脸，让哲学家们感到惊恐。在这种绝对精神的旁边，走过一个喜剧家，一边大叫着"呵！呵！"一边挥舞着木剑抵挡别的木剑的进攻。将它们分开的只是一个镜面。

音调和赋格曲

思想的无限性和具体形式的有限性之间的矛盾是浪漫派讽刺的攻击点。在霍夫曼那里，这个出发点看起来是光天化日之下公开的事情，因为他经常指出，艺术作品里的直觉才是艺术真正的形象，而文本和制作被理解为次要的事情。但这种看法也意味着把这个矛盾从隐喻层面移动到了心理学层面，这样的话我们就不再知道，艺术创造要躲避开的地平线是不是那个绝对的或者纯粹的情欲。

作为音乐的思想者，霍夫曼在一定程度上依然站在老式情感理论的立场上，这种立场把音调语言看作一种手段，用以召唤出确定的情感状态。① 同时他又让音乐成为一种更高现实的见证，

---

① 有关霍夫曼作品中音乐与情感的关联的看法，德裔美籍学者、圣玛丽大学教授纳赫勒贝斯基（Roman Nahrebecky）曾做过评论，请参考其著作《瓦肯鲁德、蒂克、霍夫曼、贝蒂娜·冯·阿尼姆》（*Wackenroder, Tieck, E. T. A. Hoffmann, Bettina von Arnim*）波恩 1979 版第 159 页。瓦肯鲁德（Wilhelm Heinrich Wackenroder，1773－1798），德国浪漫派作家；蒂克（Ludwig Tieck，1773－1853），德国浪漫派诗人、作家；阿尼姆（Bettina von Arnim，1785－1859），德国女作家，浪漫派重要代表人物之一。

一种自然界的秘密代码,把浪漫派精神的"无限"看作音乐的目标。① 这种双重性或异质性已经招引来了很多人不以为然的评论,不过足以让人惊讶的是它为霍夫曼的文本提供了一种批评的锋芒,这种锋芒在职业哲学家对艺术概念更为连贯一致的解说中是找不到的。② 在霍夫曼原装原配的象征学说和情感分析中,无情地返回的是美学想要排除的东西:欲望。

发出声响的音乐只是部分地相当于我们能猜想到的事情:必要的失败是霍夫曼音乐反思的出发点,也是他艺术家神话的出发点。在《克莱斯勒轶事》中我们一次又一次面对这个令人苦恼的问题,即作品是对灵感的充分纯真的一种背叛。这些文本的虚构的创作者室内乐指挥克莱斯勒**就是**这种矛盾的具体代表:他是一个没有作品的艺术家。然而,除了音乐,他的生存没有任何其他的基础。音乐对于他来说也是一种瞬间性存在的一种艺术,因为

---

① 此处引语可看PW版第1卷第41页。本文作者之看法的前提就是我们可以把霍夫曼小说《克莱斯勒轶事》(*Kreisleriana*,1813)中的人物、作曲家约翰纳斯·克莱斯勒(Johannes Kreisler)看作是他的代言人或文学自我。如此处理后的问题即作者要在此文中讨论的重点。霍夫曼曾经写过三部以约翰纳斯·克莱斯勒为主人公的小说,除《克莱斯勒轶事》外还有《莱登室内乐指挥约翰纳斯·克莱斯勒》(*Johannes Kreisler, des Kapellmeisters Musikalische Leiden*, 1815)以及《雄猫穆尔的生活观》(*Lebens-Ansichten des Katers Murr*, 1822)。德国音乐家舒曼曾根据霍夫曼这个小说人物写过同名套曲《克莱斯勒轶事》。
② 霍夫曼对音乐的这种理解得到了恩斯特·利希腾汉(Ernst Lichtenhan)的认可。请参看布丽基塔·费尔德杰斯(Brigitte Feldges)和于丽克·斯塔德勒(Ulrich Stadler)合著《霍夫曼:时代-作品-效果》(*E. T. A. Hoffmann. Epoche-Werk-Wirkung*)慕尼黑1986年版。利希腾汉谈到:"(霍夫曼的创作)往往是不同的传统和思维方式结合的大胆尝试,把巴洛克晚期艺术、早期浪漫主义艺术观点和历史视野结合成一个整体,都能在他自己的音乐表达中作为结构分析结果呈现。"(同上书,第256页)。但本书作者试图展示,这不是什么单元,而是对立原则的并存。

他对自己作曲的音乐作品总是不符合自己内心向往的前景或者说总是缺少一致性感到绝望，所以写完就马上要毁掉稿子。

我们可以读一下《克莱斯勒轶事》的开头几行："他是从哪里来的？——没人知道！——他的父母是谁？——不认识！——他是谁的弟子？——某个大师门下的，因为他演出独具特色……"①克莱斯勒来到这个世界首先是通过艺术家的创作。他的履历和社会出身等都被取消了。

音乐有一种救赎的力量，能把克莱斯勒提升起来，避开社会上低俗之辈的嘲弄和讥笑，也就是说，避开土豪们社交生活中的那种粗鄙野蛮。在那种层面上，克莱斯勒起的作用无非就是娱乐看客听众。但音乐艺术也是有魔力的，甚至凶神恶煞似的会领你下地狱的。到底是他的生活命运让他变得有点癫狂，或者不过是音乐的精神让他的理解力摇摆不定，这个并不确定。特别是女人的声音对他有危险的毒药一样的作用："这种歌声对他几乎有毁灭的作用。"②

在《克莱斯勒轶事》里，霍夫曼的狂放想象在两种本质不同的隐喻类型之间不断切换的，两者也都是在解释音乐的力量：一种是大海、水流、云（这是属于没有危险的解放，一种温和的摆脱或甩开，一种光明中的沉溺），而另一种是火、火星、燃烧着的光线。

第一种类型是白日梦的类型："这首歌飞上前来，就好像熠熠发光的花之间银色的水流"或者"在那些美妙的光亮中，在清

---

① 参看 PW 版第 1 卷第 25 页。
② 同上书，第 26 页。

楚地发出音调的装饰音中间，灵魂带着活跃扑闪的翅膀飞翔着，穿过了闪光的云层……"①

在另一类隐喻里，情欲和痛苦混合在一起。这种情况总是由于一个女人的声音而引发的。色情的想象突然侵入了美学欣赏的隔绝状态。音调呼唤出了一个因快感而兴奋的面孔的幻觉。所以，如谈到克莱森蒂尼唱的那首咏叹调《崇拜的影子》（*Ombra adorata*）对克莱斯勒的影响时，霍夫曼就有这样的句子："在受伤的胸膛里凝固在痛苦血液里的所有音调重新获得生命活跃起来，就好像冒火花的火中精灵喷射了起来，而我可以抓住它们，把它们聚集起来，于是他们就好像被捕捉进一束火焰中，成了一幅燃烧的图画"——也是被所爱的人点燃的图画。② 在这样的精神状态中，霍夫曼笔下的人物形象就有了一种把音乐旋律当作目光来理解的倾向。

根据开场的故事，室内乐指挥克莱斯勒留在这家人家里当家庭教师和待客喝茶时奏乐的侍从，其真正原因就是因为一个年轻的、也是对他这个落魄而地位已不相称的艺术家无法高攀的女人，"洛德连家的可爱的侄女"。她也是他的学生，两人在一起练习二重唱。他谈到她悠长持久的和声声调，把他提升到了天上。他就像听着夜莺唱歌的那些人一样已经如醉如痴。也就是以简单的不矫饰自然的歌曲形式以及清纯的三合音和声来作为音乐，对于霍夫曼笔下的室内乐指挥来说，才会有最纯净的存在。音乐越

---

① 参看 PW 版第 1 卷第 36 页。
② 同上书，第 37 页。克莱森蒂尼（Girolamo Crescentini, 1762 - 1846），意大利著名女高音歌唱家和声乐教育家。

努力在一种唯一的无限的音调中向上发展，对克莱斯勒的影响就越强烈，而且不光是对他有影响，对大部分霍夫曼创作出来的人物形象都是如此。那些最让人陶醉的声音和其他音乐现象做了比较，在这种现象里，音乐往前的运动以及形式的发音发声，都是退化的：是夜莺的歌曲、风奏琴在风中发出的声响、发出声音的水晶、玻璃的和声等等。这是作为自然的艺术，是矛盾的精神材料的取消。那些古老的那不勒斯大师用简单的方式唱出来的坎提拉民歌①暴露了声音的秘密。

这是在霍夫曼文本里反复出现且很清晰的信念。之后还时常跟随着他对于反面意见和需要训练有素才能掌握的形式如赋格曲或托卡塔曲②的尖刻批评。这些形式被看作是音乐艺术中没有灵魂、机械训练学成的技巧方面的代表。这些形式的目的其实也不是要达到那种快乐狂喜的瞬间，而是把音乐的能量传播到一个大范围的全面包容的艺术建筑，由反映、延宕、重复、变奏等构成的建筑。我们也经常可以注意到它们和反思、文本及数学之间的亲缘关系。

在本文开始我谈及的是在霍夫曼笔下的音乐家那里我们会看到的那种信念，也就是说他们相信艺术创作实际上是在直觉中进行的。我们一次又一次听到，作曲的时候还琢磨修改是有伤害的，要做的就是在灵感之火燃烧起来的时候立即抓牢这些独特事物中的完整性，真正的艺术是那种艺术家在自己内心体会到的

---

① 坎提拉民歌（kantilena），意大利那不勒斯地区的一种民歌。
② 赋格曲（瑞典语 fugan、英语 fugue），用对位法将不同声部复合匹配的作曲形式创作的乐曲。托卡塔曲（瑞典语英语 toccata），亦称触技曲，是难度很高依靠灵活快速使用手指打击键盘或触拨琴弦演奏的乐曲。

作品。

这些看法其实只是完美无缺的那个瞬间经过同样的绝对化之后的各个不同方面，也是一种崇拜，崇拜灵感和狂喜往内心方向扩展的现时。这些不同方面在有关年青的音乐爱好者克里索斯托莫斯的故事里结合起来，成为克莱斯勒坐在镜子前面写给自己的一种少见的教诲书信里的一段插话。其签名是"我就是你克莱斯勒"（Ich wie du Johannes Kreisler）。① 克里索斯托莫斯当然是霍夫曼创造的人物，他能听到自己内心的美妙音乐，不过当他想在键盘上将其演奏出来的时候，这种音乐就会消失在越来越朦胧的思绪里。他的音乐老师训练他走向相反方向，让他掌握了音乐里的技巧，但越是这样，他就越不成功，无法再听到自己灵魂里发出声音的美妙旋律，无法把它们再现出来。"……音乐应该是大自然的通用语言，它是在美妙的充满秘密的重复出现的声音里对我们说话，我们努力用符号来把它们固定下来但都是徒劳，对于我们偶然间体会到的那种音乐，人为的象形文字的排列只能为我们保留一点暗示。"②

克里索斯托莫斯在梦中看到一块神圣的石头，其纹理都变成了康乃馨，花散发出的香气又变成了音乐曲调。这些变化如流动的星光汇入了一个星座，一个有夜莺、音调、光线、女人和音乐构成的灿烂星座。（"在夜莺悠扬的歌声里，光线密集起来成为一个美妙的女人形象，但这个形象还是会重新成为天堂的天籁之音。"）③

---

① 参看 PW 版第 1 卷第 391 页。
② 同上书，第 390 页。
③ 参看 PW 版第 1 卷第 388 页。

即使就这种天堂游览中的情欲成分来说,霍夫曼让人吃惊地清晰露骨,但是非常清楚的是他和瓦肯鲁德、蒂克、谢林以及其他浪漫派艺术家一样,着迷于把音乐当作一种更高自然的想法,或者把音乐看作一种超然于时代之外的家园。

然而,在《克莱斯勒轶事》开篇的章节里,读者也会面对一种音乐的原则,这一原则看起来是和上面说的狂喜瞬间的神圣音乐完全对立的。这个室内乐指挥曾吹牛说自己已经写出了手稿,所以要出版手稿的出版商宣布自己知道的有关克莱斯勒的情况。而此时克莱斯勒还没有上场说话。从语言来看,此处是一个语法时段,包括两个对称行列。第一个行列涉及歌曲在克莱斯勒理解中会遇到的危险:歌曲会把他带到一个王国,可没有人能够安全跟随他到达那里。另一个行列听起来是这样的:"另一方面,他经常会集中精力花好几个小时在钢琴前工作,在优雅的对位法的转折和模仿中,在艺术王国的乐节和旋律中,努力谱写出那些最奇妙的主题。只要他能成功做到这一点,就会有好几天情绪高昂快乐无比。他和自己那个小圈子的好脾气朋友谈天的时候,就会加上一点用俏皮话讽刺的佐料。"① 克莱斯勒自己报告了他在洛德连家喝下午茶的时候遭受的痛苦,那时各种业余的音乐三脚猫都会上场满足自己表现一下演技的需要,让室内乐指挥克莱斯勒痛苦不堪,我们还知道他会在乐谱的空白处写一些数字,也就是说老式的那种"通奏低音",是为了记录演奏巴赫《哥德堡变奏曲》② 时走音跑题的一些情况。也就是说,他使用这部对位法的

---

① 参看 PW 版第 1 卷第 26 页。
② 巴赫著名键盘曲《哥德堡变奏曲》(瑞典语 Goldbergvariationer、英语 Goldberg variations) 和瑞典西部海港城市哥德堡 (瑞典语 Göteborg、英语 Gothenborg) 毫无关系。乐曲名里的哥德堡是人名。——译者注

伟大作品来赶走那些业余的音乐三脚猫,那些人到这里来也是蹭点吃喝,包括茶点、潘趣酒、葡萄酒、冰激凌,有时还消费一点音乐等等。《哥德堡变奏曲》变成了一种象征,象征这个艺术家自己在人格和精神上的抵抗,象征形式严谨所需要的智慧,对抗的是那种附庸风雅、对艺术貌似热衷的表面文章。

对霍夫曼的诠释大都停留在他作品的声调和灵感的浪漫特性上,评论者将它视为作家对音乐与诗歌美学的真实表述。通常的看法是,霍夫曼认为音乐越接近清纯的三连音和声就越完美。① 但是只要我们读一读《克莱斯勒轶事》就可以看出,这种看法是过分简单化了。其中有个章节的题目是"关于音乐更高价值的想法",是对音乐做辩护,把音乐看作消磨时间,轻松摆脱公职事务的严肃沉闷。但是对于每个冷静理智的霍夫曼读者来说有一点也非常清楚,即这种游戏里有反讽成分。我们能感觉到作者在宗教上是麻木不仁的,但在这部作品里,幻想被捕捉住,就如原罪的危险残余。在这个章节里继续发展的这种观点,很可能也是和霍夫曼想要辩护的观点是对立的,很有意思的是,这种观点的表述,也是在一种对于对位法的厌恶中表述出来的。那些愉悦活泼

---

① 参见彼得·冯·麦特(Peter von Matt)所著《自动人的眼睛:霍夫曼叙事艺术的想象原则》(*Die Augen der Automaten. E. T. A. Hoffmann ImaginationsLehre als Prinzip seiner Ersählkunst*),图宾根 1971 年版。此作对霍夫曼文学创作有深入而出色的研究。此外还有海姆伯格(Nora E. Haimberger)所著《从音乐家到诗人:霍夫曼的》(*Vom Musiker zum Dichter. E. T. A. Hoffmanns Ackordvorstellung*),伯恩 1976 年版。在北欧语言中对霍夫曼有最全面研究的瑞典学者雍多尔夫(Vilhelm Ljungdorffs)也持有类似观点,可参看其著作《霍夫曼及其艺术创作起源》(*E. T. A. Hoffmann och ursprunget till hans konstnärsskap*),隆德 1924 年版。他的研究深入而知识丰富,但用音乐平行性来解释霍夫曼的文学形式不能令人信服。

的曲调应该互相追随,而不会成为一片嘈杂噪音或者如这个章节里的话:"在各种各样对位法的过场和分解中装腔作势"。① 这时候才达到了音乐家的目的,把听众从思想中解放出来。或者只是有些轻松的想法,听众甚至都不好意识到这些想法有什么内容。为了遵守工作和业余活动之间一种严格的分工,各守其职,就必须把艺术作品里的知识分子意义完全清空。政府官员们工作之余听听音乐轻松一下理所应当,要是形式过分复杂就会破坏这种轻松的享受。

霍夫曼冷嘲热讽风趣幽默。他让文本里那个既庸俗又没有教养的叙述者来攻击浪漫派。"对位法无聊透顶鸡零狗碎,根本不会让听众高高兴兴心情愉快,也完全不顾音乐本身要达到的目的。可他们说这是阴森恐怖充满秘密的组合。他们还准备把这些组合比作大自然里奇妙地缠绕在一起的花花草草。"② 很可能霍夫曼也把自己算作这个"他们"中的一个。把音调当作一种大自然的密码文字,这种想法无论如何是克莱斯勒从这群人里的另一头说出来的。③ 这是诺瓦利斯对于诗歌语言的看法,也为他给音乐下定义提供了启发,把音乐看作最有浪漫派气息的艺术门类:"因为这种艺术的目的仅仅是那种无限的事情,是自然的秘密,用的音调就如诵经的梵语,是能让人类的心中充满了无限的渴望。"④

霍夫曼实际上也是用讽刺手段间接嘲弄那些简单的音乐欣

---

① 参看 PW 版第 1 卷第 38 页。
② 同上书,第 42 页。
③ 同上书,第 390 页。
④ 同上书,第 42 页。

赏。不可否认，这使得《克莱斯勒轶事》里的位置变换游戏比最初看上去的要复杂得多了，因为一般被视为作家自我替身的克莱斯勒也是赞赏坎提拉民歌的人之一。坎提拉民歌用简单的曲调来表达狂喜。那么在平庸官员工作之余轻松享受音乐和天才陶醉于音乐最终有什么区别呢？这里其实已经为我们埋下了伏笔，而在后来的碎片小说《雄猫穆尔的生活观》里这两者之间的关系令人吃惊地开始接近。（阿多诺也曾经像霍夫曼一样从根本上处理过同一个问题，但从不敢移动在专家倾听和业余三脚猫体验之间的官方分隔线。）

霍夫曼第一部有关音乐的虚构文学作品是一部较短的小说《利特尔·格拉特》，写于1809年1月。这源于莱比锡的一个出版商、《音乐通报》编辑罗克利兹的建议，他让霍夫曼写一篇关于某个疯子的小传。（这种体裁在19世纪初的欧洲报刊上很流行。）小说描写的是叙述者在1807年柏林大饥荒时碰到的一个很神秘的陌生人。他们的谈话特别提到格拉特创作的一些歌剧，看起来这个陌生人对这些歌剧了如指掌。在某个鬼魂出没一般的场景里，叙述者像是见证人一样看到这个陌生人带着美妙的灵感根据乐谱来演奏歌剧《阿米达》，而靠近了仔细检查时却发现乐谱上空空如也，没有任何音符。当他们分手的时候，叙述者问到这个陌生人的身份，这个人回答说："我就是骑士格拉特！"这是那个伟大作曲家的幽灵吗？或者是一位太平间里死去的病人，想成为拿破仑以外的其他人？这个陌生人描述了自己对音乐真正本质的奇妙体验，而他用的语言读者可能很高兴解释为幻觉性的或者是心理症状的。他看到了一只眼睛，这只眼睛和神一样，能用曲调来祝福你。他还把太阳当作一个和谐的初始细胞。"瞧瞧太阳吧！

太阳是三连音的,和声从这个声音里就好像星星一样倾泻下来,用火一样的线把你们缠绕起来。"①

霍夫曼有关音乐的虚构文学作品是从一种病理体裁开始的,后来也从来没有完全脱离这种体裁。在这种故事里总有一种病症的特色,有一种带音乐热情的疯狂。

在小说《延音》里,年青的提奥多在学习对位法以及如何用不同声部调配和声,也用艺术上现成的赋格和托卡塔曲式来作曲。后来他从一个来客座演唱的意大利女歌唱家劳瑞塔那里得到一种刻骨铭心的音乐体验。劳瑞塔开演唱会的时候,她妹妹特瑞辛娜用吉他伴奏。劳瑞塔可以趋向无限程度地保持她的曲调,可以在一个半八度音阶上唱出各种形象。提奥多真是听得狂喜不禁。在他心中沉睡的音乐被唤醒过来,变得生机勃勃了。那两个意大利姑娘会唱阿格斯提诺·斯特范尼的二重唱,也是内容严肃但形式简单的歌曲艺术。② 提奥多听了之后回到家里,就把自己所有的赋格曲、托卡塔曲和轮唱曲都扔到火里烧掉,然后跟着劳瑞塔到首都罗马去了。

现在他努力模仿这对姐妹的歌,为劳瑞塔创作意大利民歌坎松内特曲和咏叹调,再也不用努力去追求对位法的特点。不过让提奥多感到费解的是,劳瑞塔拒绝在自己的演唱会曲目里使用提奥多写的歌。

劳瑞塔喜爱那种走钢丝一样平衡的夜莺曲调,以及有千种色

---

① 《利特·格拉特》(Ritter Gluck)可参看 PW 版第卷第 17 页。《音乐通报》(*Allgemeine musikalische Zeitung*),罗克利兹(Rochlitz)编辑。
② 《延音》原文为 *Die Fermate*。阿格斯提诺·斯特范尼(Agostino Steffani, 1654-1728),意大利神学家和作曲家。

彩的华丽颤音。逐渐地提奥多也领悟到这种夸张里的索然无味。而他也越来越被简单而严肃的特瑞辛娜吸引,她接过了真正的音乐代表的角色。"特瑞辛娜从来不会唱什么颤音——只有一种简单的前倚音,最多是一种波音而已,不过她那持续很久的音调通过一种黑夜般黯淡的背景发出亮光,奇妙的精灵于是苏醒过来,用非常严肃的眼睛深深看到人心里去。"①

　　当提奥多最后明白这两个女人根本看不起他,不把他当作音乐家,只是利用他来做伺候她们的事情的时候,他在暴怒中离开了她们。提奥多亲耳听见了她们的谈话,把她们的粗俗暴露在光天化日之下后就逃走了。十四年之后,他偶然间又碰到她们,她们的歌唱对他再也没有当年的感召力了。他自己在这些年里已经成为一个成熟的音乐艺术家,一个室内乐指挥。小说叙述者给人的教训是,一位女歌唱家当然可能点燃我们心中的音乐精神,但是我们应该小心,不要把她拖进我们的日常生活:要紧的就是把她只当作图像来保留。这是一个诡诈的结论,几乎不符合这个故事的发展。就好像霍夫曼不能或者也不愿意表明自己对于坎提拉民歌醉人效果的批评。

　　不过,在我提到的这些小说里,一种混杂的光线依然还是落在了这种音调和那些纯净和声的狂喜状态之上。在霍夫曼文学创作的另一个方向上,通过音乐体验和魔鬼撒旦及死亡的关联,也对这种音乐体验提出了质疑。"当基列塔歌唱的时候,就好像天堂的乐曲从天而降进入了他内心深处,一种从未感觉到、只是猜想过的情欲在他们所有人中点燃起来。她纯真而美妙的水晶般的

---

① PW 版第 5 卷第 75 页。

歌声本身就带着一种秘密的火焰，可以完全捕捉我们的灵魂。"[1]不过基列塔骨子里是个魔鬼，会通过让主人公遭受一种怪异的自我丧失（他被自己的镜中形像所征服），使他和社会分离，因而一步步走向毁灭。

克莱斯勒在自己的会所里做了一个实验，想把和声转换成散文文字来表达，同样的手法蒂克在《颠倒的世界》[2]也尝试过。当表示命运的 C 小调和声响起的时候，那种招魂仪式的结局就成了死亡的恐惧、受难耶稣的认同以及威胁他人的疯狂。在更多其他文本里，霍夫曼别有用心移开了活生生的人和那些机械装置之间的界限，这样的话这种界限就不再是和那种音调与赋格音乐之间的界限平行地伸展开的。比如在《沙人》这部作品就是这样。机械玩偶奥林匹娅用一种明亮的、玻璃钟一样的声音歌唱，诱使坠入情网的大学生纳撒尼尔走火入魔般神魂颠倒，而这也是我们在《克莱斯勒轶事》里已经研究过的隐喻模式。但是这里的那种让人狂喜的作用显然是一种吹牛的结果，是纳西索斯自恋情结的那种情感陶醉，两者都让人堕落腐败。

霍夫曼不仅散布他对俗人和艺术家之间的区别的怀疑，也制造出在生者和死者之间、理性和疯狂之间、自我和他者（自动人、替身和镜像现象）之间划界的不确定性。

在小说《自动人》里，两个朋友路德维希和费迪南试图调查那些机械玩偶出色表现之后的真相。制造玩偶的教授 X 有一个这样的特殊玩偶机器组成的乐团，它们可以在他家里演奏室内乐，

---

[1] PW 版第 1 卷第 325 页。
[2] 蒂克所著《颠倒的世界》(*Die verkehrte Welt*) 发表于 1798 年。

有让人吃惊的以假乱真的虚幻效果。路德维希对外在机械装置和真实生命之间如此相像非常惊恐，退避三舍。对他来说，音乐应该是两者之间的区别的见证。他的意思是，音乐必须得到内在人性的激励和灵感才可能具有真正的美。他多少有点浪漫派哲学家的气质，梦想发明那种绝对的音调，能够更接近大自然本身充满神秘的声音。

不过霍夫曼从来不会让生者和死者之间的区别在这个故事里固定不变。自动人的表演虽然被说成是有矛盾的，它还是足以唤起内在的音乐。两个朋友都能从X教授的花园里听到非常美妙的音乐。那么这些音乐到底源自何处？我们会联想到那架钢琴，即克莱斯勒自己的乐器，也是属于机械装置。在霍夫曼的文本里，歌唱着的女人声音增强，音乐力量到最大程度，还不算是最不明确的事了。音乐是天使之光和性欲热流的一种折射或断裂。这种升华变得如此强烈，以至于音乐自身也消解了，超越了纯粹的感性。这一点在创作于《克莱斯勒轶事》十年之后十年的小说《雄猫穆尔的生活观》里特别清楚，这部作品对克莱斯勒的所谓艺术家的爱情做了温和而谨慎的讽刺。

与这种自我消解相对立的，是可作为被赦免的手工艺的音乐，即从塞巴斯蒂安·巴赫开始的古老的德国音乐传统。霍夫曼自己也很熟悉这门技艺，这得益于他住在柯尼斯堡时的音乐老师、大教堂管风琴师克利斯蒂安·普德别尔斯基。[1] 霍夫曼不仅

---

[1] 柯尼斯堡（Königsberg）即现在的俄罗斯联邦加里宁格勒州加里宁格勒，曾属于普鲁士王国和德国，德国文化中心之一。普德别尔斯基（Christian Podbielsky, 1741 - 1792），德国著名管风琴师、音乐教育家、作曲家。

是音乐上的梦想家,也掌握了对位法作曲技巧,一门写作赋格曲和轮唱曲的艺术。他也掌握了和声学包括传统的通奏低音。当克莱斯勒说起他在读巴赫的总乐谱的时候,那些音乐的数字关系和那些对位法的神秘规则等就会让他心里充满神秘的颤动感,读者很容易就能想到这些话其实是复制霍夫曼自己说的话。赋格曲在霍夫曼的钢琴奏鸣曲里有非常重要的功能,尽管它也是用常规的方式来处理的。霍夫曼的音乐大作《垂怜经》[①] 也显示出他是一个受到对位法启示的作曲家——一个热爱简单而且如催眠曲一样流动的女高音歌曲的作曲家。

室内乐指挥克莱斯勒寻求一种感觉和数学的合成。他认为,只有能理解音乐对听众灵魂的影响的作曲家,才能真正理解和声学的法则。反过来说:"那些数字的关系对没有天才的语法学家来说只是僵死的计算例子,但是对于他来说是魔术的装置,从中他可以让一个魔术变出来的世界展现出来。"[②]

克莱斯勒在给自己写的教诲书信里说,音乐家是那种在心里能让音乐自己发展成"清楚明白的意识"的人。也就是说,他把反思内省的元素当作了创作的必要前提。霍夫曼曾为贝多芬第五交响乐写过很著名的音乐评论,后来还收录在《克莱斯勒轶事》里作为这个室内乐指挥遗留下来的文件之一。霍夫曼在这篇评论中解释说,贝多芬的力量在于他有能力从自己的情感陶醉中走出来,从外部去观察它。反思或者内省这个词,德语"besonneheit",在

[①]《垂怜经》(*Miserere*,1809)也可译为《哀歌》。霍夫曼的歌曲作品从未出版过完整版本,如要全面了解可参看阿罗根(Gerhard Alloggen)编著的《霍夫曼音乐作品》(*E. T. A. Hoffmanns Kompositionen*),汉堡1970年版。

[②] **PW** 版第 1 卷第 51 页。

这段话里有中心的地位:"说真的,大师,就反思来说,在海顿和莫扎特那里它有同样重要的意义,它把自我从音调的内在王国里区分出来,然后从外部去控制这个王国,就如全能全知无所不在的主。"① 有人认为可以将霍夫曼的这一点与 18 世纪有关颂歌和崇高风格的理论相关联,这种理论认为思考的元素是有必要的,可以防止幻想过分而误入歧途。②

　　这种评价在霍夫曼的乐评文本里也有所反映。与自由的现场音乐体验速记并列出现的,还有深入的技巧分析,起初就配上了的乐谱例句,等等。对于理解贝多芬音乐作品的有机形式,霍夫曼的乐评文章可谓让人耳目一新,振聋发聩。到此时为止,贝多芬的作品常被认为是混乱不堪的,但霍夫曼展示了在这种有标题音乐创作中的严肃性及其带来的结果。同时他又能用夜晚的人物形象、燃烧的光线和巨大阴影等词语来描述第五交响乐。逐渐地我们被迫承认《克莱斯勒轶事》里的霍夫曼文本并没有允许狂喜状态和反思内省之间的矛盾的化解。③ 相反,在每一替代或变通中都有一种确定的逻辑。贯穿这部作品的有两个互相关联的系列:(1) 歌曲——幻想——陶醉——性爱——毁灭(死亡)以及(2) 对位法——反讽——愉悦——社交(生活)。这两个系列继续穿越了他的整个文学创作,只有一些微小变化。绝对情欲与游戏欲

---

① PW 版第 1 卷第 47 页。
② 参看达尔豪斯(Carl Dahlhaus,)《古典主义与浪漫主义音乐美学》(*Klassische und romantische Musikästhetik*),拉伯 1988 年版第 105 页。
③ 有关霍夫曼在贝多芬音乐作品研究中的地位,可以参看史诺斯(Peter Schnaus)《"音乐通报"中霍夫曼有关贝多芬的乐评》(*E. T. A. Hoffmann als Beethoen Rezensent der "Allgemeinen Musikalischen Zeitung"*),慕尼黑与萨尔兹堡 1977 年版。

望对立。问题是回归到音调中去,还是将音调推迟,追踪音调,把音调分配到一个感觉丰富的结构之上。

在霍夫曼故事里出场的艺术家有两种类型,他们之间的划分也有一种对应事物存在。① 霍夫曼把技术性的类型掩藏在艺术本身、演奏形式及笔端文字中,赞美那种凝神注视的天才。不过霍夫曼也加了一种补充的类型:机械师。比如像德鲁瑟梅尔、哥本留斯、林德胡尔斯特、阿尔潘努斯、教授 X、大师阿伯拉罕等等。他们的功能是装配机械装置,这些装置可以引发出主人公希望的危险图像,而在最好情况下还能破解主人公的魔术。这些机械师错把自己的作品当作了"真正的"艺术品,所以也被描写成心存恶意的、人格扭曲的。反之,那些承认自己的作品与艺术有区别的,把自己的装置用于治疗目的的,就成了所谓白色(亦即善良的)魔术师或者教父一类的人物。霍夫曼笔下的机械师有不求进取逆来顺受的,有粗俗无礼的,也有喜欢做鬼脸玩世不恭的。对他们的描写明显带有来自作家本人的自嘲色彩。作为叙述者本身,霍夫曼自己也像是他们的同宗亲戚,而自动人则是一个用于艺术作品的魔鬼般残忍的隐喻。② 在霍夫曼的文本里不仅有关于音乐的梦想,把音乐当作更高的自然,还有一种把艺术当作反自然的想法,这也是波德莱尔后来在发展了的形式中要留给现

---

① 作者这段话也是利用了麦特(Peter von Matt)的一段分析。请参看彼得·冯·麦特(Peter von Matt)所著《自动人的眼睛:霍夫曼叙事艺术的想象原则》(*Die Augen der Automaten. E. T. A. Hoffmann Imaginationslehre als Prinzip seiner Ersählkunst*),图宾根 1971 年版第 175、179 页。
② 同上书,第 179 页。

代性的概念。①

谢林的《艺术哲学讲座》把活生生的象征与机械的随意的寓言对立起来。②霍夫曼是难以放置在这种对立关系中的。他的叙述艺术暴露出在象征的退缩的一面,但也因为象征的引诱力而有所妥协。在霍夫曼的作品里,恋爱被描写成为对沉睡在灵魂深处的一幅古老图画的闪电般重新辨认。因为没有能力明白这幅图画最初的出处,也就是说不能再次把幻想辨认为幻想,就只会带来灾难。③

霍夫曼的小说一次又一次展示出严格区分艺术与生活的必要性。不然的话,镜子的魔鬼、幻想图像的实现、疯狂就会威胁我们。这样的美学,在某种意义上是一种拉开了距离的观察,是自我在斗争中的同盟者,共同把图像降低为光,在书面的和比喻的意义上重新建立修辞的秩序。④

但是,一如小说中那些父亲的形象,放弃了幻象的人往往变得忧愁悲哀。文本原则、对机械师的肯定,在霍夫曼的世界中并非出路。那些最强烈的情感和最高的理念无可挽回地和类似音调狂喜的状态紧密联系在一起。他知道,如果没有它们的死亡危险,他的艺术就会僵化,成为小资阶级的所谓理性。

---

① 霍夫曼是波德莱尔最重要的灵感来源之一。科勒(Ingeborg Köhler)曾经在其博士论文中对两人的关系做了详细分析,参见《波德莱尔与霍夫曼》,乌普萨拉大学 1979 年版。
② 谢林(Friedrich Wilhelm Joseph von Schelling, 1775-1854),德国唯心主义哲学家,此处提及著作《艺术哲学讲座》(*Vorlesungen zur Philosophie der Kunst*)完成于 1802 至 1804 年间,1858 年首次出版,美国明尼苏达大学 1989 年再版。
③ 有关这个问题麦特后来在其著作《自动人的眼睛》(*Die Augen der Automante*)中讨论过。
④ 同上书,第 123 页。

所以霍夫曼并不做这样一种退缩，退到日常生活中，而是作为叙述者为我们提供了他的大师之作，即《布拉姆比拉公主》。这本书讲的是一个叫吉格里奥·法瓦的年轻演员，一如霍夫曼小说中的常见人物那样，在自己的梦想图像中迷失了方向。小说的主要场景设置在狂欢节时的罗马，时间是雅克·卡洛时代——霍夫曼创作的这个文本有如一系列对卡洛铜版组画《斯费桑尼亚之舞》的即兴描述，这些版画是卡洛1622年创作的，是一组意大利即兴喜剧人物画。① 文本里的善良的魔术师、街头卖艺人塞里欧纳提已经观察到吉格里奥正在遭受傲慢自大的幻觉的折磨，这种自大妨碍了他过正常的生活，真正懂得他所爱的吉阿辛塔·索阿第的价值。塞里欧纳提利用了狂欢节时的伪装和混乱的街头景象来医治吉格里奥的病症。他让吉格里奥相信，有一个名叫布拉姆比拉的亚述王国公主来到了罗马，寻找自己丢失了的王子考纳里欧·齐阿珀利，但是在剧院里看到吉格里奥之后身不由己地爱上了他。而塞里欧纳提也声称，阴错阳差，吉阿辛塔也被王子考纳里欧看中了。吉格里奥追吉阿辛塔，而吉阿辛塔却乔装打扮成了公主布拉姆比拉，因此当吉格里奥自己也改换身份，连他自己都以为自己成了情敌考纳里欧。这些场景的变换没有任何事先的预告，类似于一群玩快闪的街头艺人。情节里充满了太多的替身、模仿和误会等等。意识看起来好像在一群角色和面具中分裂了——或者反过来说，这个城市只能理解为一种有意识的沉沦，下沉到了五彩缤纷的梦境里。要找到一个确实可靠的解释标准，既适于解释那些分散于小说里的神话或者伪神话，也适于解释这

---

① 卡洛（Jacques Callot，1592 - 1635），出生于洛林公国（今属法国）的版画家。

个完整的故事，这是相当艰难的事情。尽管如此，这个文本依然呈现出韵律优美、节奏紧凑的特质。单元并不存在于概念的层面。相反，形式具有很强烈的音乐主题展现的特色。《布拉姆比拉公主》是一部用散文写成的赋格曲。吉格里奥和吉阿辛塔就是赋格曲里的"起承句"（赋格术语 dux）和"应答句"（赋格术语 comes），其主题和对题都有镜子一样的转折（各自分别是王子考纳里欧和公主布拉姆比拉）。其节奏是逐渐升级加强的，而主题投入也越来越密集。最后几章梦境一般节目变换花样百出，我们可以说成是一种真正的"紧接段"（赋格术语之一）。吉格里奥着迷的图像是借助了种种神秘化手段而被驱散的，使得他不能再相信那种即刻的体验。持续不断摇晃他的效果，把他从梦境中音调完美的瞬间解救出来。魔术师塞里欧纳提不仅是那个壮观景象的导演，也是治疗疾病的郎中，他展现出来的是一种残缺不全的现实解说：先要和那些有趣图像和反讽替身合在一起，思想才能变成活生生的而且是真实的。狂欢节上跳舞的那一对男女，把自己的身份信任地托付给了一种此点与对点的游戏，一种着迷和反讽的游戏。

《布拉姆比拉公主》中的恋人，通过追随持续不断的新的虚构而从陶醉状态中清醒过来。这当然也并非是没有风险的方法。正如德曼已经指出的，要真的能够找到走出这样一种反讽漩涡的出路，没有万无一失的保证。[1] 也许最终我们看到的是所有人都

---

[1] 保罗·德曼（Paul de Man，1919－1983），出生于比利时长居美国的文学史家。参看其著作《盲目与洞见》（*Blindness and Insight*），伦敦1983年版第218页，《临时性的修辞》（"The Rhetoric of Temporality"）。

成了庸医手里的医生。叙述者鼓励我们轻松对待文本的科学知识语言。作品是通过特定形式，即"随想曲"（capriccion），展示了幻象和幻象破灭的互相替代。这个游戏把希望图像炸成了舞蹈着的碎片，但是情欲并未死去：它还在即兴表演。

波德莱尔把《布拉姆比拉公主》视为"更高美学的教科书"[1]不是没有原因的。霍夫曼在这部对位法的杰作中为我们提供的并非是性爱和音调采取的立场，也不是乌托邦式的幻想陶醉和文本原则的合成，而是它们的颇具悖论性质而且让人不安的共存状态。

---

[1] 参见波德莱尔《全集》（*Oeuvres complètes*）第二卷，巴黎 1976 年版第 542 页。

爱伦·坡与冷文学

自从埃德加·爱伦·坡的短篇小说《摩格街谋杀案》1841年在《格拉汉姆杂志》(*Graham's Magazine*) 四月号发表以来，用技术推理方法来破解犯罪迷案就成为众多书籍的主题，其数量之多简直不可思议，几乎可以说遍及世界各国语言。爱伦·坡的手段就是把一个犯罪故事变成了一个侦探如何推理分析罪行而破案的故事，这肯定是文学市场已经体会到的最成功的发明之一。

重读这篇现在已经成了文学经典的短篇小说，让我产生疑问：这里是不是还有更多更深的东西可挖？爱伦·坡的原创性是不是属于一种更具实质也更危险的类型？《摩格街谋杀案》其实并不是由戏剧性事件引发的，而是一本有关分析智能的小册子，还有些博弈论的成分。当私家侦探奥古斯特·杜品作为长长一列绅士侦探中的第一个跨入这个场景，而这些绅士大胆的破案艺术将会让全世界大吃一惊，这就像是为一篇心理学学术论文提供的某个例证。

在这篇犯罪故事里，警察之所以陷入混乱和束手无策，是因为证人误导了他们的种种努力,把大猩猩的叫声解释成了人的说话声。罪犯其实是一个猩猩。杜品是唯一想到这种可能性的人。

爱伦·坡描写的实际上不是犯罪的世界,而是研究的思想的世界。但是,为什么他要让杜品正好从事犯罪迷案呢?他对这门通过证据评估和可能性计算来破解神秘事件的艺术的第一次练习是确定一台著名的下棋机器其实必须是靠一个人来操纵的——这个结论出现在1836年的一篇文章里。

从下棋跨入谋杀案,什么可以解释在爱伦·坡的幻想里走的这一步?这也许是由于思维敏锐对于爱伦·坡来说是对抗性的,是一个知己知彼、用对方思维方式来推理的问题,在极端情况下也纯粹是摸透别人心思的攻心之术。在他的故事里,刑事侦查起的作用就是承受一场大脑与主人公的对抗,并且取胜。

但是犯罪和这种纯粹思维的结合也有一种形而上的维度。一次谋杀发生了,这意味着一个绝对的终点。从这具尸体开始,一个冷酷无情的因果链条就会在时间上倒退着延伸开去。这桩罪行为逻辑提供了对于生命的支配权,要不然这种生命就是混乱不堪的,朝所有方向生长发展的。

叙述本身会远离情节,去忙于弄清那些线索。在爱伦·坡那里,可怕的不是种种细致观察,而是那些由观察得出的结论。恐怖就成了一个智性的过程。

斯文·林德奎斯特在《现代》杂志1991年第5期发表的一篇富有才智的研究文章里说明了约瑟夫·康拉德如何从韦尔斯那里学会了一种技巧,让小说主人公去经历某种不可思议、无法解释的事,这种事情指向这篇小说的核心,要到后来才真相大白披露出其内涵。① 但威尔斯其实并非这种技巧的发明者。之前它在爱伦·坡的作品中就以浓缩而集中的形式出现过了，构成了《摩格街谋杀案》的基础。

出于特别的偏爱，爱伦·坡迟迟不放开难以解释的听觉印象，其内涵就在于当它终于真相大白时，却暴露出了一个深渊。不应该具有人声的却得到了人声：死亡、兽性、罪恶、自然。

无论是爱伦·坡的侦探小说，还是《漩涡沉溺记》《甲虫》《亚瑟·戈尔东·派姆历险记》等惊险故事，其新颖之处并不是靠恐怖产生文学效果。它在体裁上已经自成一家，其实自霍拉斯·瓦尔普勒让那个中了魔法的巨大头盔咚地一声掉在奥特兰托城堡上的时候就已见端倪。② 其新颖之处在于，在叙事中带有一种冷静的推理分析的理性，其目的是为了让那种陌生奇异、令人毛骨悚然的事情从现象的阴霾中呈现出来。

正是以一种自相矛盾的方式，它既是恐怖的前提，也是恐怖的解药。虽然爱伦·坡的小说主题多有病态，但从不影响阅读体验的愉快，这一点或许可以从中获得解释。读者通过阅读，体验到的首先是思想的力量。

在爱伦·坡作品里的主角那里，好奇心总是占优势，人像被

---

① 林德奎斯特（Sven Lindqvist, 1932- ），瑞典著名作家，其前妻林西莉（Cecilia Lindqvist, 1932- ）也是在中国享有盛名的作家，著有《汉字王国》《古琴》等。《现代》（*Moderna tider*）是瑞典政治与文化月刊杂志，创立于1990年，现已停刊。约瑟夫·康拉德（Joseph Conrad, 1857-1924），波兰裔英国作家，代表作有《黑暗的心》（*Heart of Darkness*, 1899）；威尔斯（H. G. Wells, 1866-1946）是英国作家，代表作有《隐身人》（*The Invisible Man*, 1897）等。

② 瓦尔普勒（Horace Walpole, 1717-1797），英国作家，所著《奥特兰托城堡》（*The Castle of Otranto*, 1764）被认为是哥特小说开山之作。

麻醉一样没有了厌恶和恐惧感。爱伦·坡展示出，对于邪恶来说，有一种比厌恶还要强烈的内驱力，那就是对于邪恶的好奇心。承认这一点是现代文学的特色，从波德莱尔和康拉德一直到斯蒂格·拉森和斯蒂芬·金都是如此。① 它也改变了邪恶的图像，邪恶不再被理解成善良的对立面，而是过去从来未能预料到的事。

瓦尔特·本雅明说过，未来首先是作为恐惧显示出来的。如果我们愿意寻找一点乐趣，指出在爱伦·坡那里浪漫派摇身一变就成了现代主义的一个转折点，那么这个点可能是《摩格街谋杀案》里奥古斯特·杜品的一段话：

  在一次侦查的时候，例如我们现在正忙着做的这次侦查，谁也用不着问自己太多这样的问题：发生了什么事？而是宁可这样问：发生了什么事，是过去从来没发生过的？

爱伦·坡笔下的侦探，就和世界文学中他的众多后继者一样，突出特点都是他们的置身事外。他躲避开了社会，生活在与世隔离的状态中，只和自己的书籍在一起。杜品最像一个颓废的诗人，这是一点都不奇怪的，因为你可以想到爱伦·坡对后世文学的影响就是在波德莱尔和象征主义诗人之间转换。

爱伦·坡文学人物的与世隔绝是和他们的头脑清晰联系在一

---

① 斯蒂格·拉森（Stig Larssen，1955－　），瑞典诗人、小说家和戏剧家兼电影导演，代表作有《新年》（*Nyår*）等，也与本书作者共同编辑过文学杂志《危机》。瑞典还有一位同名作家斯蒂格·拉森（Stig Larssen，1954－2004）著有《龙文身的女孩》等惊险小说。

起的。他们关注表面上无足轻重的事情,让未知的真相从中出现,这也意味着他们跨出了人的群体。杜品体现出了与人保持距离和铁面无情的特点,把心留在身后的幻想,努力达到绝对的目标,因此很容易就能越过那些把常人阻挡住的认识论障碍。

不过正如那部杰作《漩涡沉溺记》里的挪威渔夫,民间人物也会体现出这种特质。当莫斯克漩涡的巨大水流把他吸入那个咆哮的喉咙里,他体验到了那些水流的狂暴运动,仿佛是一出大戏,也开始好奇地观察漩涡运动的特性。他发现表面上看最安全的地方,那条船,倒是他肯定会被粉碎的地方,而一个在波浪里被四处抛上抛下的木桶,却意外地为他提供了安全。通过放弃感情用事的思考,转而根据冷静的物理学计算,他成功地掌握了一种突然违背所有过去的经验的现实;他的兄弟却做出了通常的反应,并因此而丧命。

爱伦·坡写了三部以杜品为主角的小说——除了《摩格街谋杀案》之外还有《玛丽·鲁格的秘密》及《被偷的信件》。当我努力回忆这些故事的时候,脑子里出现的总是那个房间,小说叙述者和他的侦探朋友坐在里面,如果不是读点什么写点什么,或是谈论知识分子的问题,就是沉浸在自己的白日梦里。这个地方是巴黎圣日耳曼区的一座废弃的城堡,窗户外的挡板都关闭了,屏蔽了白天的光线。到了夜晚,两个绅士会在城里四处奔走,观察这个大城市的生活。他们是真正的忧郁者,与黄昏为友,与风平浪静平安无事的时光为友,让自己受到人性的诱惑,就为了再一次确立心理学不可动摇的法则。

爱伦·坡的惊悚小说描写因一种对机械性的极端关注而引人注目。恩斯特·荣格特别指出,甚至在莫斯克漩涡里也有机械性的一面。就好像那个挪威渔夫是处在一个巨大的机器里。爱伦·坡的弟子荣格对这个故事有非常深刻的印象,把这个故事当作20世纪30年代德国政治形势的形象说明。所以他也停留在那种漩涡中,从那个巨大漏斗的内部给我们写出他的日记。①

要理解爱伦·坡的原创性,我们必须明白情感在文学中的独霸作用。

亚里斯多德曾在《诗学》中写到,一切事物在被复制后都是可以忍受的。扬·斯图尔普的瑞典文译文是:"那些在现实中出现时我们会带着厌恶感去看的事物,在现实主义的再现时我们会带着最大的满意去看,例如可憎的动物或者死者的尸体。"他认为,我们体会到的这种愉悦是由于复制会提供一种对事物的内省和洞察。

但亚里斯多德还是有前提的,即作家的任务是帮助读者做出反应。比如说他要求悲剧能够唤起"恐惧和怜悯",这样就可以达到去除邪恶的净化状态。

从这种视角去看,也可以这样解释这种传统的美学:当诗人运用自己的诗歌手段时,其目的是要克服通过虚构、通过现实转换成图像而产生的麻木。

这就是我们可以称之为**热**文学的文学,通过介入读者的情感而产生作用。而在爱伦·坡之前,说一个艺术家的作品"冷"或者使得读者变冷,几乎是可以对一个艺术家提出的最严重的指责。

---

① 荣格(Ernst Jünger, 1895 – 1998),德国作家,代表作有《钢铁风暴》(*In Stahlgewittern*, 1920)。

但是，如果我们从亚里斯多德的公式"恐惧和怜悯"里拿掉"怜悯"，那么会发生什么情况呢？

在爱伦·坡的作品里，恐惧是描绘在一个内在的屏幕上的，是被极端的感官印象惊吓了的意识。但是，随着这种体验的增强，其性质也发生了变化。情感淡化消失，被着迷的感觉代替。《漩涡沉溺记》里的渔夫就谈到了"不自然的好奇心已经解脱了（他）在一开始感觉到的恐惧"。那就好像叙述者经过了一个看不见的无形界线，在这个界线之外他完全专注于观看而没有感觉了。

爱伦·坡的贡献是在一两千年的热文学之后，发明了**冷**的文学。这种文学如大树分枝分叉迅速发展，就好像人类早就等待着这种文学成为可能。其大为流行的分支被称为侦探小说、科幻小说、惊险小说、奇幻小说等等。那些高度文学性的分叉是与幻想的各种可能性的游戏，玩这种游戏的高手有作家威尔斯、鲁塞尔、荣格、道玛尔、博尔赫斯、卡尔维诺、施密特和古斯塔夫森等。①

其理论上的可能性在象征主义美学和 20 世纪的结构主义中

---

① 除前已有注作家外，鲁塞尔（Raymond Roussel，1877-1933），法国超现实主义作家，代表作有《鲁克斯·索罗斯》（*Locus Solus*，1914）；道玛尔（René Daumal，1908-1944），法国超现实主义作家，代表作有死后发表的《模拟山》（*Mount Analogue*，1952）；博尔赫斯（Jorge Luis Borges，1899-1986），阿根廷作家，代表作有短篇小说集《虚构集》（*Ficciones*，1944）；卡尔维诺（Italo Calvino，1923-1985），意大利小说家，代表作有《看不见的城市》（*Le città invisibili*，1970）等；施密特（Arno Schmidt，1914-1979），德国作家，代表作有《蛋头共和国》（*Die Gelehrtenrepublik*，1957）等；古斯塔夫森（Lars Gustafsson，1936-2016），瑞典作家，代表作有长篇系列《墙缝》（*Sprickorna i muren*，1971-1978）。

也显示出来。正是带着预言家的目光，龚古尔兄弟把爱伦·坡称为"20世纪作家第一人"。

有某种招摇撞骗的忽悠术也属于这种写作，经常带有貌似学问的成分，或者是科学性的虚构，在这种虚构作品里我们最终已经不辨真伪，分不清什么是创作什么是忽悠了。爱伦·坡自己也遭受过一批文学批评家的蔑视，从爱默生到布鲁姆等。在被激怒的感情中，他们的蔑视好像是对待一个用廉价焰火来冒充诗歌艺术之火的骗子。

在德语文学的领域里，霍夫曼拿浪漫派的象征世界做游戏，又不为这个世界提供任何真正的掩饰，因此在那些好谈生存问题的牧师们中间也遇到过类似的蔑视围攻。问题在于阿尔姆奎斯特[①]是否也属于这伙人。对于这些作家来说，这种文学是其自身完美的复制品，是虚构中的一种虚构，是一种几乎能取消所有货币的假币制造。但这还不是最糟糕的事情。在爱伦·坡的文本里，没有办法改变目光的方向。他避免把注意力从主题引开的一切。通过他笔下的主人公，你会体验到一种被迫感，你被迫去看本来**不想看**的事情，被迫去讲述本来**不能**讲述的事情，也被迫去思考本来**不允许**思考的事情。被迫做的感觉和想去做的欲望并存。这是一种文本里的漩涡喉咙，会将读者吸进去，就和《漩涡沉溺记》里的人一样。同时读者又是在一个玻璃墙的另一侧观看这一切，从另一个宇宙观看这一切。

爱伦·坡小说里的气味有时给人一种19世纪陈词滥调的印

---

① 阿尔姆奎斯特（Carl Jonas Love Almqvist，1793－1866），瑞典诗人、作家和批评家，代表作有《那也行》（*Det går än*，1839）。

象,同时在其结构上又能显示现代类型的轮廓:偷窥(窥淫癖)。例如,当我们在安静的与外界隔绝的家中观看电视屏幕上燃烧的村子或其他图像,其实我们就是在偷窥。

在爱伦·坡最出色的那些故事里,他做的事情就是创造一种在某个瞬间自作主张站到人性协约之外去的文学,以便能够看到一个陌生世界的内部。这并非没有危险的工作,但并不一定是不适当的。要是我能传一个证人,那么传福塞尔,他曾经在自己的一首十四行诗里提到爱伦·坡的《亚瑟·戈尔东·派姆历险记》,把爱伦·坡笔下旅行者变态的好奇心解释为一种深刻的充满希望的事情。

> 对于他们旅行目的本身已经足够
> 用于走向其他价值刻度的另一极,
> 光线如凝血块一样黑的某条海岸。
> 啊黑暗,见证人,也许你的世界更好?

如果有一种文学不允许提倡上述问题,而是强迫读者接受光、责任和持续不断的热,那么对于它想保护的人性肯定不是什么太大的可利用资源。

布约灵的语法

　　每个句子都意味着对于所表述意见的物体的一种限制。如果其措辞类型是自亚里斯多德以来被视为语言基础的形式，如陈述句、判断句，那么这句话无论如何都是真实的。其中有一个谓语连接到一个主语，并在内涵上、在与其他次要判断的互相作用中做出了判断。在最简单的表述意见类型里，构成的是主语和由所谓系词"是"来表述主语的表语之间的关联，而系词，是媒介和联结，本身被认为是中性的词。这是所有动词功能的核心。全部的概念逻辑都是放在系词之上，其理性的古典解释形式是："月亮是一个天体"。这个形式在此也成为语法模糊性的基础。只有在谓语的界线之内才可以出现悖论。"悲哀是快乐。"

　　在贡纳尔·布约灵的诗歌语法里，系词及主要是"主语-谓语"的结构在很大范围内被其他类型的连接方式代替了，这些类型是无法用陈述句形式来表达的。而当谓语在形式上看会出现的时候，它立即就会带有悖论的特点，这意味着文本从内部移动了判断功能，而不用质疑语法。布约灵所追求的其实根据他的保证并非是改革句法或者诗歌艺术。"是思想和生活的无限制性，这才是要旨所在。"伊曼努尔·列维纳斯在某本书里写到，非暴力的语言是系动词"是"被远离开的一种语言，因为谓语其实是我们让这个世界遭受的最初最原始的暴力。把布约灵的语法解释为自我和存在之间的一种独特的和平协议，是可以信手拈来很方便的事情。①

在布约灵的诗歌里，我们经常可以分辨出带不定式的类似主语的句式：

Den sorg att i livet
den sorg att är ung

那种哀伤在生活中
那种哀伤是年轻的

以及类似谓语的句式：

som en lycka

如一种幸福

不过，如果我们作为读者试图去把上述选自诗集《彼处我知

---

① 贡纳尔·布约灵（Gunnar Björling, 1887–1960），用瑞典语写作的芬兰诗人，芬兰瑞典语文学现代主义代表人物之一。伊曼努尔·列维纳斯（Emmanuel Levinas, 1906–1995），生于立陶宛后移居法国的哲学家和法学家。

你》的段落填入一个系词，如果我们试图抓住同一句式而做出一个判断，那么整个句子就会成为某种太任意的、虚假的也非布约灵式的句子了：

Den sorg（som består i）att（man）är ung
ÄR som en lycka

那种哀伤（存在于）（人）是年轻的
是作为一种幸福

或者让我们用这本诗集的第七部分里的一首短诗来做一个实验。原诗是：

Så bittert att älska. Därför kärlek öppnar portarna.

爱如此痛苦。因为爱情打开那些大门。

这段诗其实可以有两种意思，一是：

Så bittert att älska. Därför att kärlek öppnar portarna.

爱如此痛苦。所以爱情打开那些大门。

或者是：

Så bittert att älska. Det är därför att kärlek öppnar portarna.

爱如此痛苦。那就是为什么爱情打开那些大门。

就原因和作用来说，前后两个不同句子是可以互相转换的。在布约灵原诗的措辞里当然两者都没有。也许这本身就是他要表达的想法。在爱情里，原因和作用是无法区别开的。在针对判断的明确逻辑的游戏中，布约灵诗歌的用词保持了那种双重的可能性。

正如布约灵的文本所展示的，绕过谓语有很多方式。一种简单的方式是使用命令式。这种句式并不声明或陈述任何意见："忘掉我的词吧！"或者是使用真实的疑问句，这也是一种表述出的非声称性的句式。此外，如所有诗歌中那样，自然还可以借助诗歌的形象化把系词功能改变。每一隐喻都可以将它附带的"是"在一新的情境里继续下去，因为它能打破句子的层次。说"每个人都是狗的眼泪"好像不算是一个定义，更是那些诗歌解释的不合理性之一，是诗歌早已使用过了的手段，以便能够移动那些理性表述的系统，也就可以更接近一点真相。

那么我们怎么来解读布约灵呢？我们到底理解了什么？大多数布约灵的读者肯定都会有意识或无意识地用句法关系来补充其文本图像，而对于这种关系我们在文本的说法里找不到任何直接支持。在每次阅读中都会有一个阶段，那时我们必须把文本看作和我们的阅读体验一模一样的，因为这样我们基本上才能完成阅读，那么我们也必须识别出用那些写出来的词语就"可理解的"

东西。此刻我们的出发点是，布约灵文本的可读性，与语法层面清扫干净的诗歌大致相当：似乎充满了空格和留白，有连接处但缺乏连接结构。这里面是充满矛盾的。当我们理解的时候，我们以为任何东西都没有缺少。不过我们还是会认为我们自己在"填补"布约灵用词稀疏的堆积。

注意：为了能让句子的流动圆圈闭合而完成，我们悄悄在文本里做了句法或逻辑的中介，但这种中介永远不会有日常语言的语法上完整的句子里的那种完成的合法性。其联系只是假设的，不同的可能性会挤进来，但眼光扫过这些词汇的时候会有一束解释上的不同看法像影子一样掠过思想。某些词汇好像只有通过它们对句法的封闭堵塞才起作用，不用我们把什么保险的内容归属于它们。只有韵律、重复、加速助动、联系表面才可以信任。在诗歌的事件里，我们看到句子是最后到来的，不是最早出现的。

就自由使用词组来说，布约灵有一套很丰富的技术上的拿手好戏，所以这些词组已经准备就绪，随时可用于新的关联组合。他不在乎充填那些前瞻性的状语建构。句子基础是松散的，等待着有什么事物可以建筑在上面。不过，书页怎么印出也是同样重要的。我们可以问，布约灵的诗歌是从哪里开始，又是在哪里结束的？在他的诗集里的活版印刷很少能提供清晰的信息。这组诗行或那组诗行是不是要在一起读，跳过那些空白？或者相反：到底有没有什么界线，有什么彼此分开的"诗歌"？这些一块块的部分难道不是互相联系的吗？难道不是这样我们才可以慢慢地平缓地而不是一级一级地移到了一个新的主题地带，而实际上从来不经过什么"终结的一行"？

我愿意从诗集《彼处我知你》中选一页，把它当作"一首"诗来读。这一页包括两个联系得很亲密的部分。

O visst finns det，哦，当然有
och var mänska. 和是（每）人。

—du ——你
och har ett ansikte. 和有一张面孔。

Jag—och förrän jag lägger mig 我——且在我睡下之前
jag—att ett ord 我——一个词
jag—att med ditt anlete. 我——与你的面孔。
Aldrig såg jag 我从未见过
som när på morgonen 如早晨时
jag 我
dig. 你。

Som ett före vaknandet 如一次之前的苏醒
ditt anlet 你的面孔
ren—gestalt. 纯净形象。

让我们就一行一行地往前摸索吧。

O visst finns det，哦，当然有
och var mänska. 和是（每）人。

第一行看上去是谈人生观的一个开端。但是没有主语。"当然有"是有**什么**？第二行可以解释为一个命令式——我们应该"是"人——或者是一个撕开了主语导词："每"人。（瑞典语"var"既可当作动词"是"也可当作代词"每个"。——译者注）让一个词——在此处即"var"——在两个词类之间跳动，这又是布约灵常用手段之一，让文本的意义可能性朝多个方向散开。

开头的这两行诗，能不能用句法结合起来呢？有什么是不是指应该有人？这就会把目前这种编排中的张力杀死了。应该有些什么，也是每个人有的或知道的？如果是这样的情况下，内涵也很不完备。

在这两行诗里到底有什么样的修辞？第一行的感叹词"哦"标志了一个诗人气质的人物：祈祷求告的口吻。那种恐惧发抖中求得保险的求告，可以在一个求告者和被求告者之间建立一种共同体。这不过是一个手势，一个韵律的动作，可以打开朝向某个人物的方向，而这个人物以自己的存在来填满这个说话对象的位置。这是读者吗？或者是爱人？

于是出来了第二行诗。一个想法变得水晶般透明。和前一行一样，这一行可以作为两个抑扬格（即先轻读后重读）来读——但是其本质上又多么不同！也许第一个抑扬格的韵脚甚至是一个扬扬格："och var"（即"和是"或"和每"都重读）。先是吸气音——再是呼气音。先是向上的抛物线轨道——再是向下的底线。这种想法其实是很简单的：所说及的事情对所有人都一样（每个人）。这种想法本身也是在紧缩在"var"这个词里的——如果这个词现在也是代词"每个"的话。我们看到这个几乎空洞的（或者内容丰富有普世性到无限程度的）论点，在前一行诗的重音强调里得到一种手势一样的支持（此时依然不是句法上或者符号学上的支持）。第一行诗严格来说只是这个意义：一种独立存在的强调，可以为后来每一行诗提供服务。

不过还有更多可说：

　　—du　　—你
　　och har ett ansikte. 和有一张面孔。

　　谁？连词"och"（"和"）如斧子砍断了两行之间的句法联系，但同时又建立了一个联系的桥梁。连词"och"（"和"）、"att"（不定式或子句关系代词）和"som"（"如"）都是布约灵最常用的断句方式同时又是连接手段，功能上有无限的适用性。这些布约灵特色的独特用词凝聚了一种张力，是无法转变为句子来表现的。它们在语言上占据了一个位置，但是并没有整合进某种代码中。音调和重音也许会带着惊叹来加强它们，这在很大程度上取决于如何来阅读。或者它们也成为一种瞬间的黑暗，在这种黑暗中无限性的内容就通过了。

　　这张面孔是诗中的"你"的吗？这点我们完全不知道。也许这个"你"是指出随后那一组诗行（请看下面！），而有关面孔的这几行是向上往回指向"每个人"，也是一种滞后的赋格填词方式。那么每个人都有一张面孔吗？不，那样的话两个术语都太清晰了。那个"当然有"的是不是也有一张面孔？在连接上（和丰富性上）的随意性在每行诗中都在增长，像指数一样清楚。

　　Jag—och förrän jag lägger mig　我——且在我睡下之前

　　　　jag—att ett ord　　我——一个词

　　　　jag—att med ditt anlete.　我——与你的面孔。

　　"我"在这里都没有带谓语。开始那句就跟随了一个透露环境情况的说明。但是在"我"上床之前"我"要做什么或者感觉到什么呢？对此是沉默无语没有说明的。然后就用一个独立的短语暗示句子基础，和"我"这个词配对，然后又是用一个暗示做这样的配对。连词"att"（连接子句）通常是起到从属作用的，不过因为上下文语境不完整，它会改变性质，成为一个温和的打击铜钹的声音，替代通常的那种完整的句式。

　　于是这首诗就进入了另一个层面：

　　　　Aldrig såg jag　　我从未见过

　　这里总算有了一个清楚的谓语！不过，及物动词"见"是要求有一个宾语的，而在这里并没有，所以这个表达依然是完全不完整的。这个"我"到底看见了什么？或者这个动词已经变成了一个绝对动词？再往下的三行诗当然出现了一个宾语——即宾格的"你"。不过，目标在这里依然有效吗？词语乐谱的状态和前提在这里好像被撑开到了一定程度，以至于句法的音质有了散开的危险。其实正是这样的原因，浪漫派的声调语言才崩溃。

　　　　som när på morgonen　　如早晨时

　　这里出现了又一个隶属性的子句？不过，它隶属于什么呢？

jag　我

dig.　你。

一个是主语。一个是宾语。两个语境，两个区域，都是纯粹的基本形式。一个在他者面前的裸体。

Som ett före vaknandet　如一次之前的苏醒

ditt anlet　你的面孔

ren—gestalt.　纯净形象。

布约灵在这里把一个介词的表达名词化了，于是它就成了一个概念："一次之前的苏醒"。这个概念能够进入这首诗是通过那个"如"，其中依然保留着一种比较的含义。尽管我们从来没有机会知道，被比较的是什么，是什么"如"之前的苏醒。布约灵的"som"（"如"）、"att"（不定式或子句前置词）、"och"（"和"）是从那些没有说出的词语里得到支持的，如空中楼阁，半空中就开始构建自己的句子。

"纯净形象"具有那种特殊的特点和位置安排，能让我们设想一个谓语的存在，例如把这个形象看作是目光的对象（宾语）——在这种情况下是延迟了六行之后才击中的目标。不过，更多其他的联系也都是可能的。

我们至此读到了什么？这首诗——如果现在可以算是**一首诗**——看起来是有两个层次组成的：一个是通常观点（主要是在开头出现），而另一个是爱情观点。在这首诗第二"段"里这两种观点同时都存在，通过词组"一张面孔"连接/非连接到一起/

分开。在这样一种表达中,语义学的波峰就朝两个方向跌入波谷。

让我们开个玩笑吧,用我们可以在布约灵诗中读到的词语来构成一个四边形的对句:"当然有你。每人都有面孔。在我睡下之前,有一个词为我而来,我想到某些有关你面孔的事情。我从来没见过世界如此,就如我早晨看到你时那样。如苏醒之前当我会觉得你的面目就是万物原来的形式。"对于我们前面已经读到的文本,这种填词游戏几乎不可能产生更让人感到陌生的东西了。用一个枯燥的论文版本几乎是更合适的:"一个纯净的你的形式,属于每个人,由面孔来表现,已为我证明你的存在。"

用散文方式来固定这首诗内涵的这些尝试,让我们注意到布约灵实际上已经写下来的词语组合中那些流动的和不断变换的特质。我们能不能心安理得地把他这种文本叫做椭圆形的?在这样的情况下,我们是不是从这个前提出发,即标志出上述意义解释的大约这样无力的句子会成为一种基本结构,而现在处于"紧缩"的形式之中?我们知道布约灵在他的手稿里划掉了那些多余的词,不过,这除了说明他找到了一种写作方法,还能说明别的什么吗?什么时候诗算写成了?被拒绝的材料和这首诗又有什么样的关系?

我们可以把这首诗里最强有力的语义学支点隔离开来。这些支点也未必一定和那些最重要的词是一样的——请记住"och"("和")、"att"(不定式或子句连接代词)以及"som"("如")这些词!这些支点是:"我"(出现五次)、"你"(主格或宾格)、"人""面孔""纯净形象""词""见"(过去式)"睡下""早晨"和"苏醒"。这些支点表达一种不间断的持久性。面孔是作为一种可见性出现的。"你"的形式不是从"我"转过来的。一个世界的新图象被展示了出来("从未……如"),使诗人变得口吃。自我的赤裸。

这不是什么解释学的文本。这里没有什么典故的密码需要破解。这样的密码在布约灵诗作里一般来说只有从属的作用。也没有很好的理由把这首诗称为碎片化的。片言只语的积聚具有支撑得住的关键词与重复出现的词构成的主干,诗行用一种紧凑而不间断的韵律互相缝合在一起。对于意义句子的期待当然在读者的意识里会制造出鬼魂句子,和那些能够不完整出现的文本做比较。但是面对在写下的文本里实际的内容,这样的猜测会变得苍白无力。语法的视角在每一行里都在变化。只有当我们把常规语言作为阅读的一种基础建立起来,这时才会对废弃的句子成分产生印象,感到它们在空荡的空间里互相摸索,而这里的一切都只能凭感觉去衡量。但是,布约灵的形式在持续不断地运动,离开句子的现成模式,而趋向只有**活生生的词**构成的秩序。重音和强调是很平均地分布的,语言表达不是安排在一种固定的句子等级里,而是在一起振动。这位诗人已经看到了词的开放性,而对于那种已经归类成型的智力,这种开放性是深藏不露的。"词语不仅仅是那些把它们束缚在一起的概念化想法(比如说上帝、爱情、永恒性,或者窗子,房间的、世界的、灵魂的、神的窗子等)。词语的含义是在变换的,其概念是一种只有相对有效性的抽象物,在确定其定义时会和常规的智力主义结合在一起。"[①]

[①] 参看《诗人论诗》(Poeter om poesi) 1947 年版中布约灵的《我的文本——抒情诗?》(*Min skrift—lyrik*?)。

问题在于，当我们谈论的是布约灵诗歌的时候，是否还能谈论什么缩减法。其诗歌理念的任何部分都没有被拿掉。如果词语无穷尽的变换显示出和完整句子依然是可兼容的，那么他会很乐意写这样的词语。在他的创作里，我们到处可以找到这样的例证。这时诗歌的语法在一瞬间会重合起来，出于自由的意愿，用通常的连词联系起来：

    Liv är en ljusning och försvinner. 生命是一次破晓并消失。

在这里，好像是句法连接本身在歌唱，加入到活着的生命中。

作者注：

  研究布约灵诗歌句法的最重要文献是芬兰瑞典语文学家本格特·霍尔姆奎斯特（Bengt Holmqvist，1924－2002）在《贡纳尔·布约灵导论》（*Inledning till Gunnar Björling*）中的分析。此文原载《棱镜》（*Prisma*）文学杂志 1945 年第 5 期第 461 页。霍尔姆奎斯特认为，"最重要的是在'att'（不定式）子句中取消谓语，象征'对于限制的无限制的斗争'；诗人一方面（负面地）表达不可能性，不是通过完成句子来修剪句子的苍白无力，另一方面（正面地）表达不可释放因此也受限制的替代句子的丰富性。《彼处我知你》：在无限之前的一个停止信号——句子在读者的意识里繁殖或消亡，但是并不固定起来"。

  有关布约灵语法的同样观点可见于另一瑞典文学评论家本格特·贺格伦（Bengt Höglund）的论文《作为我们唯一所爱而知名》（"Och känt som endast det vi älskar"),可参看1962年第3期《博涅什出版社文学期刊》(*BLM*)。不过本文作者认为贺格伦的分析主要是诗人的世界观,对此持怀疑态度。

卡尔维诺：月亮是一片荒漠

如果你查阅一本陈旧的修辞学手册，有时你没有找到"反讽"（ironi）却找到了"错觉"（illusio）概念——这是我们现在用的词"幻想"（illusion）的起源。这个词实际上的意思是"嘲弄"（hån），不过出自动词"假装"（illudo），还有玩、游戏、捉弄的意思。它也好像是讽刺概念通过其词源学和其他经常用来描述文学特殊表达类型的概念紧密连接在一起了。这些类型包括幻想、伪装、虚构、种种"好像"、种种模式以及假装但也是严肃的图像，引诱着我们进入一种解释的游戏，也是不可接近的事物。文学成为一种嘲弄，其对象是那种字面上的意义——某种完全可以想到的定义。

反讽是那个把语言从自然解放出来的形象，让词语躲避开物体，照亮它们的虚构特点：语言成为虚构之前的一种虚构。反讽的双重声音迫使读者去克服自己对直接意义和体验的偏爱。它也揭示出，没有任何事物在叙述中是必不可少的。这也不是什么打破简单的幻想——从玩偶身体里拉出稻草或是在画了景的舞台布景织布上用手指戳个洞——而是形式和内容之间的一种冲突，终结了它们操控的共同阴谋。

例如，如果你在某部小说的开头读到这样的句子："小说从一个火车站开始，一个火车头在喘息，一个活塞嘶嘶地响着，塞住这个章节的开口，一股烟雾部分遮蔽了第一段。横穿过车站的是一条溪流般的来自铁路自助餐厅的气味。有人站在蒙着水汽的车窗后面观望，打开了酒吧的玻璃门，一切都是雾蒙蒙的，即使室内也是，用近视的眼睛看着，或是用煤灰刺激得流泪的眼睛看着。这本书的书页和旧火车结满水汽的车窗一样模糊不清，在句子上面烟雾积淀了下来。"

这是卡尔维诺的小说《如果在冬夜，一个旅人》某一章的开头。在描写和物体之间的层次差别明显地消失了（差不多就好像是"火"这个词会燃烧，而"蛇"这个词会咬人）。叙述故事的特性被投射在叙述上，也是一种在通常情况下被掩盖的因果关系的一种反讽的回转。在这一章后续的部分，卡尔维诺叙述了车站的情况，**同时**他描写了如何把有关这样一个车站的故事讲出来，其中的主人公"我"带着一个神秘的箱子跨入了一个冬夜。比如："所有这些字母都符合这是一个乡下小火车站的信息，在这种地方新来一个人立刻会得到注意。"他排列出了所谓准确无误的观察，以便提供一幅现实主义的必不可少的背景图像，不过他也会打断叙述，好像是从黑暗中坐在一把椅子上的电影导演说的话："这里小说要再现对话的片段，它没有别的作用，只是要描绘出这个乡下小镇的日常生活。"

在卡尔维诺早先的著作里，反讽的表现常常依靠久经试验的可靠形式，例如种种的不成比例，它们可以存在于叙述者声音的诉求和材质之间，也可以存在于类似戏仿的经验程度之间，或把这些经验全都放进更具幻想性的寓言。在小说《宇宙奇趣》里，古老生物以及年迈的 Qfwfq 先生自言自语的独白，打开了通向宇宙和有机生命生成不同阶段的奇迹般的视角。但是在每个阶段，同样的悲惨人物、同样细小的日常阴谋诡计会再次出现。创世的故事在这里成了小资产阶级的闹剧。

也许是和"如是派"以及那个法国符号学家的会面使得卡尔维诺把自己的技巧激进化了，因为他在会面之后得以利用一种精确的解剖学，对作为符号系统的叙述进行解剖。我们在他 1967 年发表的小说《时间零》中就能看见：在这部卡尔维诺的《基督山恩仇记》里，埃德蒙·丹蒂斯不是试图通过挖地道，而恰恰是通过进入大仲马的小说手稿里而逃跑的。

不管怎么说，卡尔维诺用自己日益熟练的写作技巧全身心投入了一种玩弄小说虚构框架和约定的游戏，这种游戏中小说自身的技术得到评论、戏仿而且变换成一种叙述和叙述之叙述的奇怪融合。写作行为、代码的生产等，本身就是明显可见的，对，有时甚至成为故事叙述的实际戏剧，公开地戏弄事件发生过程中余下来的事和那些影子一样的演员。

一个让人着迷的项目可以事后从卡尔维诺的文学创作中区分出来：建立我们可以称之为人类幻想字母表的一套字母。

在《宇宙奇趣》中有一种解释古老现象的丑陋卑鄙虚假知识的形式论的特点，也许这种特点的残余依然还沉睡在人类的自我之中。在两卷本的《命运交叉的城堡》和《命运交叉的旅店》里涉及更具幻想性的句法：问题是人用有限数量的字母和一个组合规则的系统到底能做什么。（几个哑巴旅客用两副塔罗纸牌游戏玩出两套狡猾地编织起来的短篇小说连环，其中每个旅客都用一个短句来讲出自己的故事。)在《看不见的城市》里,马可·波罗给皇帝的报告都是对人类状况的诗歌形式的不同记录。("忽必烈·汗想,也许我的帝国不是什么别的,只不过是感官的所有梦想构成的一个黄道带,日月星辰运行的地方。")《如果在冬夜,一个旅人》记录下来的主要是现实的模式,它们秘密地深藏在小说形式自身的体裁记忆里(就和卡尔维诺20世纪50年代的三部曲一样,是对中世纪骑士诗歌的、文艺复兴文化的以及启蒙的18世纪的所有保留剧目的一种反讽加现代的回收。)

他有能力伪造出绝对可以相信的生活状况,而这种能力不仅是从实际上在故事里实现的少数可能性中取得营养,也是从所有可以想到的各种经验,可以通过一种植物的、动物的、历史的、宇宙的或者纯粹抽象的存在水平来重新构建的经验中取得营养。就好像对卡尔维诺来说在语言和存在之间没有任何自然的随机选择。一个可能的大千世界的画廊在我们的意识里神出鬼没地打开了,尽管现实也挤进来提出要求出场。如果有什么属于我们本质的内容存在于语言中,那么我们不仅穿过现实,也穿过看不见的城市。

《看不见的城市》是一部内容过分丰富的、完美的、美得让人受伤的书,也是一部人类美梦加噩梦和思维实验的百科全书,每个梦想都在一个虚拟的城市里得到了体现。框架故事让我们置身于蒙古皇帝忽必烈·汗的身边,进入他令人伤心的天堂般的御花园,和他一起倾听威尼斯商人马可·孛罗描绘他自己帝国里的各个城市。这是蒙古皇帝因为自己崇高的地位无法去访问的城市。

这些城市都有女人的名字,多半也都是希腊文的名字,但是这些名字说出来的声音的意义更大于内容。在马可和可汗皇帝的对话中，他们也逐个通过一种可以想象的卡尔维诺读者的疑问的各个阶段，想搞清楚这些故事和现实的关联。两人的对话不仅质疑了马可的报告，也质疑了讲述的可能性。

尽管性质上有点东方色彩，也是传奇，但卡尔维诺的城市缩微图画给人一种印象，好像他要布置的是整个文明的文字王国：人类在现实之上展开的所有色彩丰富的纸牌都是为了解释现实，追寻命运的踪迹。他的图像经常被理解为寓言，但这是不是意味着我们可以把它们当作钥匙，打开那些构成我们自身存在的让人困惑的寓言？文学创造了很多模式，不仅可以简化现象的多面性，还可以容纳一种句法，使得要素的关联和位置都一览无余，好比一张星云图。叙述就是共同思索，就是一起观看，创造出故事情节枝蔓丛生的众多群体的星座。

在卡尔维诺那里，在反讽拉开距离的背后，我们追踪到有一种不可收拾的不平衡的意识。一方面，文学要求为那种无定形的、流动的现实"安排秩序"；另一方面，现实的混乱从来不会减少到一种这样的逻辑，减少到文学可以幻想一种结局和语境相关的世界。

在《时间零》这个有关"水晶"的故事里，叙述者 Qfwfq 老先生努力要让整个世界形成一个由严格的法则限制起来的水晶结构，但是最后不得不觉悟到"真正的秩序就是那种自身带着不洁净杂质的、被扰乱破坏了的秩序"。

浪漫派反讽思想大师施莱格尔曾经在一段自己的哲学碎片文字中说："反讽就是关于永恒运动、关于持续不断无穷无尽充满一切的混乱的清晰意识。"——再加一个几乎是卡尔维诺式的补充:"只有那种困惑才是一种真正的混乱,从中才会有一个世界(用卡尔维诺的话就是一个无尽数量的世界)跳出来。"

然而,如果每幅图像本身并非都必不可少,那么每个故事叙述都不会讲完,也完全可能有另一种外表。故事叙述是从一个用之不尽无法清空的世界开始,也是在瞬间创造出秩序之后在那里结束。(在《命运交叉的旅店》里,故事叙述者就是这样来结束自己的叙述的:"于是我就让一切都到位了,至少到了书页上。在我自己的内心则一切都和过去一样。")因此这个故事叙述者就必须把自己人为制造但还没有完成的人物搬上舞台,还必须打断自己的手势,把手指向自己。当卡尔维诺谈到阿里奥斯托、塞万提斯和斯特恩的反讽,把它们作为一种榜样时,他把这样的介入解释为一种赋予"万物博大"之感觉的方式。只有当一个故事的叙述开始组织起来的时候,幻觉才继续存在,才会包容世界:所有的方向仍然都是开放的。

在阿里奥斯托的文艺复兴史诗《疯狂的罗兰》第 34 歌里,月亮(骑士阿斯托尔夫前往那里寻找罗兰丢失的理解力)可以解释为一个对文学的隐喻:一个安排好秩序、保留了人们忘记的东西的地方——人文主义诗歌观的幽默版本,把诗歌看作记忆和知识的仓库。卡尔维诺很愿意和阿里奥斯托留下的路径交叉,让塔罗纸牌游戏月亮纸牌引导出一个遮遮掩掩语焉不详的标记,表示他对于文学中存在实质内容的信念的怀疑。骑士阿斯托尔夫碰到了诗人阿里奥斯托/卡尔维诺,开始编织出自己的阴谋诡计、诗韵和原因,其内容如下(参看《命运交叉的城堡》):

> 如果他居住在月亮本身的中心——或者是被中心居住,

就像是被自己最深的核心居住——他就会告诉我们,那是真的啊,如果我们说月亮其实是充满意义的世界,是没有意义的地球的对立面,月亮就包括了那些对词语和事物最完整的诗韵记录。

"不,月亮是一片荒漠。"这是诗人的回答,由放在桌子上的最后一张纸牌来判断:一张**爱司**,包围在**硬币**的冰冷圆环里。"从这个不会结果的;每次穿过森林、战斗、金库、宴会和女人的化妆室的旅行,都把我们带回到这里,到这个空空的地平线的中心。"

卡尔维诺毕竟,或者说因此,显示出他总是持久不断地着迷于他在反讽中不断化解的事情:几何的法则、和谐的系统、一切都可完全反射的水晶结构、能够包容一切将来的可能性的形式。在他的幻想中有一种数学抽象的倾向,不仅会被反讽避开,而且和他作为观察者的敏感有一种明显的紧张关系。因为他记录每种情况都压倒一切地直接和明白。他的措辞给你的感觉是理所当然、基础坚实、万物都近在眼前,但这种感觉其实可能在出卖你。

有些事物在那些语言的屏幕中铺开一条道路,好像它是来自一条在感官构成的语言之外的地平线。让我们这么说吧,在《分成两半的子爵》里,这个分裂的战士右边的一半,也是象征邪恶的一半,刚回到自己的城堡,到了那些吓得半死的村民面前。"从大海上刮来一阵风,一根折断的树枝在一棵无花果树的树梢上鸣咽。"一个这样的句子,就意义的上下文来说,到底属于什么句子?

当马可·波罗学会了鞑靼人的语言,不再带着种种谜语来讲述故事的时候,可汗皇帝就觉得马可·波罗的故事缺少了什么。在物体周围有一种空间,而词语是没有的这种空间的。卡尔维诺带着偏爱建立了看不见的城市,这些城市就好像是可触摸的表面、可移动的财产和无声的景观构成的美术拼贴画。对它们做出解释的需要并不是那么迫切。这些图画的视觉效果比它们的含意更强烈,其光芒可以越过构成其形式原则的那些逻辑的思维实验。它们的表面,那种模仿着别人的瞬间图画,是在虚构小说的皮肤上的盲轨道,也就是会突然到了头再也无法继续前进的轨道,就如我们的分析解剖到不了的地方,它只会像一次爱抚调情一样触碰我们。

　　拿看不见的城市之一迪奥米拉斯这个城市的"立论"为例吧:幸福是记忆对某些实际从没发生过的事情的明显重复,是迟到的清晰性把经验放置到过去。这种想法放在叙述者为他的词汇之城已经准备好的入口旁边,就好像并不那么贫乏了:"但这里面特别的是,那个在九月某个晚上来到这个城市的人,那时白天开始缩短了,那时旅店大门上的所有五颜六色的彩灯都点亮了,有人听见一个女人在阳台上喊道:啊呀!他一定羡慕那些以为自己早就经历过这样的夜晚的人,而且那一次他们是很快乐很幸福的。"那个女人是谁?为什么她要惊叫"啊呀"?这些是不属于"论文"的,不过它如果很特别,正好是一个这样的夜晚,那个带着这个故事,自己又不必就是故事,一种特别的光,某些程序,那些颗粒般的枝节问题:文本活的纤维。

　　卡尔维诺控制艺术到了奢侈的程度,让读者留着不走,又不给他们提供他们渴望的答案,这种答案其实在和文本起到的诱惑作用的关系中看来无足轻重。也许他的替代自我就是《不存在的骑士》中那个骑士阿基洛夫,虽然只是靠一套空空的盔甲撑起来的,但是在顽固不化得了相思病的城堡女主人普丽西拉那里还是应付过去了那个夜晚,他的手段就是彬彬有礼顾左右而言他,先做些吸引转移女主人注意力的其他事情,或者用文学和历史的例子,不断推迟那个女主人渴望的男女结合的瞬间,直到曙光照进来打断了他们(或者说这本书就此结束了)。

反讽并不改变物质性,改变充满于阅读中的稀疏结论模式的东西:树木的叶子形状、带刺的地平线、烟雾、蜘蛛网、调料包、垃圾等等。

在《命运交叉的城堡》里,卡尔维诺用塔罗纸牌游戏创造出了一个"生产故事的机器",让它在符号学者的嘴里浇上水。不过,在读出纸牌上的内容的时候,也出现了这种游戏的规则没有预见到的事情:风格。纸牌的顺序不可避免地产生了这些故事的骨架,但游戏系统和实际的写作方式几乎是没有关系的。在"剑中的王"这张牌里介绍了自己之后,罗兰又拿出了"剑中的十",这是一张图像上很朴素简单的牌,和一个通风的栅栏很相似。但是这一面上出现了什么呢?

我们的眼睛似乎被战斗掀起的巨大尘雾弄得看不清了,我们听见军号嘟嘟吹奏的声音,被打断的长矛在空中飞旋,互相践踏的战马满嘴满鼻孔都被蒙上了彩虹样闪光的泡沫。刀剑互相砍杀,用刀刃或刀背,砍向别的刀刃或刀背。一圈子活着的仇敌扑到马鞍上,然后又发起攻击,最后已经找不到没有进坟墓的战马了。在那个圈子正中间是圣骑士罗兰,挥舞着他的迪朗达尔宝剑!

一种显著的能量强行进入了文本,不是作为秩序和意义,而是作为手势、材料和骚乱进入的。

反讽还可以是一种方式,是像伊塔洛·卡尔维诺这样的作家把自己从那些本来也并没有抓住他的事情那里解放出来的方式:情节发展、阴谋诡计、谜语的答案等等。而且还要赢得做其他事情的表面:惊奇、充满色彩的增值、捷径等等——还有虚构之外从大海吹到我们身上的阵风。

译者注:伊塔洛·卡尔维诺(Italo Calvino,1923 - 1985),20世纪意大利文学重要作家之一,其作品带有超现实的寓言特色。本文提到的几部作品是:《如果在冬夜,一个旅人》(*Se una notte d'inverno un viaggiatore*,1981)、《宇宙奇趣》(*Le cosmicomiche*,1965)、《时间零》(*Ti con zero*,1967)、《命运交叉的城堡》(*Il castello dei destini incrociati*,1969)、《命运交叉的旅店》(*La taverna dei destini incrociati*,1973)、《看不见的城市》(*Le città invisibili*,1970)、《分成两半的子爵》(*Il visconte dimezzato*,1952)、《不存在的骑士》(*Il cavaliere inesistente*,1959)。Qfwfq先生是其早期小说中常用的一个讲述故事的人物。"如是派"指1960年在法国巴黎创建的后结构主义文学杂志《如是》(Tel Quel)的作家群体,1982年停刊。阿里奥斯托(Ludovico Ariosto,1474 - 1533),意大利文艺复兴时期的诗人,代表作有《疯狂的罗兰》(*Orlando Furioso*,1516)。塔罗牌游戏(Tarok),一种有占卜意义的纸牌游戏。

卡尔维诺的帕洛马尔

柏拉图把对话参与者突然领悟的那一瞬间会影响到他们的那种内省叫做"自相矛盾",因为他们看上去理性的分析反而导致了一种不合理的结果。他们觉得很清楚的事情里隐含着矛盾,而现在这种矛盾使得道路都无法通行。(有关"自相矛盾",柏拉图用的希腊语"aporia"原意是指不可能跨越一条河流。)希腊语"aporin"则指理解上的迷惑,因为这种理解和本来的思考出发点是有冲突的。

我们在卡尔维诺的著作里遇见的那些人物有一种共性,即我们是在一种自相矛盾的情境里认识他们的。有时候,这涉及在体验中和思考中感觉到的困难,这种困难会出卖你。在有关帕洛马尔先生的故事里就是这种情形,他作为一个世界万物观察者遇到了巨大的困难。不过,即使日常生活或者英雄的死亡也会有自相矛盾的地方。那些最巧妙的途径,结果显示却都是和原来的目的相抵触的。比如说,在小说集《马可瓦多》(1963)里,卓别林式的不成功死不罢休的固执就出现了这种情况。就小说的构思而言,这部小说集其实是和卡尔维诺早期作品、1983年出版的《帕洛马尔》最相像的。

马可瓦多先生是生活在二次世界大战之后元气大伤的意大利的一个白领工人无产阶级。估计他本来是在乡下长大的，不过被迫住在一个闹哄哄的大城市，绝对别无选择，因为只有如此才能养活要吃要穿还吵吵闹闹的一大家子人。在根据一年四季的植物讲述的一系列故事中（相当于组织《帕洛马尔》结构的那种不断增长的哲学层次），马可瓦多面对的是一个混凝土构成的风景，以及这种环境里生发出来的人的冷漠。不过他的注意力当然和其他住在这个城市里的人不一样：就是说他看到的仅仅是这个城市里的**自然**，那些在一栋栋房子之间楔入的植物、动物和四季现象。正如我们总是在海边、在花园里、在动物园里、在社交生活里以及如此等等环境里可以遇见帕洛马尔先生一样，卡尔维诺展示的马可瓦多总是在上班、在超市、在街心公园、在钓鱼的地方这类环境里。

帕洛马尔的任务是要在他的观察中达到清晰的高度。马可瓦多则有更加实际的生活目标。这个可怜的英雄到处尝试重新栽培那些受到威胁的自然碎片，使得他自己和他的家庭生活变得丰富起来。但经过他的每次尝试，最后胜利的还是可怕的城市文明，而他却落入某种滑稽可笑的或者有生命危险的境地，这也是他自己完全没有预见到的。他是一个很有发明创造才能的浪漫派，相信自己能够战胜文明，但是与此同时以他自己有限的智力他总是一败涂地，是个倒霉的乡巴佬，就跟一处古典喜剧或者无声电影闹剧里的小丑一样。

和马可瓦多相比，帕洛马尔在社会等级上要高几等，智商也要强得多。背景毕竟也是到了 80 年代了。不过，文学创作方法还是一样的。在这两本书之间的相同之处和它们与一个较老文本的关系有关，这个文本建立一种体裁，而卡尔维诺的这两部著作都是用这种体裁写成的。

要读懂《帕洛马尔》，我们必须判断卡尔维诺写的是什么类型的文本。这个文本的参考模本是什么（=引向现实的方式）？我们可不可以把帕洛马尔对世界的观察就当作它们问世就要充当的角色，也就是说，是对于知识的不可靠性的调查，也是对万物不可穷尽的符号特性的调查？或者这些深思熟虑的轶事只是在一种小说家有意虚构的故事里的功能，它们的艺术目标就是提供帕洛马尔个性和内心生活的一幅图像？

关于自己的私人生活，帕洛马尔先生当然没有说得特别多，传播最广的句子就是有关人类共同体的日常规范测试中的精神紧张问题、恐惧症以及各种缺陷。他总是把自己隐蔽在背景中，是他的观察对象，比如壁虎蜥蜴、法国奶酪或者星空天体等占据了文本的视野。不过，围绕这些现象的旅行同时见证了某一类的注意力，见证了某一种气质，也是读者可以相当深入地感觉到的。我们看到一个气质特别的个人，一个疑心病很重的知识分子，在一种越来越沉重的死亡意识的压力之下试图通过完全进入观察者的角色而逃避开自我。

从另一方面看，卡尔维诺并不在玩弄什么心理的肖像艺术，这也是很清楚的。这本书的章节是由反思性的散文来构成的，它们处理的问题必须称为哲学的或者符号学的问题。如果文本的自我不是用第三人称叙述，而是通常和虚构故事紧密联系起来的介绍方式，那么它们完全可以被当作学术论文。或者用不同的表述方式吧：如果我们过滤掉帕洛马尔先生对自己的直接引述，那么整个文本就可能当作实用散文来读,是对于主体和客体关系的业余哲学研究。其段落都是根据一种严格的分级模式来排列的,这种模式是逻辑性的,不是叙述性的。当这个文本谈到星空天体的时候,那就确确实实是涉及星空天体,所讨论的问题也有属于自身类型的某一种兴趣,而不取决于叙述的那种取景方式。

不过,我们的分析在这里会遇到很麻烦的"自相矛盾"。也就是说与这部著作哲学性的反思一起反复出现的要点是帕洛马尔先生(或者更一般化地说:观察者)无法和他自己的观察区分开。就在帕洛马尔努力寻找可靠和客观的答案的那些瞬间,在他面前就会出现个别的事物,好像是事物整体的一种移动,在万物的完美之上又出现了一块瑕疵。不过,他同时也能明白,只有在这块瑕疵上才能描述这个世界,这个世界才能扩展成一个新的世界,而这个新世界又会有一个瑕疵,依此类推。在观看的环形中眼睛是一个缺口,但是如果你把这个缺口拿掉,那么思想就没有了任何可以作为出发点的视角,就会在空洞的虚无中消散。因此,多元性和不完整性最终还是对死亡的防卫抵抗。当述说的事情不再要求什么补充——就如帕洛马尔先生觉得他能把自己的生活作为整体一览无余的时候一样——意义的死亡就到来了,这在故事里和帕洛马尔自身的死亡是完全一样的。思想的冒险旅行建立在互相对立冲突的假设同时都保持生命之上,这甚至也涉及文本的表述特征的问题。

我们可以这么说,《帕洛马尔》这部小说在哲学上的两难困境是小说崇高的一面。但是在卡尔维诺这里,崇高或迟或早都会被其对立面渗透,也就是被平庸的和小资产阶级的情调渗透。尤其是一种本质上的模糊性,涉及文本里的诉求水平。在《帕洛马尔》中几乎没有什么章节缺少琐细烦恼的成分。这让人联想到浪漫派反讽的那种最简单的表达形式：那些视野广大的幻想家却被眼皮底下的石头绊了一个大跟斗，跌得鼻青脸肿。阻止帕洛马尔先生跌倒的是他日常生活中的自我。这就像是克尔凯郭尔的格言里的哲学大师黑格尔，帕洛马尔看起来好像活在一个他自己建筑起来的华丽思想宫殿旁边的茅棚里。帕洛马尔作为人的生存受到威胁，他正在一点一点逐渐消失，而在他抵抗这种威胁的斗争中，知识的艺术和用符号来说明事物的艺术对他毫无帮助。

也就是说，在小说里有这样一种发展（或者更准确地说是没落），尽管这种发展在很长时间只能通过散乱的小事情来跟踪。帕洛马尔正在落入一个巨大的悲怆境地，在这种境地里人的欲望都在意识的荒凉的光线里萎缩掉了。在这部著作范围很广的一系列经验里有一个缺口是很说明问题的：在文本里没有魂不守舍恍恍惚惚的经验。这也是为什么帕洛马尔先生最终缺少了在崇高的境界里安家落户的权利。

我们当然可以问自己，是否可以把帕洛马尔当作一个主题来讨论：也许他只是一个位置，和观察的动作是一致的（他的名字是取自一个著名的天体观察站）。不过，当悲怆的主题在最后冰冷的静坐场景里进入白天的时候，也就是帕洛马尔先生学会了死亡的时候，这种语境毫无疑问成了某一种欲望的前提，它曾经在过去起过作用，不过现在已经退休了："不久之前他已经注意到，在他和世界之间，事情已经和过去不一样了；如果过去他觉得他和世界之间好像互相有所期待，现在他不再记得他们期待的是什么，不知道那到底是恶还是善，也不知道为什么这种期待总是让他战战兢兢满心恐惧神志不安。"

然而这本书也并不是用什么存在主义的悲剧来款待我们。卡尔维诺否认他的主人公有英雄主义的感伤。一出配方很精致的情景喜剧只暴露出帕洛马尔先生很愿意用来包围他的观察的那种严肃。在这个文本的**音调**里有一种提醒,让我们记住那些琐细事物的反讽意义,而也是这种音调最终把写下的文本和现实捆绑在一起。正是在日常生活的音调的条件下,现代哲学得以经过帕洛马尔的思考的检讨。卡尔维诺并不直接指出他使用的互文,但是有些互文肯定是可以识别出来的,比如尼采、卢梭、本雅明、维特根斯坦、梅洛-庞蒂等人的文本。有时候甚至可以识别出年代更久远的古典文本,比如开首的章节"帕洛马尔在海滩上",写的是帕洛马尔被挫败的尝试,他想在大海无穷无尽的波浪涌动中观察某一个别波浪的运动。有极大可能性卡尔维诺这部分文本是出自赫尔德年轻时代写的文本《论语言的起源》(1772)中的一段话。这本书讲的是最初的词语如何从细致分辨事物差别的观察的一种特殊形式里体现出现,而赫尔德把这种形式叫做"besonnenheit"(反思):"当人类灵魂力量看来很自由的时候,她证明了她可以反思。这么说吧,在咆哮着通过她的感官而由感知构成的整个大海里,她可以区别出一个波浪,可以把注意力对准这个波浪,让自己意识到她在注意。"对于卡尔维诺笔下的主人公这是失败的。

那么谁是帕洛马尔先生?是的,从文学传统的角度来看,也许可以把他描写成福楼拜笔下自修成才的那对好朋友布伐和匹库谢[①]

[①] 布伐和匹库谢是法国小说家福楼拜生前未完成的同名讽刺小说《布伐和匹库谢》(*Bouvard et Pécuchet*)中的主角。这部小说是福楼拜 1880 年去世后才由后人整理并于 1881 出版的。

的亲戚（这一渊源他也可以和贝克特《等待戈多》中的那两个流浪汉分享）。卡尔维诺在《帕洛马尔》中用以写作的体裁是福楼拜用这部生前未完成的小说创造出来的。这部有关两个年轻小伙子的小说长期以来也总是为人误解。他们本来只是文字抄写员，但有初生牛犊不怕虎的勇气，胆敢涉足几乎可以说是人类知识的所有领域。也正是为了这部小说，福楼拜编了一部著名的陈词滥调老生常谈俗话俚语大字典。这部小说其实缺少情节，各个章节都是遵循一个很简单的日程表。布伐和匹库谢进入某个新的领域，然后就着手实际运用自己的知识，最后总是失败。在每个学科里，他们都马上把公认的概念当成自己的，然后他们在这个领域的知识缺陷就会在光天化日之下暴露无遗，而这也经常是在他们想改善生存状况，为此做了奇奇怪怪或者有生命危险的种种尝试之后。福楼拜让他们最后还是回到了原来的工作，即抄抄写写。他的小说不应该当作什么戏仿来理解：它是令人恐怖的也是预言性的远景，展示知识对于陈词滥调的越来越不确定没把握的抗争。

而卡尔维诺的小说《帕洛马尔》主要是描写观看和思考的行为，而不是情节上的和人际交往上的"自相矛盾"。可以这么说，卡尔维诺把福楼拜的《布伐和匹库谢》分成了两部分：《马可瓦多》和《帕洛马尔》，行为和观念。福楼拜的布伐和匹库谢在科学方面都是小人物，卡尔维诺的人物和他们一样，马可瓦多是大城市里的乡巴佬，而帕洛马尔则是宇宙里的外行。更确切地说，卡尔维诺的《帕洛马尔》是福楼拜《布伐和匹库谢》里讨论哲学的那一章节的一个独立的但也是大师级的变奏。一个知识分子喜剧的一个现代化了的版本，没有福楼拜作品那么多的嘲弄，那么多的平庸。因为帕洛马尔先生要比那两位早他一百年的倒霉弟兄领先很多，他有一个长处：他知道他要避开那种真正是知识基础的自我认识。他的苦苦思考最后导致的是一种困惑不定的状态，而不是那种陈词滥调老生常谈——我以为这也可以称为一种历史的进步。

　　在卡尔维诺的文本里经常也发生其他的事情，相似情况在福楼拜为《布伐和匹库谢》创造出的那种有意的平淡而中庸的风格中是没有的。那些普通情境具有明显易见的特点，能带着读者绕过那些"自相矛盾"。叙述本身就显得比所有帕洛马尔先生的解释模式和可能性更加固定可靠。在思考的缝隙当中，在卡尔维诺语言中的沉着稳定安全可靠的呼吸似乎是不可破坏的。这里有一种来自意大利民间深处口头艺术流派的影响，是卡尔维诺收集并拼贴在自己的叙述中的。传闻轶事的韵律让我们感到温暖，即使在这个文本角度变换出现的最后图像是一扇只朝向空房间开启的窗户。

符号的乌托邦：罗兰·巴特与文学

文学的责任就是消解自身：这是罗兰·巴尔特在 1953 年因出版文集《写作的零度》而以批评家身份登上文坛时的出发点。在当了数十年文学理论家和大学研究员之后他已经成熟，和这一学科做了清算。他和尼采一样声明：我们是因为缺乏精致才会具有这种科学性。那种寻找固定的尽善尽美概念系统的野心，巴特认为差不多就是一种疑神疑鬼的强迫性妄念。在 1970 年出版的《S/Z》这部著作里，巴特告别了结构主义要构建普遍有效的文学文本性叙述模式的设想。每个文本都是其本身的模式。而且："关于文学的科学就是文学"[①]。这种科学就不能是虚构性的、浪漫幻想性的吗？他在 1975 年出版的著作《罗兰·巴特论罗兰·巴特》中提出过这个建议。小说能不能放弃它的情节和非现代的心理学建构（简单地说就是人物），而变成纯粹的、自由的文本？巴特预言，批评家和作家的角色会逐渐消失，而被某个第三者替

---

① 参见巴特：《声音的谷粒：访谈录 1962—1980》（*Le Grain de la voix. Entretiens*，1962-1980），巴黎 1981 年版第 53 页。

代：写作者，那个知道自己掌握语言，也只把语言作为写作材料的人。

在巴特晚近的写作里，我们已经可以看到体裁的瓦解。从《S/Z》起，他创作的那套精美的碎片写作文集，包括了《萨德、傅立叶、罗耀拉》、有关日本的《符号帝国》、赏析文本的小册子《文本的乐趣》、让人享用不尽的独特专著《罗兰·巴特论罗兰·巴特》、多愁善感的爱情词典《恋人絮语》以及有关摄影的激进而主观的理论文稿《明室》——1980年3月他去世之前完成的最后一部著作。

浪漫幻想

巴特谈到其文字都是"浪漫幻想"的时候，到底是什么意思？一部分的答案在于这样的问题其实是不能用一个定义来回答的。在巴特这里，这些术语只有在作为链接之反义对立的一套工具的组成部分时才有意义。它们只有通过这个链接中的其他概念才能得到解释，从来也不会有什么最后的术语来关闭这种引证或转述的流动。我们会看到，这种情况意味着巴特的意识是在写作的条件下运作的（现在正在部署又一个谜语）。

小说/浪漫幻想的区别接近一系列平行的区别：风格/写作、产品/生产、结构/建构、论文/散文和其他等等。在《萨德、傅立叶、罗耀拉》里，你可以看到系统/系统化。这点特别可涉及乌托邦作家查尔斯·傅立叶，巴特自己的书里把傅立叶、萨德伯爵以及耶稣会创建人圣依纳爵·罗耀拉的写作方式做了比较。这三个人当然可以看作差异甚远的世界观的代表，但是他们的文本图景却显示了惊人的相似性。他们对同样的要求做了分类（喜悦、变态和原罪），有同样的分切（人类灵魂、牺牲者的身体、基督的身体），同样退却到了一个精心计划的隔离状态，为了说出和排列这种游戏的元素，使其成为机制性的、可以用尽的序列（傅立叶建立的乌托邦社团法兰斯泰尔、教堂的管风琴、祈祷）。傅立叶、萨德和罗耀拉："造字者"①，都是一种新的建立文本方式的发明者（斯维登堡可以算是他们的瑞典兄弟）。

巴特写道，这种系统是一种集合性的教条，在其框架内，不同原则和主张可以得到一种逻辑的发展。这种系统追求封闭内向性和清晰性。它极度依赖两种幻想：透明的幻想（这个系统使用的语言可以看作思想家的一种纯粹工具）和实现性的幻想（这种系统的目标就是**运用**语言，也就是说，要**离开**语言，以便设立某种明确的现实，而这种现实可以理解为处于语言的领域之外的）。傅立叶的作品不是什么系统，即使那些企图实现它的人愿意这样去解释。他的文本是以反义对立为特征的，**是那种系统化**的，也是与像是系统的那些建构进行的开放游戏，没有成为明确意见的奢望。（所有的结构在下一天的练习之前都会被拆散，这包括那些管风琴和祈祷，也涉及乌托邦的实践）。无止境的、也是没有必要地进入的分类和组合的原则，导致某种乌托邦计划里的逻辑泛滥。傅立叶的话语实际上缺少话题。难以说清，在什么样的范围内这种话语是严肃的，或者是戏仿的。

傅立叶通过两种操作而驱使这种系统逃遁——让其滑入

---

① "造字者"瑞典语原文为"logotheter"。——译者注

歧途：一方面是通过一直把明确的叙述推迟到将来：他的学说既是奢侈浪费的同时又始终是要拖延迟到的；另一方面是通过把这种系统书写到系统化中去，成为不明确的戏仿、影子和游戏。例如，傅立叶攻击文明化的（压制的）"系统"。他要求充分的自由（在涉及品味、受难、疯狂和突发奇想的时候）。人要期待一种自然而然的哲学，不过人会得到矛盾：一个丧失了概念的系统，其多余过剩，其充满幻想的费尽心力，会把系统抛到身后，而达到系统化，也就是说书写：自由从来不是秩序的对立面，它是**旁通语法化了的秩序**：书写必须同时冲洗出一幅图像及其对立面。①

（旁通语法化 paragrammatikaliserade 的前缀 para-在古希腊语里表示"旁边""经过"。）旁通语法：不是抛弃语法，而是让语法过热。

在巴特的反义对立里比较柔性的术语（系统化的、书面的、建构性的、浪漫幻想的等等）总是在漂移过程中，离开那种在西方文化中起控制作用的意义系统。不过，这种全面的修道苦行，追寻所有写作方式的零度，追寻纯粹的、没有污迹的意见，巴特在将来的年代里都看作是一种无效无能的存在主义梦想。对于"意义"的正面攻击本身成为一种神话意义，成为英雄般的抗拒。这种写作倒是可以在狡猾的变动中进入密码本身，而这些密码偷取自根深蒂固的语言，以达到非事先设想而

---

① 参见巴特《萨德、傅立叶、罗耀拉》（*Sade, Fourier, Loyola*），巴黎1971年版第115页。

更有些不知羞耻的目的。这样的写作是比较柔性的术语的颠覆性活动。

现在我们接近了浪漫幻想吗？很显然，那些愿意再现巴特论述的人不得不从一个隐喻走向另一个隐喻。从结论中得到的印象是虚假的。只有按等级建立起来的话语是可以概括的。在晚期巴特那里能找到更可能是一种循环传递的写作方式，每次要提供这种学说形式的尝试，都只会导致一种变质了的语言残余的蒸馏物：半截不全的引语，对原文本所要表达的意思的虚假释义。当我们达到所谓**结论**的时候，巴特已经离开了我们。

"游戏"技巧

我相信，有必要把巴特的术语当作一种**装置**来进行考察，去追问它是怎么发挥作用的，而不是去追问其定义是什么。他很挑剔地从那些最复杂多样的方向来选择出这些词汇（从苏格拉底、马克思、符号学、心理分析学、话语语言学、信息理论、语言实用学、雅克布森、列维-斯特劳斯、德里达和克里斯蒂娃那里），事实上他自己新造的术语很少。不过，他俘获来的这些术语，在用于和模式与思想酵母玩那种特别巴特式的游戏的过程中，照例都会开发出全新的特质。这些词汇失去了概念上的规则性和无生命性，而开始变得更像某种抽象戏剧的舞台展示。语言变得**可见**了，像是一个房间里的人物。内涵的承担者，描述者（能指），带着一种自己可靠性的出场者，不可以在概念到来之际就被带上来褪色。符号会把新的关联和自己连接起来，而不会让与术语起始系统的关联因此完全被切断。以如此方式，这个概念的上秩序和下秩序就可以变动，它们在一种水平方向继续运行，它们成为充满秘密的词汇，投入到被智性诱惑能量的模糊地带环绕的写作中。

要谈到这些术语的"隐喻性的"使用，还是几乎不真实的事情，因为它们不是被当作图像来接受的，而是被当作思维模式的断片来接受的。巴特自己把他的技巧称为"游戏"（Ludus），因为借此就可以说明他打破了智性活动的一条秘密规则。那些在政治和学术机构束缚的科学之内起控制作用的重复和强制性的风格类型，其基础就在于禁止游戏，对于语言的色情可能性有一种禁忌。巴特接续尼采的知识批评，在感知性和理论反思之间推行一种公开的混合。概念一方面是思想的工具，同时又是幻想的对象。阅读巴特的文本，就是见证词汇如何点燃他。

真实即语言

在处理创见（inventio）的那部分古典修辞学里，也就是说，要在言说中完成的那部分论述，所谓的"场所"（topiken）具有中心作用。希腊人用于表示地方的词叫 topos，以及 topoi，或拉丁语说的 loci communes，也就是思想可以在其中寻找的地方，以便找到论述的新材料。这不是有关现成的母题的问题，而是有关公式的问题，为的是在言说中继续发展。例如，在讨论过程中的分段，从种类和属类的讨论分析或者从原因到效果的讨论分析，比较，对不同情况的说明，再到定义。由此，如果你要批判时代的道德堕落，那么可以采用这样的分段（拉丁语 locus ex partitione）："自由人何处可寻？/则此时吾之场所（topos）襄助言说者继续：/一追求名号，二追求财富，三追求肉欲，皆任自己在其下受奴役。"

当巴特批评科学对于语言的工具性理解的时候，当他不论任何体裁（艺术、文艺批评、科学）固执地从书写方式的特性出发的时候，那么能靠得住的就是一个文本，他是站在一种西方最古老的也是最受伤害的矛盾冲突中，即哲学和修辞学的冲突中。在这一争执中，就在古典时代的修辞学者承认有可能性把言说分成题目和表达（拉丁语 res 和 verba），那一时刻他们就被判决为输方了。对坚持如此区分的语言惯例，巴特给了一个冷漠无情的名称"眷写"（écrivance，以区别于真正的"书写"，écriture），这种写作方式没有意识到自身就是语言，也是处在那个写作者的身体应该在的地方，却有一个模型，一个贫血的"我们"或者"你"。这个"眷写"（也就是"写作者的"而不是"作家的"产品），根据巴特的看法，是一种事实的收缩，即**"真实即语言"**：修辞学是普遍存在的。

我们在巴特这里看到的，更多的是一种"话题"（topik），而较少一种调查性质的"专题"（tematik）。其术语的功能首先不是**代表**什么，而是**创造**什么，我们要问的问题不在于这些术语的内涵是什么，更击中要害的问题是，它们做了什么而使得巴特有可能言说。

写作机器的轮齿

那么，哪些是驱动巴特文本的那些公式呢？我相信，有一个通用的空间（locus）包容其他，这个空间也就是"论辩"（polemiken）。

他的论述是从那种反驳的欲望中生长出来的，要反驳那种看不见且无名无形但自以为是的敌手。他厌恶那种公认的平庸看法，也就是他所谓的"共识"（Doxan），那种小资产阶级思想的咄咄逼人的自以为是，这种厌恶感贯穿了巴特一生的创作，而并不只是特别表现在 50 年代对于神话的分析中。"共识"是那种激进化了的言论控制，不是不让我们说话，而是强迫我们去选择那种流传的、油嘴滑舌的套话。巴特的文本打磨出了一个格言警句式的切面，考虑到了那种勉强的不心甘情愿阅读而充满偏见的读者。但是，写作的目的并不是否定，只是反驳"共识"而已，而是破坏"共识"及其反对意见终究得以构成的那个基础。所以，这里就可以看出巴特的有力表述"不是甲而是乙"，其结束的公式就是"既非既也非也"（如这里显示的，包括一个已经为人所知的术语）；这是在萨德那里有关写作的碎片之一：

> 最深刻的颠覆（反言论控制）并不一定在于你说出的话可以震撼通用的意义、道德、法律、警察，而在于发明一种自相矛盾形成悖论的话语（不受所有**共识**的污染）；这种发明（不是什么挑战）是一种革命性的举动：因为这样一种发明要想成立，除了通过建立一种新的语言之外别无他法。萨德的伟大既不是因为他赞美了罪行、性变态，或是因为他在如此赞美时使用了过分的表达方式，而是因为他发明了一种巨大的话语，建立在他自己的重复方式（而不是别人的方式），是在细节、惊奇、旅行、菜单、肖像、人物、自己的名字等之中制造：简单地说，是对言论控制的反驳，把禁忌

作为自己的出发点，产生出浪漫幻想。①

当巴特自己在一个有敏锐洞察力的碎片里反思自己的个人思维空间（luci）时，他使出的手段有命名、评价、玩双关语、列举、借助词源、超载和运用悖论等等。但最重要的是：伪造。例如造出这对概念："外延/内涵"。

> 这样的反义词对都是人造品：是从科学借用来的不同的概念性做法，一种分类的能量：你偷取了一种语言，但是并无意愿去把这种语言使用到最极端的结果：你不可能这么说：这是外延，那是内涵，或者：这是作家，那是写作者，等等；**反义词被铸造出来**（如一个神话），不过你并不打算去**兑换**这个词。那样会有什么用处吗？完全可以简单说，用处就是**能说些什么**：有必要设立一种范式，以便能产生一个句子，然后能让这个句子运转。②

最后的这些词汇是特别重要的：范式中间的斜线（如是/否、黑/白、男/女）看管意义和社会或公共的秩序。这是真实写作的一个标记，能扰乱这个斜线，让两边的术语同时实现。

反义的词对开动了那种巴特称之为其"写作机器"的机制，其转动的轮齿就是我们说的"场所"（topiken）。"容易腐败变质

---

① 参见巴特《萨德、傅立叶、罗耀拉》（*Sade，Fourier，Loyola*），巴黎1971年版第130页。
② 参见《罗兰·巴特论罗兰·巴特》（*Rolang Barthes par Roland Barthes*），巴黎1975年版第96页。

的迷狂"就互相替换。"通过小小的命运的捉弄,通过爱情的危机,话语就可以脱颖而出。"① 这种话语是作为18世纪的即兴语言抛出来,带有特定的押韵词。

人物、碎片和旁通文学

尽管对科学性论述存在怀疑,但巴特从来没有摆脱这个概念而去写所谓的"美文学""虚构小说"或"艺术散文"(这些术语他几乎从未使用过)。比如说,他的文本并不成为散文小说(混杂体裁之一,常常更多显示为体裁联结,而不是其原来的那种体裁成分)。巴特几乎不再把传统意义的文学看作可写作的文学,只不过是带有一点戏仿的效果而已。那种可读的文本,如《S/Z》中如此标题的文本,那些美妙的"潜在句子"(内涵密码)的联结,是在那些平稳说出的短语的光滑外壳下面,证实读者的类型化经验形式,其带来的结果则是一种可怜的恶性循环。最糟糕的是这种文本会让我们平添出许多负担:常规心理学,主导致情节发展的那个人物,糅合而成的实质性自我。"在小说作品里,现在看起来过时而可以作废的,不是那种创作出来的那种东西,而是创作出了的那种人物;那种明确地写出来的,已经不再是可写的东西,那就是专有名词。"②

文学也给自己带来了一种常见的传统传染病。除了从每个句

---

① 参见《罗兰·巴特论罗兰·巴特》(Rolang Barthes par Roland Barthes),巴黎1975年版第114页。
② 见马娄·赫耶尔(Malou Höjer)翻译的瑞典文版《S/Z》,斯塔凡斯托普1975年版第106页。

子里可以读出的意义之外，除了潜在句子的密码，一种非个人化的音调也在作品里发出声音，一个最远的发言者的声音，是为其他音调的有效性提供保证的保证人。这个声音不停地说，一句又一句说同样的事情：这是**文学**，这是**文学**，如此等等。现代派用自己的碎片化，先锋文学用自己的挑战性，试图来消除的正是这个声音。但徒劳无益。这个声音牢牢粘着在每部作为美文学著作写出来的作品里。

也就是说，巴特在 20 世纪 70 年代碎片文集里的计划，并非要成为"文学的"，更是为了靠近一种新的写作秩序，这种写作的最佳名称很可能是"旁通文学"（para-litteratur）。这种写作秩序更应该被看作是排除在科学和美文之外的第三者，而不是它们的"合成"。巴特不相信那种互相关联的描写类型，比如我们通常和小说联系起来的那种描写，因为这种类型与那种千篇一律的要求妥协，即要求可信性、可读性、逻辑的结果、道德伦理和常识性的心理学等等。所有的情欲愿望、所有的反叛行为、所有的发生的事件，都可以安全保留在作家描写出来的虚构现实的框架之内。所创造的虚幻世界的封闭性可以拯救文化，不管这个世界里的人物与真实的相像性可以做到多么可靠。这种模仿式的描写尊重"现实"对与写作关联的独创性的诉求，因此也被束缚在一种镜像思维中，在其思维轨迹中语言的**主动性**特点就失去了。这种文本就必须是**构建**现实，而不是试图**呈现**现实了。巴特则用**形象化**来代替了呈现。

什么是形象？在巴特《恋人絮语》的前言里，作者表现出了建立一种爱情哲学的雄心。一种这样的哲学应该是一种范式，因为它要来规定爱情的稳定类型和发展原则是什么，这对其本质来说完全是陌生的。巴特甚至把"爱情史"也描写成一种虚假的进贡，是那些恋爱中人支付给世界的，以免被这个世界剔除出去：他们假装情欲好像是可以写入普通理性的危机过程图像中（或者更糟糕，是可以写入到人生计划中）去的。此时爱情就屈从于叙事，也就是说，被强加上了意义。（因此从社会的角度去看，就重新设定了秩序。）

其替代物就是形象，在涉及爱情时，形象也不会是什么别的东西，而只是这个恋爱中人的"编舞"的一个片断：挑拣出那些情境、情节、充满秘密的计谋，这些可以填满他或她对幽会和等待的时间计算，还有从所有恋爱中人都分享的爱情措辞中摘引出来的引语。这也是一种戏剧化的方法，可以把想法转化为姿势（这也是马拉美对于诗歌写作的定义），可以用一个场景来替代那种意见的表述，在这个场景中抽象的概念也随时都可能成为演员。起决定性作用的并不是这个形象"表述"了什么意见，而是这个形象说出了声音。这个形象不是一种定义，而可以理解为一种关联和引语的添加作品，经常是围绕着一个具体意见组合起来的关联和引语，或者在很少情况下围绕着一个反射，一种思想的实验。巴特谈到的是这个形象有一种口头性幻觉和语句碎片的潜在流动，但是本身并不代表任何完整而一体化的句子。这里也并没有任何要求去缓和经验的自相矛盾。你不能去对这些形象做意义解释或者总结，而有什么较大的进展，你只能给它们提供那种字典里的条目词。就含义来说，它们并没有什么逻辑的顺序和分级，它们也不会建立任何句子构造，其文本的成立更是通过它们一群群集合起来（巴特把这种集合和蚊子的逃亡做比较），拥挤成一堆，围绕一个本身其实空虚的中心旋转。

因此它们外在的形式就是**碎片**。在巴特那里，碎片化并不仅仅是一种写作方式，而是和他的敏感性不可分割的，是用于写作着的巴特和世界之间的会面的法则。在巴特这里固定不变的是尘埃，是现实和文学的残篇断简，要是你愿意么说，也就是引语。就像巴特愿意甩脱掉那种科学性的超自我，他的工作在同样程度上也是充满细节的狂喜状态的一种并列词法，这种词法拒绝作文法和完整的理解，把这些当作陌生化的框架。巴特喜爱的是开始，正如他在《罗兰·巴特论罗兰·巴特》中写到的，而且他努力在最大范围内把这种乐趣多元化：每个碎片都提供一种新的开始，而用来结束的话要在怀疑的用语中言说（有修辞公式的奉献，其表达是为了说出来**最后的词**，即结论）。他把自己的这种工作方式和舒曼音乐作品中的间奏曲结构比较：一种中断的后续，但是，被中断的到底是什么呢？你可以去想到一个仅仅是括号（插入句）组成的文本，又不确定在什么地方结束：那里就有理想。

也就是说：没有发展，没有成熟，没有结局。从这方面看，巴特的形象与那些伟大的旁通语法学家的作品相似。这是小说减掉了该小说之后的科学，微妙而又和"狂欢节一般"，也已经准备好去关注**那个个别的**，而成为标记或独家用语。已经不再可能去把它形容为一种"从属文学"（从属于小说和诗歌的初始文本）。那么《符号帝国》里评论从属于什么？日本吗？肯定不是。或者说《巴特论巴特》呢？巴特吗？《恋人絮语》，是从属于爱情的一种"评论"吗？（那还不如说是在这种宿命论中的一种修炼。）

旁通文学：并非合成，而是异变。巴特也从来不是操练这种文学的唯一一个人。只要打开雅克·德里达的《玻璃》就足以看到，另一种旁通文学在成形：更加狂想式的让人眼花缭乱的长句子,更加有意识把自己看作是那些已经写出的系统的一条边缘,更加孜孜不倦地死死抓住文本的难点,还有那些可以搞清楚的句子的残余。也许,巴塔耶[①]有关在预言烟雾中的"超级写作"的想法预示过了这种异变文学,但没有任何证据说明这种想法会对巴特的写作实践产生什么作用。或者换句话说:巴特并不需要从巴塔耶那里继承尼采理论。旁通文学历史上的先驱人物全都是我们必须对其头衔怀疑的人物:哲学家?作家?批评家?科学家?就是写东西的!(卢梭、弗里德里希·施莱格尔、克尔凯郭尔、瓦尔特·本雅明、萨特等等。)

互文性

看起来和巴特最接近的现存体裁是散文,就异变和散文的关系来看,异变意味着在文本中有一个人物登场,而这个文本处在虚构小说和现实之间的边界上,或者更准确地说,是把这些分类成为不可能的事情:用巴特自己的话说,"挤进散文的第三人称话语之中,但是同时并不引荐某个编造的生物,标记出重构这些体裁形式必要性:散文自己宣称它几乎就是小说:一部没有专有名词的小说"[②]。

追随拉康的看法,巴特总是相信,自身的自我属于想象的场地:只有通过识辨图像才能理解,而自我从来不能控制这些图像的起源和外表。自我在还没有写进文本之前,就或多或少已经一

---

① 乔治·巴塔耶(Georges Bataille, 1897-1962),法国作家和哲学家。
② 参见《罗兰·巴特论罗兰·巴特》第124页。

种虚构了。同时，自然还有更多的含义，而不仅仅是用一个编造的专有名词来标记的一小撮意义单元，就如虚构故事里的人物。不过，这和个人记忆的出现是不同的。在巴特把一种傅立叶式的评论和来自摩洛哥某酒吧的闲聊八卦结合起来的时候，这个文本既不多也不少就变成了主体性的。在写作中登场的这个主体不会是一个牢固的自我，会用自己的语言说话（是有关某人的一种父系社会的幻觉）。巴特把自己想象为一种个人在文本中的在场，是身体在写作中的登场。个人性本是文学的古典的中心，而巴特把它理解为一种神话般的伟大，文化陈词滥调的沉淀物的仓库。属于自己的、独特的，是身体。在告别了被认为是封闭语境起源的作家之后，巴特看到作家又返回来，经过精细分割而散布到文本中的具体细节里，成为一种个体要求的印记，品味的印记，恐惧症的印记，也是腔调和关系的印记。不是一个单一完整的作者，不是那个我们的各种机构可以辨认出来的那个作者，而是"一个简单的'愉快'的多面体，为某些固定了的细节提供的场地，活生生的浪漫幻想闪光的来源，一首不会延续的可爱亲情的歌，在这里面我们还是能读到死亡，比一个有关命运的故事里更有保证；这不是一个（文明或道德的）个人，而是一个身体"。①在这个文本里，每个主题的破坏者，还是能找到一个可以去爱的主题，溶解、挥洒在各个页面上，"就如享乐主义的原子"。普鲁斯特，就是这样让身体出现在每段诗歌中……

这个主题是写作的编织物里的闪动和变化，不过这个编织物的材料来源从来不会是个人的：总是来自文化的无穷无尽的互文

---

① 参见《萨德、傅立叶、罗耀拉》第13页。

网络。互文性对巴特来说也意味着**写作方式**之间的会面，而不是已经决定的作品之间的会面，而这些作品可以互相"影响"。巴特一再强调，有关互文性的问题，不可以和寻找来源的问题混淆起来，他认为寻找来源依然是一种束缚在起源的神话里的活动。要复制的不是作品，或者作品的碎块，而是语言。但是，巴特最严谨的措辞是：

> 每个文本都是陈旧段落的新的编织物。密码碎块、公式、韵律模式、社会语言的碎片等等，都找到了进入文本的途径，在文本里重新分配，因为在文本之前，围绕着文本，总是有语言存在。互文性基本上是每一个文本的条件，自然不能降低为什么来源的问题，或者影响的问题；互文是无名公式的一个通用场地，这些公式的起源之地几乎是从来不可能确定的，不论是靠无意识的或者是自动的引经据典都不可能，是不用引号来提供的。①

在创造了互文性概念的朱莉亚·克里斯蒂娃那里，互文性最初的本意是诗意符号和围绕着的文化符号系统之间的互扰。巴特把这个概念和一个关注点联结在一起，即写作之成为写作，始终是出自措辞和形式方案的一套保留节目，它们在语法和词汇之上，是语言实际上的活的材料。（巴特在20世纪50年代受聘于国家科学研究中心的词汇学部，其工作要解决的问题，不是给词分类，而是给词组分类，使得词组成为固定成立的用语，例如"贸

---

① 参见巴特《百科》（*Encyclopaedia Universalis*）卷17，第998页。

易与海运"等。)在巴特那里,互文性这个概念由一个论辩的尖端之尖转向这个概念的**上下文**:这是用来破坏那条原则,即通过把句子封闭在本地的句子上下文之内,从而把句子固定于文本的表述。巴特说,这种上下文的法则是对象征的一种抵抗,也是对付多义性妨碍力的防范措施。"诗歌"不是正好能把词从上下文中解放出来吗?或者,用陈旧的冲突的术语:修辞用互文性赢得了胜利。而哲学对自己的句式还不放心,而称赞上下文。

当旁通文学采用浪漫幻想的碎片形式,它同时就可以让自己作为游动的文本来欣赏,可以在其他的文本里出现,就好像它本身也引用、打开或者暗藏了其他文本,也可以说是慷慨大方地邀请那些陌生的文本来踏入它们自己的领地。这种文本不愿意像科学那样把自己当作**形而上语言**(matalanguage,或称为**后设语言**),就是说一种把另一种语言(比如文学性语言)当作目标的某种语言(比如说符号学的语言),由此而使得自己被截断。让一种语言来控制其他语言(例如通过拥有单方面的权力来解释说明和判断其他语言),这种想法随着岁月流逝而越来越让巴特难以接受。他的意思是说,一种形而上的语言或后设的语言总是具有恐怖主义的意味。相反,为了寻找到这种分离开的权力位置,旁通文学总是把自己和写作的没有边际的游戏联系起来,本身就成为语言漫游的一部分。其途径就是那个巨大的文本网络,这个网络你已经不能再称之为文学,而是对这个词进行了革命性的颠覆。

作为诱惑的作文

这种交通过程不是别的,只是作文,从一开始就已经显现出来。巴特的作文概念属于他创作中经历了最彻底改变的那套系统的组成部分。在《写作的零度》中，他设置了一对相对透明的术语"风格/形式语言"（法语原文为 style/écriture），其中风格是作为作家生物个性的并非心甘情愿的表达来定义的，而形式语言代表了文学监管的那种特别的社会性，而这种文学是把作家和社会统一起来的一种历史产物，或者更准确地说，为作家提供一种生存的和政治性的选择，要么赞同要么反对既定的文化。随着时代的变化，特别是从20世纪60年代末以来，"形式语言"（écriture）这个术语几乎完全改变，成了相反的意义，而集体拥有的写作方式倒更被看成了"作文"（écrivance）。① 风格这个词现在成了实际写作的一种比较软弱的前导阶段，在这个程度上，一切都有可能在相互关联中来安排位置。

我选择了给最近的"形式语言"概念恢复作文的意义，这是一种强制性的缩短，不是翻译，而是转写。在以**文本**、"含义"（signifiance）、利用和中性词为最重要组成部分的一条术语链里，这是有效的。"含义"是个新词，直接取自克里斯蒂娃。这个词也可以大致上翻译为"含义过程"。这也可以看做是一种尝试，要调整符号学术语以便适应语言意义理解方面的革命，而这种革命是雅克·拉康心理分析理论和雅克·德里达文字学引发出来的。这时"含义"就为那种固定意义（signification）提供了一种替代性，而那种固定意义是在符号的两个层次之间的简单链接：一个层次是能指（le signifiant），一个层次是所指（le signifié）；

---

① 有关巴特本人对这种意义抵消的评论，请参看《问答四十七》（*Quel 47*），1971年版第103页。

一个是表达的层面，而另一个是含义的层面。对于拉康来说，能指和所指只有一种漂移的关系，因为它们是一种意义转移的结果，这种转移的最后有效的所指和初始的能指总是无意识的。德里达则另辟蹊径，抽取出语言不同质的一致性，也就是说，其质素自始至终针对同一范例的另一质素而获得自己的差异值。由此，符号的意义（正如皮尔斯早已观察到的）只可以通过盗取其他起中介作用的符号来释解，而起中介作用的符号反过来会要求在辅助物接着辅助物的无尽链接中的中介，而不会有极端的参照物。意义——或无意义，这要看你如何去看待——就是一种悬置的运动，通过引证的游戏而进行。写作者就会处于从他搜寻的意义存在不停地漂移开去的状态。古典文学对于这种情形的回答是两重性的：一方面，在最大可能的程度上对写作的多元性设置边界（例如，通过设立作品的单位，即上下文，作为教条来遵守），另一方面，在符号以外听出某些事物的一种存在，这种事物是可以站在差异游戏（想法、主语、上帝、体验等等）之外。含义这个概念是从作为写作条件的"**缺席**"（frånvaron）出发的，不过这也是一种传递能指能量脉冲的缺席。

作文——在后期巴特那里现在已经是一个规范——也是确认意义过程的丰富性的写作实践。一种特定作文方法（比如傅立叶、萨德和罗耀拉的方法）因此不可能"被解释"，而只能通过其自身内在透视画法、主导性隐喻及结合的原则来描述，简言之是生成那些不稳定句子的规则，是围绕着作文空白中心扩展开的漂移的关联场。（例如在这个范例里，四项活动是隔离、表述、排序和戏剧化。）

文本——也是巴特特别避开下定义的文本——是需要用大写

字母来表示的专属术语，一个结合性质的空间，没有底部或者表面，也没有固定的意义实质，在这个空间里不同声调和语码编织在一起，而不会有某个声调或语码在意义生产中占据控制的角色。在至今为止存在的文学范围内，它仅仅只是一个特殊的范例，对于巴特来说最清楚明显的是在《如是》杂志群体的句法分解的具体主义实验散文中，但也可以从文学传统的死角里得到，找到那里作为流行语和残片断简存在的"**文本**"（du Texte）。①（萨德可能是最好的例子。）巴特的意思是说，我们必须用一种虚无主义的基准，在对一个未来文本的要求中，去阅读过去的**文本**。

在道德和社会意义上，**文本**必须当作一种变态的表现，而且真的只值得从享受的角度去看。**文本**不是表述的场地，而是诱惑的场地。在这个场地里唤起强烈欲望的不仅仅是活动性和不确定性，而且也是那种物质材料的表面、光亮、时间点、习性、衣服、气候、饮食、不相关的细节，是要进行抵抗而不让自己在**句子**中被组织起来被按照秩序安排的一切；这一切有时看起来好像零碎松散的端点，如铁路主线外的支线，或者是让人好奇的小玩艺儿，不过，坚决反对变成神话，或者所谓"更高的真理"。这是在作品中被描述的事物，会作为一种奇怪的反结构扩展开。这是语言声音音色、元音声音、韵律、辅音的对立等等。探索过这种物质材料特性，也许是批评家巴特最重要的贡献。在他有关皮埃尔·洛蒂②长篇小说《阿齐亚德》的论文引言里，巴特对这个

---

① 《如是》（*Tel Quel*）是 1960—1982 年在法国巴黎创刊出版的先锋文学杂志。
② 皮埃尔·洛蒂（Pierre Loti, 1850 - 1923），法国小说家，《阿齐亚德》（*Aziyadé*）是洛蒂用化名路易斯·玛丽-朱利安·维奥德（Louis Marie-Julien Viaud）1879 年发表的长篇小说，又名《康斯坦丁诺普尔》（*Constantinople*）。

问题所涉及的方面提供了浓缩的例证。

在《阿齐亚德》这个名字里,我读出了并且也理解了以下方面:首先是连续性播放(你可以说是一次焰火放出的光束)我们的字母里三个最清晰元音(这些元音的开口:嘴唇的、句子的开口),然后是来自一个 Z 的抚爱,这个肉感的 Z,然后是 Y 这个字母的丰满柔软,整个这样的发音顺序,滑动而延伸,精致而茂盛;然后是一个岛屿构成的星座,是星星、民族、亚洲、格鲁吉亚、希腊,然后是整个的文学:雨果在他的《东方诗集》里使用了阿尔巴耶德这个名字,而除了雨果之外还有整个热爱希腊的浪漫派;洛蒂,特别热衷于东方的旅行者,伊斯坦布尔的歌唱者;有关一个女性人物(那些失望者中的一个)的模糊演出;最后是和某部早熟的长篇小说有关系的偏见,枯燥乏味而又玫瑰一样鲜红;简言之,从繁茂丰盛的能指到引人发笑的所指,只有一条唯一的错误估计的路。①

通过其物质材料性来阅读:那就是把悬挂的词集中起来,就像把美丽的果实挂在故事的树上。词就如下沉的大西洋的碎片,一个由质量而不是思想编织起来的世界。一种另外的语言也站了出来,在这种语言里一切看起来都为了被理解而摆出来的,但是最终在这里没什么可以被理解。是那些闪闪发光的残余物使得文

---

① 参见巴特《新批评文集》(*Nouveaux essais critiques*),巴黎 1972 年版第 170 页。《文本的乐趣》(*Le Plaisir du texte*)也有中文译本翻译为《文之悦》。

学必须用另外的什么东西去处理，而不仅仅是一种阐释理论：用一种色情。在翻译阐释者的逻辑和承载了意义的文本汇编旁边，巴特指出了另一类的文本实体，把这种实体再缩减到它初设功能的可能性，就跟把人体缩减到只有生理需要的可能性一样小。《文本的乐趣》本来是巴特的一部享受美学著作的草稿，有足够精细调整过的方法，甚至能把最古典和负载了意识形态的文本拉进这个冷淡无趣的娱乐的领地，或者是那个混乱的自我毁灭的昏头昏脑的领地。

在符号王国里的空白

作文和文学分手，和科学决裂，这是在一条乌托邦的地平线上发生的：这条地平线要包围一个世界，又没有一种控制这个世界的语言（这种语言要言说一个世界而基本上没有权力）。当巴特在《符号的王国》这部著作里把作文的倾向变成一个自在的神话，或者反神话，他好像念咒一般召唤出一个奇妙的"符号的王国"。他发明了一个日本，初看起来和真正的日本很像，是由古典日本文化的各种成分建立起来的，但实际上是个虚拟的系统：符号的乌托邦。符号的乌托邦是被抽空了意义的。它避免了把自己借用给更高的含义，也摆脱了就跟寄生虫一样黏附在自己脊背上的那些精神性和意识形态的薄片。它只放光照射自己，它只扮演能指的角色，而从不会装作它也在实用主义的所指那边，在固定不变的内涵那边。只有在符号不再被一个极端的所指（如上帝、科学、理性、法律这类）控制，整个符号系统都被这个所指控制得不能动的时候，它们才会变得空白。这是梦想，梦想一种纯粹外延的语言；这是对于发生的事件，也是对事物的绝对的关注。或者为了达到日本意义的精确：俳句。这种纯粹的作文实际上会消除这个赤裸名字之外的所有一切：就是如此！不过，这是在西方话语的能力之外的。在西方，一神教和相应的教义构建已经有力地封锁了能指解放的这条道路。巴特提供了文明批评的一种符号学—无政府主义版本，这种版本其实本身在尼采、马拉美、瓦尔特·本雅明或者写出《昌多斯阁下的信》的霍夫曼斯塔尔那里都可以看到。①（我想起本雅明早年写的一篇论文，其中他指出了原罪与语句产生之间的相似符号，那时词语为了服务于所有的对罪行的辩护而被迫成为其他的东西，而不是事物可说出的部分。）

如果意义句子是符号的文明疾病，那还不足以破解社会的神话，一如巴特在20世纪50年代的《神话学》中所做的事情（以及如他所说的，任何人现在都可以用某些简单手段做到的）。我们必须破解的那些东西，正是西方的话语。不是用意识形态的批评而是用符号的交错排列——爆破掉象征性功能本身。有关这样一次革命，巴特虚构的日本就是一个预告。

巴特指出了西方的典型错误，就是试图把禅宗佛教的顿悟（satori）解释为一种照明，一种天启，一种不可言说的直觉。顿悟是语言密码的沉默：巴特自己用"意义丧失"来翻译"顿悟"。其相称的语言形式就是俳句诗歌，它在某种程度上被歪曲了，被人用象征主义和结论打入其中，给它强加上了深思和内省。在青

---

① 胡戈·冯·霍夫曼斯塔尔（Hugo von Hofmannsthal, 1874-1929），奥地利小说家、剧作家、诗人、评论家。《昌多斯阁下的信》（*Der Brief des Lord Chandos*）是他1902年的作品，其中，虚构的人物昌多斯在1603年给弗朗西斯·培根写了封信，谈到语言的危机。

蛙跳入水中溅开水面的声音里，松尾芭蕉并未发现一个较深内省的动机母题，而是这种语言的结束。巴特说，俳句措辞的目的是把这种语言停留在一种下棋将死那样的位置，绝对不是停留在一种沉重、神秘的沉默上（甚至这种沉默对于西方人来说也是一种充满意味的饱和状态）。把作文里的空白空间转变成一个新的神秘的中心，这是一种致命的错误。俳句要做游戏的是一种"没有起始的重复，一个没有原因的事件，一种没有人的记忆，一个没有缆绳来固定的词"①。

在一种具有充分可读性的语言里，俳句能够成功熄灭意义之火，这是巴特对其着迷的关键。俳句不像欧洲的先锋派那样痉挛地使用不可知性为手段，实际上只是对于意义句子的一种反应，而不是自由解脱。巴特为这种理想化的符号关系找到了一个简单的象征：一个虫蛀的木雕，也是僧侣法师（Hōshi）的肖像。这幅图画的面孔中间有了裂缝，就让人看到了另一张面孔，和第一张面孔完全相同。"符号是一种裂缝的构建，除了打开另一个符号的面孔之外，它从来不会打开什么。"②

中立性的伦理

符号王国允许我们看到的状况，就和一出东方木偶戏剧里那样，是一种立场决定的乌托邦那一面，用于我们这个专注权力的文明中最受迫害的、最被人厌恶的和最遭受诽谤的事情：中立性。

---

① 参见巴特《符号王国》（*L'Empire des signes*），巴黎 1970 年版第 104 页。
② 同上书，第 72 页。

中立性的伦理，是巴特1977年到1978年间在法兰西学院做的富有思想性和智慧的一个系列演讲的题目，这是一种敏感性和疲劳感，渗透了所有的手势、姿势和表情，一种既不受打扰但也不被孤独地留下的要求，对于平淡和灰色的品味，品味生活又不声明什么，没有独裁专断的形容词，没有冲突的单调乏味无趣的自动化。一种反傲慢，针对语言的虚假怀疑。作为心理模式：某些非生殖性、非攻击性的东西，远离所有歇斯底里的场景，但是贯通一种生命电流而没有希望。不再要求但也许做爱。愿意生活而并不占有支配生活（vouloir-vivre sans vouloir-saisir）。可爱的文本对于巴特来说是中立性的区域，一个非社会、有特应性的、会令人反感的地方（par préférence），通过自身的享乐性和多元化而得到了对于意识形态的免疫力。因为享乐性，没有目的，没有算计，是中立性的形象之一，也是最具颠覆性的。

巴特自己的文本通篇的论辩特点可以看作为对中立性的这种认可的一种内在固有的反驳。巴特的理论建构并不合榫合铆，但是它本来就不是什么建构。他的作文是横跨过了那些不可化解的矛盾而留下痕迹，这些矛盾在敌对权力无时不在的情况下进行的每个乌托邦实验里都会紧紧跟随。不过，和布莱希特一样（这也是巴特在一生中始终忠诚不变的唯一参照人物），巴特也相信有可能用某种自相矛盾的方式把享乐和批评结合在一起。（也就是：享乐就可以**作为**批评。）确实无疑的是，他的碎片并不总是能摆脱那种存在于风格的最大程度上的浓缩和形式化的自相矛盾中的傲慢，而且很愿意插入"很可能"或者"大概也许"这类词，增强结论有效性给人的印象。但是这些碎片可以看作一种漫游的话题的组成部分，是从另一边走出来的，是在明显需要附录材料，需要通过这个概念的独特地理继续旅行的时候，临时被放大了。碎片是那些会突兀地停下来的说明，为了让反射的动作可以继续，为了它们始终不完全的覆盖面能够在阅读的人那里释放出新的添加物。

我们能不能"使用"罗兰·巴特的理论？我们能不能"运用"这种作文概念？我们能不能"创建"一种旁通文学？我觉得，他的作品首先应该以碎片的形式使用，以语录引文的形式，而保持锋利的边缘，可以切除掉我们书写艺术表演中的死肉。因此我不愿意拿出所谓的巴特理论来招待大家，而是围绕着驱动这个文本（这篇作文）的场所（topos）做圆周运动（有时是宽大的圆周）：旁通文学。一个概念吗？几乎不是。

文本中的神话

与文学能自由运用的技巧相比,神话似乎已经成了骷髅,穷得一文不名。神话里的一切都呈现在前景中。它们的面孔是僵化的、匿名的。这种面孔缺少相当于文学中微妙语言的透视手段,缺少文学的那种能力:文学可以引导出主体意识的生命乃至最细小的变化,可以把不同现实层面和时间维度进行对照,可以带着怀疑的反思让思想面对所表述内容里的漏洞和矛盾,还可以瞬间再现特定物体的独特具体性。

当神话的生命在文学文本中被重新唤醒,它们也被这种文本更丰富的表达艺术改变,被填满意义,同时被移出它们没有时间的旋转轨道,被迫针对文学的"再也不会"去测量自己的"重新再来"。在带有神话性关联的强势文本里,存在一种神话与文学之间的明显的紧张关系。那些永恒不变的模式、英雄的再次到来等都只是一种表面的重复。

文学从神话内部来化解神话,而不是像科学那样从外部去拒绝它。维科认为,神话形象已经是一种抽象形式,一种概念的充满幻想的先导(这种思路与列维-斯特劳斯有关神话是狂野思想分类技术的理论如出一辙）。我们可以很容易指明其中的虚假，方法是将这种抽象过程继续下去，但并不把这种过程所期待的真相继续下去。一种辩证的神话批评可以像霍克海默与阿多诺在其合著的《启蒙辩证法》中所指出的那样，并不满足于把理念设置在偶像崇拜的位置，因为那样的话针对如神话学那样的人类经验就只能在思考中以同样的认同压力和权力要求去设立一种抽象的奥林匹克神山。"辩证法家不是这样的，而是指明每个图象里的书写特点。他展示的是人如何从这样的路线读出对那些不真实性的承认和认可，这种不真实性剥夺了他的权力，拯救他，让他趋向真实。"①

对于彼得·魏斯的小说《抵抗的美学》② 第一部里那些年轻的无产阶级来说，神话是某种在字面意义上就得消解的事物，必须摆脱那种没有时间的僵化状态，如此才能获得话语的能力。小说人物黑尔曼、库皮斯以及其他人在有关帕加马祭坛浮雕的谈话中提到了某种情况，用一种老掉牙的粗话可以叫做现实主义的胜利。那些古代君王传给臣民的信息是说现存秩序是千秋万代不会改变的，但在祭坛上的神话雕塑展示如此精心安排，试图把历史动乱提高到更高的地位，于是也把君主的信息拉了下来。大地女神盖娅和她的儿子们被奥林匹克神山上的贵族神祇打败而落到地

---

① 霍克海默（Max Horkheimer, 1895 - 1873）与阿多诺（Theodor Adorno, 1903 - 1969）都是德国哲学家和著名的法兰克福学派创始人。两人合著的《启蒙的辩证法：哲学散论》(*Dialektik der Aufklarung：Philosophische Fragmente*) 写于 1940 年，1947 年出版。此处引文选自 1981 年瑞典文版第 39 页。
② 彼得·魏斯（Peter Weiss, 1916 - 1982），出生于德国的犹太裔瑞典籍剧作家、小说家和画家。其长篇小说《抵抗的美学》(*Die Ästhetik des Widerstands*) 有三卷。盖娅（希腊语 Γαα 或 Γη）及赫拉克利斯都是希腊神话中的神祇。

球上来,这段故事被读解成工人大众在阶级斗争中失败的一段早期历史记录。在赫尔曼讲述的赫拉克利斯的故事里,神话和文学之间融合成一个空的房间,非常有象征性。在大理石祭坛的浮雕中的一个空缺,是为将来再现某种阶级斗争的情境准备了一个场地,而在这种情境里斗争的结果如何依然还是飘忽不定的。对神话的质疑也暴露出了过去的那些无法实现的替代选择的限度,剥夺了这段历史中现存的、实际的、很成功的神话的理所当然的光环。在小说里,赫拉克利斯形象的时代既是历史的,同时也是假设的。

在有关这个著名斩妖英雄赫拉克利斯命运的对话里,这些朋友也做了一项比所有时代的历史学家都要更范围广泛的历史记忆工作。神话使其目光变得尖锐,这样历史总是会有更多可看,而不仅仅是失败的结局,而且历史在每个瞬间也都是一个可能性的结构,不应该被埋在毁灭的灰烬里被人遗忘。不过,只有对那些不在乎寓言的权威性的人,这样一种关于密不可宣的自由的记忆才会成为寓言。魏斯对于神话的看法证明他和启蒙运动是有亲缘关系的。贵族绅士们自己不相信神话故事,但是把神话当作包围奴隶意识的意识形态的高墙。科学知识是一种提供权力的特权。"有人相信地球是一个圆片,被河神俄刻阿诺斯的大洋河包围着,而神祇们的灯火一到晚上就会在这条河上游荡;有人相信月神塞列娜和她举着的月亮镜子,镜子还变来变去把月亮时而点亮时而变暗,是她决定将来发生的事情是否容易承受或者沉重而难以承受,还有人相信是海神波塞冬把海浪朝岸边吹来,是他从天空的云层里往海上那些航行者头上扔下闪电,这样的人是不敢独自出去到这个广大的世界上去闯荡的,他必须相信那些统治者的保护，相信那些有武装的人的保护。"①

这个英雄自己也是无可奈何地关闭在神话的虚假的宇宙范围内。赫拉克利斯是一个消除神话神秘性的人物，他向普通人显示权力的悲惨。不过，他自己同时也是被困在非理性的恐怖观念里的囚犯。赫尔曼的质疑把他放置在毫不留情的心理学分析的灯光下，让神话的光环黯然失色。在他的个性里出现了越来越充满矛盾的性格特点，还有过时的局限性。魏斯的文本最后完成了一种神话化（人或英雄提高到神的地位）的倒转，使神还原为人。

也许，神话的感染力程度是周遭暴力密集程度的附属的一种功能。当魏斯小说里的这些朋友数年以后在被炸弹炸毁的柏林城里继续这场有关赫拉克利斯的对话，而且还有盖世太保跟踪监视他们的时候，历史、神话和文学批评之间合作研究的那个时代似乎已经过去了。赫尔曼在绝望中努力想抓住可以拯救世界的密码，通过这个密码，抵抗者的符号和失败毁灭者的带血的符号都可以变得清楚，就好像是未来进步的字母表最初的几个字母。这个密码就是："哦，赫拉克利斯！"

在这部小说的第三卷里，流亡的党工作者和斯大林主义者斯塔尔曼在高棉古都的吴哥窟做了一次庙宇浮雕和雕塑的览读，这和第一卷里帕加马祭坛浮雕的描述遥相呼应的，像是一个悲惨的回声。高棉神话也是毫不留情的，反抗神祇统治者的话事先就会被判罪，是不可想象的。这里不存在什么空缺的地方，可以让文本打开神话。斯塔尔曼对庙宇屋顶上那些微笑的神祇雕塑有亲和认同感觉：一种让人疯狂的诱惑，想认同那种绝对的权力。除了这

---

① 参见瑞典文版《抵抗的美学》第一卷第 41 页。

种感觉中表现出黯淡的反讽之外，魏斯并没有为这个故事提供任何其他活动空间。这种神话的世界解说当然可能让人一目了然，可以带回到其社会性的前提上，是此处也好，或者随便什么地方，但在一定程度上这种反思还是不会针对那种微笑。这让人想到一种骗局，好像一个空房间在历史的记忆过程中突然就自己打开了。魏斯让小说的启蒙原则面对这种神话幻想的一条边界。在所谓进步的术语里，你要走多远才能使得那些隐秘的事物变得可以看见？这些石头面孔能充满崇高的力量，是不是取决于它们轻轻触碰过那种为建立秩序使用的理性暴力的被推挤开的记忆？而所有文明，包括未来的文明，最终其实都是建立在这种暴力之上的？

　　受理性压制的那些会以无法企及的形式重返于崇高的图像之中。**如果**还有什么方式来进一步压制，那么这种方式一定属于艺术、文学，因为艺术和文学可以在自己更加广泛的表达形式的**范围内**设置神话和启蒙思考之间的界限，因此也继续质问神话的哑然无语而并不自己对神话做出解释，或者把神话妖魔化。这是在《抵抗的美学》里和神话的搏斗留下来的精心考虑的承诺。

口语的流动

　　希腊语的 mythos 本意是"说出"或"言说"，由此派生出的"神话"一词指引我们通向神话的口语起源。神话的故事在写下来的时候就有了一种决定性方式的改变。在一定意义上可以说在成了书面文本后就没有神话了。把故事写下来，使得它有可能收回来，摆脱所讲故事的魔术圈子，把言说表述的东西打破而摘选出来。剩下的就是所谓神话学。哈贝马斯①对科学思维与神话思维之间的区别的种种讨论曾有过非常出色的概括。他指出，世界图像一旦被当作世界图像而可以看见，神话思维就被炸毁了。此外他还驳斥了那种神话和科学可以看作互相替代的或者"同样价值的"解释模式的看法。

由称职而没有褊狭分类概念的语言学家进行的无文本民间故事叙述的研究已经表明，要在基本上辨认出一种特别类型的可以称为神话的口头叙述，要将它和民间传说和故事等类似体裁区别开，是多么困难。而更糟糕的是：这些故事叙述本身在内容上尤其流动不定，因为不是靠一个个词一代一代传下来的，而是作为一种母题和艺术概念构成的保留节目传下来的，每一代每个口头叙述者在表演这套节目的过程中都可以处理得相对自由。

在英国学者芬纳根女士对塞拉利昂的林巴族口头叙述艺术的深入描述中，她承认即使要找到随便什么相当于西方人类学有关神话概念的某些材料都有难度。现已可知林巴族语里只有一个词"imboro"表示叙述，其词根非常简单就表示"古老"。"这不可避免地强调了林巴族故事最突出的特性之一，即'不固定'和流动的特性。构成某个故事确切形式的方式不是一成不变永久固定的，而是根据各个讲故事的人、每次的听众或者讲故事的具体环境情况等而多多少少有些变化。没有任何原本或者所谓'正确'

---

① 参见德国社会学家、哲学家哈贝马斯（Jürgen Habermas，1929– ）所著《交往理论》（*Theorie des kommunikativen*），法兰克福1981年版第72页。

版本，可以当作一个可以用于分类的单元。"① 没有固定不变的故事，只有即兴发挥，但人人都从同一个现成传统的砖瓦仓库里去找出建筑材料：英雄人物、阴谋诡计、有象征意义的事物、成文作曲的规则、装饰的程式等等。听众总是能辨认出这些熟悉的人物和事情，不过总是到了故事展示的风景里的一个新的地方。在一条虚构的河流里这些故事上下起伏颠簸，下沉之后又重新浮起，既没有什么开始也没有什么结局，只有不断变化的、难以定义的、有效性的诉求。在神仙的故事里，变形变态不仅是一种受欢迎的要素，它们也自己定义自己，在记忆中和言说中的活生生的元素中定义，也是在一种持续不断变化的条件中定义，让人似曾相识但又不确定。

当这样的动力强行进入文学，其结果是有足够悖论意义的，它是一种现代主义的文本，也是被打碎了的文本，不是一个单元，也不是一个整体。书写下来的文学作品围绕着一个可控制角度或者一个稳定的文本主题形成中心，和思想的倾向总是有亲缘关联，通过有普遍意义或者系统化的概念建构来主宰现实——这是西方的逻各斯中心主义。如果我们可以谈论在一个文本里有这种哲学认同原则的一种对应物，这首先是意味着我们可以肯定，我们依然在读**同一个文本**，是从前四行开始或者从前四页或者前四十页开始的**同一个文本**。作品是必须有界限的，在这个界限之内，作品才能成为自己。也许那些少见的对这条原则的反叛者是现代主义对文学交际规则的最激进的冒犯，因为如此激进所以还

---

① 参看英国学者芬纳根（Ruth Finnegan, 1933- ）所著《林巴族民间故事和说书》(*Limba Stories and Story-telling*)，牛津1967年版第23页。

是在可阅读物的界标之外。

最适合用来测试上述那种不可读性的瑞典文散文语言著作可能是维利·叙利克伦德的《波吕斐摩斯变形记》[①]。这部著作的各个插曲（如果依然还可以称为插曲的话）至少有一部分是从储存在我们的绘画传统中的神话材料里淘金一样淘洗出来的：奥德修斯、吃人的独眼巨人、费莱蒙和鲍西丝、德尔菲神庙里侍奉太阳神阿波罗的女祭司皮媞娅等等，还掺杂了阿拉伯的传说、印度诗歌和动物寓言。但谁在说话？其中的声音相互之间是完全不同的，而且编织得越来越紧靠一个没有中心的"据说"。有时候里面的事件是作为古老的故事出现的，但没有人知道这些故事的正确形式。它们是来自陶制容器的碎片，但谁知道来自多少容器？这里也有神话的象征，准备用迂回的方式来表达一种特殊的美，比如当欲望在那个年青女祭司皮媞娅身上如火焰燃起来的时候，这是通过她手里抓起一块锋利的石头来表现，保护自己不受暴力的侵犯，这块石头又变成了一个手榴弹。（或者这种解释成了一个新的故事？）故事叙述的焦点经常是躲闪而回避的。反讽的是，在书中的某个章节里，作者叙利克伦德让没有面目的对话者在一个女叙述者对他的称呼中换了十二次名字，而这个女叙述者自己反复多次回到自己的一个信念：她坚信自己的身份是永久不变的。

[①] 维利·叙利克伦德（Willy Kyrklund，1921 - 2009），生于芬兰后迁往瑞典并用瑞典语写作的小说家。《波吕斐摩斯变形记》（*Polyfem förvandlad*）发表于1964年，是形式标新立异的超现实主义小说。波吕斐摩斯是古希腊神话中会吃人的独眼巨人，海神波塞冬之子。在罗马帝国时期的诗人奥维德的《变形记》中也是主要角色之一。下文中的费莱蒙（Philemon）和鲍西丝（Baucis 或 Bakkhis）也是奥维德《变形记》第八卷中的人物。

在这种文本游戏里个人的意识会失去其作为形式和意义起源及模板的位置。"你瞧,这些图像从我们身上经过,而且穿过我们,就好像波浪穿过一片水面,按照不同的模式构建我们的身体和行为,然后分解这些模式,取用其中的部分和碎片建立新的模式。当你举手时,举起的其实是他人的手,而举手这一动作早已由一头鹿或一片云完成过了。"① 在神话里,故事情节模式和个性模式都是具体化结晶化了的,不过他们的固定性就和确定叙利克伦德叙述拼贴中意义关联的可能性一样,同样是虚幻的。《波吕斐摩斯变形记》通过在自身形式里实现某些最初构成神话的特质:一种流动的连续性的叙述,也把文学文本的法则当成了押宝的赌注而有输掉的危险。如果说一个个单元依然还是明显可见的,那得怪罪于看上去和叙利克伦德反讽性写作手法密不可分的精确测量琐细啰嗦的一种酸味。不过那些神话变形会强迫读者在新的术语里考虑叙述的秩序和无秩序。

现成事物的移动

正如罗兰·巴特已经观察到的,神话意义是寄生在和语言符号意义的关系中的。他在《神话学》的最后总结论述"神话,今天"中提出一种符号学的神话概念。它与神话作为一类(神祇或英雄)故事或者一种过时的思维方式无关。其概念提出,所有事物和图像在原则上都可以成为一种神话功能的载体(贯穿在"神话,今天"中的例子是在《巴黎赛事》某期封面上一个穿军服的

---

① 参看《波吕斐摩斯变形记》,斯德哥尔摩1964年版第66页。

黑人士兵对着法国三色国旗敬礼的照片,其本意其实更是宣传一种法兰西帝国的概念,而不是对一个绝对有色人种的士兵的具体观察)。在巴特看来,神话这个词代表了一种特别的意义形式,其特殊标志是抽象元素不被觉察地推到了前景中,同时符号依然留在其明显性中,保证了含义的现实性内容。在带有传统意义上的神话内容的文学性文本里,这种"神话的"的意义移动毫无疑问是一种实质性的功能。而巴特对现代诗歌特性的看法则相反,认为现代诗歌在意识上是反神话的。①

那些已经是符号的,已经是能指和所指的单元,在一个新的单元(神话)里会降低到一个能指的位置,其内涵就是神话的概念。这样一种意义移动的条件是这个符号首先部分地被清空了意义,其具体性和历史的决定性被消散掉,以便为这个历史之外的一个新历史腾出地方。在某些极有长期性和普遍有效性的事物中,这个历史具有自然既定的权威性,或者至少有重复的特性。反过来说;如果那种特殊的、个别的、有特定时间的、材料性的含义,用一个词来说就是具体含义,在符号里恢复原位,神话就被消灭了。意义的到来就意味着神话的离去,巴特就是这么说的。②

这意味着,举例来说,现实主义小说特点在神话英雄身上的过渡,也是一种个人记忆的抹除,使得所有的关联都成为可能。卡洛斯·富恩特斯已经指出过卡夫卡创作中的这种倾向,把这种

---

① 参看罗兰·巴特《神话学》(*Mythologies*),巴黎1957年版。《巴黎赛事》(*Paris-Match*)为法国著名杂志。
② 同上书,见巴特《神话学》,巴黎1957年版第208页。

倾向和现代小说告别理查森到普鲁斯特这条路线的心理小说传统而转向神话诗意联系在一起。"可以说是这个空洞的小说人物使得神话有可能转世再生，神话是没有什么开始的，也可以转变而任何时候都不会达到终点。"①

文学要依赖于选择一个形容词时的精确性，依赖于一种独特香味和气氛，依赖于一种不可模仿的声调，以及在一个句子里姗姗迟来的韵律。简短地说，文学是风格，而神话从来不是风格。问题在于，是不是《尤利西斯》里女主人公莫利对直布罗陀的记忆的几行文字就比整个古老的已经被嚼烂了的古代层次更有价值。那些特别的肉感形式把一个作家幻觉世界和另一个作家的幻觉世界区别开来，那种接触绝不仅仅是什么可参考的句子，但在从"神话的"或者"原型的"模式出发的文学分析中是从来看不出的。弗莱曾经在一种神话和仪式原型学说的基础上建立了一套完整的文学理论。② 然而，问题是对文学中神话结构的观察显示的不仅是一种虚构的语法和一个功能库，它们**也可以**用于神话的叙述，以神话被记录下来的文字形式。最大难点是在神话化的阅读中，这种阅读坚持认为某些故事或者仪式程序是**最基本的**，因此可以从无限的变形链条中提出来，给它模式起源的地位。"被拯救而免于被奸污或被当作祭品的女主角，即使她只是避开错误

---

① 卡洛斯·富恩特斯（Carlos Fuentes, 1928－2012），墨西哥作家、文学批评家。此处引文出自法国著名文化杂志《新观察》（*Nouvel Observateur*）第899期1982年30/1—5/2第51页。理查森（Samuel Richardson, 1689－1761），英国作家。普鲁斯特（Marcel Proust, 1871－1922），法国作家。
② 弗莱（Northrop Frye, 1912－1991），加拿大文学批评家。有关此处提及理论请参看他的《批评的解剖学》（*The Anatomy of Criticism*），普林斯顿大学1957年版。

先生而嫁给正确先生，也只是重现古代仪式，在古希腊宗教里这种仪式叫做'酷儿的入侵'（anabasis of Kore），意思是少女的起立，是普赛克或者灰姑娘辛德利拉或者理查森的帕米拉或者阿里斯托芬的《和平》，都是从一个较低世界进入到一个较高世界。"①

这是真的吗？这种结构主义的理论至少尝试把事情搞清楚，文化的意义结构当然可以与之比较，互相可以翻译，但是并没有什么是第一个或者"真实的"结构，可以处在相似性和非相似性的游戏之外。

必须做另一种解读，才能暴露出**写作方式**，而现成事物的移动可以允许一个文本跳出那些意识形态的轨道。

当人在神话中消解，就失去了个人的面目，作为一个不同力量斗争的场地出现，也成了一个在自我之外的模式，对于生活经验所具体担保的身份问题也麻木不仁了。当拉什·努连的剧本《奥瑞斯忒斯》中的主角来到阿尔格斯的时候，他是否知道自己受某件事情驱使的不确定性。在有关阿伽门农家族戏剧的古典版本里的那种可以说明情节的悲剧驱动力——那种毫不留情的为父亲报仇的意愿和阿波罗的授权——在这里显然是不存在的。努连的文本回到了描写人的盲目的那些图像。如果不是奥瑞斯忒斯带着睁开的不过在一开始看不到东西的眼睛上场，把这出戏推进到了神话事先规定的结局，那么引导奥瑞斯忒斯进入情节的逻辑是无法让人看清楚的。他与厄勒克特拉的会面剥夺了他的自信，不

---

① 参看弗莱《世俗典籍》（*The Secular Scripture*），麻省剑桥1976年版第163页。正如古希腊语"酷儿"（Kore）表示一个少女，此处提到的其他名字均是文学中的少女人物。

知道自己的自我及其面目了。

> 我的名字是奥瑞斯忒斯，我是你的兄弟，
> 不过我是谁我已经再也不知道了。

> 我及时赶来就为了这次会见
> 对为什么会见我却一无所知。①

奥瑞斯忒斯慢慢地明白，他总是被当作一种过时情境里的牺牲者，而他对这种情境是不了解的，因此会强迫他重复当这样的角色，把他束缚在一个并不在场的悲剧根源上。对于这种关系，对于突然包围他的这种黑暗戏剧，而且最后也证明就是他自己的黑暗戏剧，神话是一种密码。但是他和神话里的主人公是不一样的，这里的奥瑞斯忒斯是**看清楚**这一点的。他是**指出**了自己已经被清空的那个英雄，也敢于去看到他的自我仅仅是一个脆弱的外壳，围绕着从一开始就缺少东西的一种空洞的外壳。

> 我看到我的面目
> 我没有什么面目。②

奥瑞斯忒斯还是跟随这出戏的发展到达了在这些静止不动的

---

① 此处引文参看努连（Lars Norén, 1944- ）剧作《剧作三种》（*Tre skådespel*），斯德哥尔摩 1980 年版第 215 页。
② 同上书，第 245 页。

矛盾对立中的虚假被公开暴露的那个点,那个他可以**选择**分离的点。起源的失去必须在有意识的分离中重新再造,这样的分离会让那些无意识的声音沉默。那些声音曾经利用一种完整的图像驱使自我离开自己的生活而进入流亡状态。其实这不过是虚幻的图像,是母亲的/神话的爱怜目光要把它凝结成的永恒图像。奥瑞斯忒斯死后(是在没有阿波罗的制裁的情况下),神谕就只能提到人自己的责任了。只要她如奥瑞斯忒斯说的那样,自己承当了使她成为"自己的母亲"的那种暴力,那么这种理解当然也是属于她自己的。能预见未来的神就让奥瑞斯忒斯转向死亡,而死亡与出生是对立的,所以这也是他自己的死亡。

不过,努连要对付的并不是什么存在主义的自由姿态。代表一个新开始的可能性符号是一个小孩子说出的废弃的谜语:"这里就有阿波罗。"那些让人麻痹的神话声音已经沉静下来了,不过依然还有一个不安稳的、还没有完成的个人留了下来。我们并不知道奥瑞斯忒斯会不会得到自己的面目,只知道盲目并不是最后的决定性结局,就算它想掩盖的那种缺陷是这样的结局。

努连对于神话的明显仿制,会让这个神话图像产生裂缝。从诗作词语的位置来操作,奥瑞斯忒斯在某一个层面上可以解读为一个对神话功能的寓言,而其结论是我们需要神话正是通过它的虚假,这个虚假会将另一个否则无法触及的虚假拉到光天化日之下。

论埃利克·贝克曼

没有相似性，文本就停滞不前。相似性本身就是一种隐喻，一种词语编织物（文本编织物）。我们必须这么说（或者模糊地这么思考）：有些东西就**如**别的什么东西一样，要不然就等于什么都没说。有一些相似性我们称之为概念，给予确定的词汇称呼，用这些词汇来指出这些相似性。马、玩具小熊、球。这些声音隐藏的意思是没有什么**是**相似的。当概念不够用以表示浮现在我们眼前的事物，这些云雾一样的谜团就会进入语言中，在那些修辞形象里，在隐喻、夸张、象征手法里，或者用 X 来表示一个不可知的 Y。

但是，如果没有区别，文本就会坠入深渊。云的图像，美丽的图像，让我们怦然心动有些发抖的图像，如果不发生比沉默还糟糕的事故，必定留下一缕烟云，一个给人希望的"好像"。如果没有真实-现实-本来如此的意义和仅仅好比-像是-在心里的意义之间的层面差别，修辞学就会像严肃程度的边线裁判一样背叛我们。什么都成了真实的。什么发球都没有出线，一个满分接一个满分，直到观众都透不过气来。如果概念和充满图像的言说方式真的全都正确无误,那么世界就是世界应有的样子了。语言成了现实。语言被上了镣铐的相似性力量被释放了,词语开始在大街上转悠而且还会坐有轨电车,高山的居民会在沙漠骆驼驮着的箱子边醒来,一个尚未出生的先生从一辆透明的坦克里观望布达佩斯特。

这就是埃利克·贝克曼的创作。①

贝克曼在我们瑞典文学登场的时间大致可以定为 1963 年,即发表诗集《门厅》的那年。这次登场可以解读为对本国那些合理而有可读性的写作方式形成的较大威胁的一部分。我们的散文体和诗体写作都正在承受缓慢的形式实验(如此实验写作的作家包括法尔斯特罗姆、胡德尔、本格特·爱弥儿、约翰松、西·弗·鲁特瓦德、图尔斯腾·艾克布姆、派尔·恩奎斯特、拉什·古斯塔夫松、比雍·霍甘松,没错,还有于伦斯坦:这是一部非常短的战争史诗、瑞典诗歌对抗逻各斯的起义的缩短了的战舰目录)。过了几年后,这些写作活动就遭人诟病声名狼藉了。

只有贝克曼依然留在不肯和解的吞噬文字的人的名单上,这种姿态说明他也许从一开始就绝不属于那个圈子,或者更准确地说,在他的不可读性方面是彻头彻尾无人可比的。

来自 20 世纪 60 年代的很多先锋性文本给人矫揉做作、人为安排的印象,有点僵硬不自然,像读目录一样枯燥无味,而贝克曼的文本一看就非常有生机、流畅无阻、香气袭人、坚定不移,在每个跳跃之处几乎是生龙活虎栩栩如生的——为的是能拯救我

---

① 埃利克·贝克曼(Erik Beckman, 1935 – 1995),20 世纪瑞典文学现代主义重要作家和批评家。

们,让我们进入图像。

有关贝克曼的创作,最为人称道的真实总是说到他的风趣(常用"率性""顽皮""令人忍俊不禁"等词汇来形容)。作者则明确表示"风趣"的意义其实是"真实"和"艺术上的纯真",一扇不适合让批评分析进入的大门,由此这个作家也就更高一筹,解除了上述这种标签的武装。为了细致观察研究他的文本,把它们当作一种别具一格的程序,而不是一代同仁的咬文嚼字,最好还是从一个写作过程中的独特角度出发:他的少见的编造能力。

自然,当我们把"编造"这个词拉进贝克曼的写作领地,这个词也开始发生变化膨胀起来。那么到底发生了什么呢?

在他的叙述文本里,结构模式通常会分成两个层次:一个是**被叙述**的故事本身,文本的情节和人物等,还有一个是**叙事**的活动,是讲述这个故事的语言和形式。通常来看,我们谈到"编造"的时候,说的是这两个层次里的第一个层次,是故事情节和人物等。这是在故事的逻辑发展中鼓动人拖拉磨蹭停滞不前。

而现在这个逻辑在贝克曼的创作中被打破了,被传统上很顺从的故事基础即叙述的语言里的分裂破坏了。材料和写作活动互相穿插。这里没有什么从头至尾使得结局合理的母题,让读者好像从风格观察镜里去观察。读者不得不立刻注意到在叙事语言里"发生的事情",这些事情和故事寓言里发生的事情是平行的,或者相对交叉的,或者难分难舍的。贝克曼式的编造并不停留在情节的层次。它已经强行进入了叙事媒介本身,进入了承载故事的载体。它取得了支配语言材料和形式的地位,颠覆了文本各个层次的规则,制造对于实际素材和主题的疑问:可能是一个不受管束的费加罗,一会儿在这里出现,一会儿在那里出现,经常让公爵/有倾向的读者气恼。一个平静的前奏是在与瑞典小城奥尔萨对称的地球那一端的热带风景里奇妙地生长出来的玻璃瓶瓶颈的景象,又可以散布到书中各页里,直到整个星期六的瑞典都被倒进了不同的大玻璃瓶里。某一成语起初看来是描写某一动作,后来自己会转变成参与故事情节的生物。"仪式性的杀父"和**背叛欺骗**的故事显然都可以带有一点随便什么事情。

这样不寻常的情景当然不在乎任何体裁的界线。贝克曼的诗歌是编造的,不是抒情的,也许它们更值得在比"小说"还要高的级别上得到重新叙述。

如果我们还是纠缠于结构模式,从情节的层次即被叙述的故事开始,那么贝克曼编造的幻想的习惯最容易出场。使得通常的叙事艺术能做到"通常"的,一方面是一种倾向,在主要事情下面安排次要事情,另一方面则是对首尾衔接修辞法的特别关注(下面会有说明!),最后一方面则是一种能力,能把特定原因链保持联结在一起。大多数可读的故事都能引向某处,有开始、中间和结局,而且都能通过确定的转型来发展(意图得以执行,谜语都得到解答,许可都得到替换,预言都得到证实,如此等等)。它们的关注焦点放在某些事件发生的时刻或者人物,而且至少完成不直接承担任务的路线。它们只会引证之前在文本里已经建立的大事情(=首尾衔接修辞法)或者通过一个通常的、人人熟悉的理解框架来展示出来。

这里是说明某类文本极其缺少首尾衔接修辞法的一个例子: "如果在库尔特打电话之前莫妮卡就来了他们也许可以开车去取今天晚上就已经留下的那些椅子。因为斯文·万纳尔也许还没有写出来,这是很狡猾的。这在日程表上看起来很不错。"(引自小说《某人某物》)什么椅子?什么斯文·万纳尔?日程表?姓名、物体、房间里的状况以及各种功能在贝克曼的创作里都会得到理所当然的引述,并非一点都不为人所知。他是带着愉悦来精确说明那些读者不可能放置在任何语境里的事物。

不可读的叙事

我们出于把事情简单化的理由,把那种通常的叙事叫做**史诗**。贝克曼作为作家最突出的贡献也许就是他创造出了一种并非史诗的活生生的编造叙事。他兴致勃勃地甩开史诗的所有明显标志。他自己的发明创造炸掉了那些现成的句式。这些句式具有总结文本各个组成部分的力量,所以可以叫做"可读性"。

结构主义者通常会在情节发展进程中的主要功能和辅助功能之间做出区分,也就是说在关键事件和逻辑上看不重要的但能使文本丰富的附加成分之间做出区分。不过我们自然还可以仅仅在和文本想要实现的某个更高层次的叙事目标的关系中来谈论主要事件和次要事件。从贝克曼的创作角度看上去纯属偶然选择的情节,当然可以更好地描述成这里缺少一种拥有特殊地位的主题。一切都地位平等,都可以在瞬间变得和其他成分同样重要。

缺少完整性,有头无尾,当然有些声名狼藉,对此就连作者也供认不讳。无论写了什么都可能被取消,或在沙子里渗漏掉,被文本所遗忘。发生的事情(特别是在小说《内陆铁道线》里精心安排的)好像是被迫发生的,也是不可能阻止的。发生得很突然,灾难临头,没有任何动机或理由。有趣得笑死人的故事经常也是死人的故事，情境喜剧则经常是残酷的，具体的故事则经常荒无人烟寸草不生。贝克曼寓言的组成部分总是存在一种完全不确定的关系。因此，只有在例外的情况下它们才会建立一个封闭的虚构世界，也就是一个同质的时空模式，可以看作为一种表演出来的现实。这些书更像是一个舞台，或者一个画框，可以展现各种各样差异很大的编造故事。

唯一真正构成上下文联系的情节就是通过角度变换、幻想冲击和不断从头再来，使得文本有顺序地诞生。在贝克曼的创作里，我们会永远不间断地站在创世纪中。

有人认为法国新小说派激励了20世纪60年代瑞典的散文写作实验。贝克曼和法国新小说派一样对于史诗性动机创造的人物毫无兴趣，但与法国新小说派正好对立的是，贝克曼并不抛弃轶事趣闻掌故等等。但是贝克曼式的轶事趣闻掌故等往往是和寻常普通的经验是并行共存的，而且不包括任何解释性的元素。比如说"仪式性的杀父"买下了那些古老的早晨，把它们的内容删除掏空，然后当作新鲜的早晨出售，这种事情意味着什么？我们实在无法说清，甚至无法说这是一部梦幻史诗。

传统的叙事与崇拜英雄的文明勾结沆瀣一气，由此就已经受到了指责。在小说《公爵的纸板箱》里，史诗的诞生就是这样描述的：

208. 大部分的事情都已经说了，不过我还记得，第一个能讲故事的人开始讲故事的时候，事情就不一样了，木棍子开始从四处钻了出来。我们听了第一个讲故事的人讲，她坐在离他最近的地方，烟斗、雪茄和香烟在我们前面的烟灰缸里自己熄灭。第一个讲故事的人讲了整整二十四小时里的时间，讲了一天里发生过的事情，这样发生的事情就互相连接起来了，于是这一件事情就成了另外一件事情的原因，于是这一件事情就把起了作用的原因和自己联系了起来，另一件事情就把结局造成的影响和自己联系了起来。我们只注意到他是第一个讲故事的人，他讲了一根旗杆上引起很多麻烦的旗子的故事，故事平淡无味。其实有好玩得多的故事，比如说有关阿伯丁的苏格兰人的故事，为什么雪在那里的街道上从来不能留存很久，不过这个是第一个故事，这个故事讲完之后，木棍子就开始在这片地方到处都钻了出来，它们就得到了纪念碑和铜像的名字。

尽管如此，在贝克曼编造的细节流动里依然还可以辨别出某些有特殊重要地位的情节：旅行、破坏、虐待、背叛以及失踪等等。生存受到威胁。贝克曼有一种很值得注意的能力，能让笔下的人物离开文本。一个再无他用的男演员可以毫不费事就淘汰掉，不是通过再也不提到他的名字，就是让他在痛苦中匆忙地死去。一般的东西也是如此。比如在小说《内陆铁道线》里，通过清空有轨汽车里的东西，把什么东西挪开或者去掉在叙事中也好像是一种推动的力量，有了寓言的色彩。

这是在一种对个人的出场很艰苦的环境，但是他们还是出场了。如果说做出反应的人只是一两个词，在引号的帮助下，他们也并不会成为神话人物，或者空洞的符号，而是以其自己的方式独特的个人。尽管完全没人知道。

编造把文本的层次拉过一把梳子，使得编造处在第三种状态，既然不能当作形式也不能当作内容来讨论，既不是叙事也不是被叙述的故事。写作方式发展出了一种自身的戏剧性：这是贝克曼文本必然发送的信号。

十二种文本游戏

当我读贝克曼文本的时候，我注意到十二种不同的文本游戏。它们创造出了保证对意译进行抵抗的文本状态，这些状态总体上可以理解为"著作"或者"一个作家的创作"。

1. **现实化**。开始是图像或者类似内容，或者是一种在其他文本里被界定的形象，后完全成为现实。如果诗集《爱情老头！牧歌》里的那种分心走神其实是死亡的先行者，那么他马上又成了马拉松运动员，突然作为一个神秘的送信人在人行道上出现，尽管也是很普通的运动白痴。一只猫在诗歌《妈妈和埃利克·林德格仁》（选自诗集《社区的身体》）中四处溜达，明显是一行句子的结果。这行句子是这样的："在她脑子里埃利克·林德格仁就像一只发疯的猫四处践踏蹂躏。"

这种想法可以是一种思维游戏：为什么不把列队前进的水兵的衣服都用一块布做成呢，就好像做铁管子用一块铁一样。男士服装难道不总是最合适配衬那种一动不动立正的僵直笔挺的身材吗？

> 嗐，为什么要穿这种和人一样的服装呢，把我们的衣服剥光，露出那根直立的铁管一样的身材吧。我们本来不就是这样么。根本不需要任何艺术家的画笔或者版画家的凿子来

再现出我们自然的模样。（这里附加了一根铁管如何铸造出来的说明。——作者注）你现在已经把这根管子的图纸画好了。画的就是我。画几张同样的图吧。那就是我们了。画一张带着朝上的弯管的管子。那就是亚历山大，带有他装饰性的脖子形状。一片瞎了眼睛看不见东西的铁管子的树林子，很有可能都是空的管子。通风管子，给我们下面的没人知道的人通气用的。一月的风在我们身上吹管子。我们还来得及拿掉领子，我们把领子也都从身上磨掉了，我们不回答什么唱宗教赞美诗的电话，只有风从我们的嘴里吹过。管子表面都是冰凉的、潮湿的、瞎了眼睛看不见东西的。一个管子的脚跟插到地下的什么地方，让我们保持不动，笔直立正。我们下面固定的管子有多长？什么时候我们的管子脚跟可以拔上来，到街道的路面上来，能让我们离开这里？永远不会的。吹过我们身上的一月的风变成了二月的风，然后变成了三月的风。我们这些管子会变得和夏天一样烫，到了秋雨里又生锈了，就这么瞎着眼睛在这里等。（选自小说《公爵的纸板箱》）

图像也成为站立的了。图像被越来越有腕力的手法写进了文本，还作为编造的母题接管了文本，挤开了这个叙述故事的逻辑要求，自说自话为自己提供了一个新的现实性的条件。

对这种创作程序做充分全面试验的是小说《骆驼喝水》。在这部他假装从阿拉伯语翻译过来的小说里，这种程序为小说提供了全部的虚构性骨架。在诗集《亲吻你们！》里，"破坏者"，也就是那些不愿意参与合作化社会的程序化共识闹剧的演出者，他们谈到自己的不愿意,或者也谈到自己没有能力与非常愿意又做成了软垫的权力去争辩。"有人说我们也是某一种阿拉伯人,那种贫穷可怜的阿拉伯人……"而在《骆驼喝水》里,我们不会遇到那种要他们干什么偏不干什么的瑞典中部常见的流浪汉,而这些人可以和很贫穷的人比较,比如说和贫穷的东方人等同起来。小说里瑞典中部也会有名副其实的阿拉伯人,就在林德斯拜利耶区的中心也会有一个真正的麦地那,有古老的原来就定居在此的阿拉伯人。他们就坐在旅行社外面的集市市场周围辛勤写作,这是他们从祖先那里继承下来的地方,也象征一种社会地位。或者他们也会站在自己家的平坦房顶上,那是奇妙而神秘的地方。要不然的话,这个地方大都还是老样子:有瑞典常见的稀疏建筑,住在那里的人都有发音的问题(意思是都说让人难懂的方言——译者注),有多民族的公司,有旅游业,有娱乐操盘业和麻木不仁但自以为美的文人。

2. **名词化**。当贝克曼笔下的一些人物聚成一个小集团的时候,听起来就会是这样的。

> "仪式性的杀父"现在带着"土巴号"走过。
> 他们自己周身包了块布,相信"有很多瓦特"。
> 不过这块布其实就是一种多毛的物质
> 绝对不是什么"有很多瓦特"的东西,
> 而是早晨的因此悲伤者无法瞄准的。
> 在这块布下面动弹的是"年轻母亲",
> 早晨多柔毛的,"不悲泣"和"悲泣"。

> 如果说你要相信悲伤者那是一个谎言。
>
> 不过这谎言本身是长毛的而且有名字：
>
> "脑袋"带了个天堂产的早晨苹果，
>
> 他正用迂回速度把这个苹果出卖
>
> 卖给那个"仪式性的杀父"王国。
>
> （选自诗集《他们从哪里被观察》）

其中有些词在这本书里出现的时候就已经被当作名字和主语来处理了，就和小说《内陆铁道线》的词，比如"小鸡蛋""淡饮料"等一样。其他词在其他句子成分里都有一种提前存在的情况。随便什么都可以成为自己的名字。引号或者斜体字会悄悄地溜进所有词类里，而且如魔术咒语说声"变！"他们就成了万物：**"好像**在一个红色星星黑色拖轮后面拖着的东西"（选自诗集《拇指》）。所有词汇看来都在秘密状态中追求取得名词的地位。

有时这种词汇选择，就其和词汇被安排的角色的关系来看，可以是偶然碰巧的；有时候人物说话都带有出自其名字的合意的清晰性，比如"国王温卡尔"（Vinkar，作为动词有挥手打招呼的意思）、"斯维克·乌普乐尔"（Sveket Upprör，直译其意思就是"背叛起义"）和"海德利·斯文斯克"（Hederlig Svensk，意思是"诚实的瑞典的"）。这些人物都要为得到公主和半个国家而竞争。（选自杂文集《区委会骑自行车经过》）

在有些情况下，这种技巧是倒过来使用的，人物的名字成为物体的分类，比如在诗集《拇指》的人物列宁就遇到这种情况。（他就和笔直对称的松树一样了。）

3. **混杂**。文本同时采用两个或者更多的主题，让句子在那些现实的不同层次之间自由地活动。这些层次被挤压成一个三维的立体镜像里的可怕物体，其中通常的文本是平面的，也就说一次只能做一件事。这对我来说是正宗的妙计，也是这些文本游戏里最有贝克曼特色的。

这种游戏看起来在散文体和诗体里是有些不同的。在诗歌里，它常常是不同观察的细微的蒙太奇剪接，就好像我们做拼图游戏，试图把从三四个不同拼图纸盒里拿出的碎块拼成一个大图。在散文里，效果要更加吃惊的，特别是当叙述者，如《公爵的纸板箱》里的叙述者，带着恬不知耻的文雅样子转换视线范围五到六次，然后句子才到达目标。或者用《内陆铁道线》里的简约为例：

不过，现在邮政局贴胶工撞上了在那架名叫奥格斯·唯物主义者大管风琴的风箱装置外面的电动机，撞坏了自己右膝盖上的半月板。就是在这里发生的事。你也就有了结局。你就到了大瀑布镇了。这是第一块半月板，而布曼松把它割成五边形：捷克式的、喝醉了的、讨厌的、不消化的、好玩的，而这时你还继续开着穿过丽兰。根本就没有任何恰当的舒适性研究。就和现在的情况一样就只有吸毒的人还在用专业的方式谈论什么幸福。奥格斯·唯物主义者大管风琴有了它的第一个小按键。布曼松很高兴地唱歌，就作为这个团体这个文化的男中音在大瀑布镇的不同晚会上出场了，他是这个背叛把戏的第一个社交人物。

我们可以在上面的引文里区分出至少六个层次：

话题甲：忙着给邮票贴纸后面粘胶的邮政局贴胶工的那个部分；

话题乙：在内陆铁道线上的有轨电车，包括在大瀑布镇的小车站；

话题丙：那个充满了神秘感的奥格斯·唯物主义者大管风琴，并包括它的制造者及其社交生活；

话题丁：丽兰的爱情生活，在此是和文本里的神秘的"你"联系在一起的；

话题戊：当时瑞典社会生活中的通常现象（舒适性研究、吸毒等）；

话题己：涉及背叛把戏的一个道德概念相关的推断和讨论。

话题乙、丙、己是这部小说从头到尾贯彻的话题。内陆铁道线有轨电车交通状态和唯物主义者大管风琴的完整蒙太奇剪接要在小说已几百页之后才出现。（管风琴被如此称作唯物主义，即同时成为人类思维中完全类别爆炸的类似模拟，这好像也是合乎情理的。）

当这个故事叙述里的不同话题下沉到同一条语言流中，那么在那些牵涉到的现实层次之间可以出现随便什么样的关联。管风琴制造者开始系统地偷窃人民的半月板，这样就把她们应用到了这个乐器里。来自苏多克的公麋鹿与在住了人的地区周围出现的词语云雾顽强抗争（见《某人某物》）。新的集成物带着一种总是好像同样恰当的随意性出现。这不像巴赫音乐作品在大键琴上演奏时那样与游泳相似，或者在巴赫的大键琴音乐旁游泳。这更像是在文本一开始，它们就成了同一件物体的两面（参看贝克曼在广播台发表的文章《巴赫会游泳吗?》)。同时,这些层次在分开,继续跟随自己通常的逻辑,去占有自己真实的存在,比如说有轨电车。

4. **重复**。词汇、表达、句子的碎片或者完整的句子一而再、再而三地复现,带入新的语境,变形,构建起重复的模式,于是有声图像和多变短暂的导引母题就会在文本里出现:一种较大的韵律。词汇让人觉得会自身繁殖产卵,会交配,会在一个有滑动墙壁的环境里换帽子(变换角色)。会防止内涵僵化。同一个词经常且持续不断会获得新的效果,不过依然还是完整的。

重复可以密集发生,也可以在较大间距内发生,甚至在这个作家创作的不同的书里发生:在逐字逐句的语言环路里的一种不断进行的重复运用。通过措词造句从每个确定的语境中解脱出来,语言表达就得到了独立的标记,成为一种词语目标,或者母题目标,给予贝克曼式的不可读性一种建筑架构。

5. **断言**。作家敢说:事情就是这样。拿出一个个事实,依次而有顺序地,互相并列地出现,无可争辩。这种文本游戏最清楚的辨认形式是这样的:"这是 X。"或者用完全的宽度(此处引文应该在阅读时对动词有一定的强调)来说:

> 一座房子里的记忆角落。有些窗子。人坐在那里往外看。有一次我坐在那里,太阳闪着光,我已经骑过自行车。这个滑动的记忆表面。感觉好像是一个光亮的金属块的表面。有人走在这个表面上。当那只猫躺在我的肚子上那感觉

确实不错。在海上的一个小岛上矗立着而且生长着白杨树，是个没人去的小岛。有一个叫郎格或者帕尔梅的人，还有一本书叫做《维斯奈》。

我站在我的擦干了的阴沉天气里，用一个棍子指向空中。

（选自诗集《爱情老头！牧歌》）

贝克曼在小说《我认出了我自己》里评论过他对直率断言的偏爱，把它看作一种保持距离的手段，远离笼统空泛化和象征性的内容。其他著作经常处理的是做了什么或者如何去做，那么在这本书里他满足于简单的断言，是这样、这样、这样。在这部小说还没有出生的主角（即埃利克·贝克曼）和贝蒂尔·扎赫里松之间的谈话立刻会出现这样的说明：

"在布达佩斯过得好吗？注意到什么压迫吗？"扎赫里松说。"也好也不好，"我说，"取决于怎么看。比如说那里有一个很老的蔬菜仓库，外面有几个桶和一个小小的蒸汽机，就是从那里有一座带很多铁老鹰的大铁路桥跨过河通到布达那边的吉莱特广场去的。"

6. **词汇转型**。最令人愉快的是那些不规则形容词，会沿着内陆铁道线和很多其他地方操作：一种新教义派戴上面具成了老式而可靠的字典。"一个正在扩大的公司，依然还没有自己的坚固的半月板，不过贴上了奥格斯·唯物主义者的名字，在她的器官里是五边形的，有好玩的、讨厌的、喝醉了的、不消化的和捷克式的，真的是自由地在扩大着。"在这段引文里很可能没有一个形容词真正具有我们通常会与之联想起来的那种意义，就如《这些事情的状态》里的"老鼠"这个词并不是我们会联想到的一个有尾巴的小动物，或者《爱情老头！牧歌》里的"老头"也并不是我们会联想到的一个上了年纪的老男人。（"爱情老头"感觉上似乎承载了人类所有感情。）

然而我们也没有说，使用这些词的方式简单来看就是"错误的"。这些词汇被一种附带意义和感官震荡的氛围包围着。这些附带意义和它们的字典意义是不一样的，即使在我们结束了"按照字面"去读它们的时候，也依然没有被破坏。其结果就成为一种没有集中焦点的命名。一种有正确感觉的词汇手势，但朝向错的方向。句子的影子就成为可以看见的，因为这是我们唯一可看到的。

7. **戏仿**。这是范围最宽泛的也是最狂乱的文本游戏。戏仿在贝克曼的创作里以一种特殊的方式发挥作用，好像是受到混杂方式的文本游戏启发而出现的。受到攻击的语言得到了错误的话题，被既高又低地双重投影，例如《公爵的纸板箱》里的呕吐物和神在的证据。有些时候这种游戏会涉及对著名文学典范文本的顽皮淘气的侵犯，包括《圣经》、艾略特、特格涅尔、斯诺伊尔斯基、拉格尔奎斯特等诗人的作品，或者以林德格仁神秘诗歌为代表的20世纪40年代抒情诗："夜与愤怒滑动而没有命运广场上的要塞/左轮枪用眼对着晚霞的冷寂公园"（选自《门厅》）。特别精彩的是贝克曼毫不掩饰地重新采用来自"老农帕弗"（见《门厅》中的"魔鬼之绿中的房子"）以及《麋鹿射手》（在《某人某物》

中有关苏杜克麋鹿的那个章节）的诗歌韵律。①

不过，当贝克曼去自己储藏丰富的戏仿武器库寻找武器装备的时候，离他耳边最近的不是文学性的互文文本。这个武器库里储藏的是虚假引文、假冒的文件和设备以及魔鬼用来装扮成别人的模仿道具。他关注的那些进攻目标是表面上看很有道理的语言陷阱，比如神学的、官僚制度的、社会疗救方法上的陷阱。在贝克曼的手里，严肃的、社会上保守派的话语好像常常有点喝醉了的酒意，他给它们喝了什么烈性酒，然后把他们赶到舞台的聚光灯下，让他们跟跟跄跄摔跟斗，就如以下节目里的人文主义者，引自小说《内陆铁道线》：

399 före kri o oförstörbara mänsklighet ditt namn är graeske fölelser Und selbstbewusstsein lux apollon o humani ska icke drä pavene över en död varann och andlig kraft från Ofvandahl en alltid städesvarande besinning ljus och ledning ande tro ty blott de aste arna och de sta orna förmår a a världen, exit ...

贡元前 399 年哦坚不可摧之人性你大名是希腊感情和自

---

① 此处提到的典范作家有：艾略特（T. S. Eliot, 1888-1965），英国著名诗人；特格涅尔（Esaias Tegnér, 1782-1846），瑞典诗人；斯诺伊尔斯基（Carl Snoilsky, 1841-1903），瑞典诗人；拉格尔奎斯特（Pär Lagerkvist, 1891-1974），瑞典小说家、诗人，曾获得1951年的诺贝尔文学奖；林德格仁（Erik Lindegren, 1910-1968），瑞典诗人；"老农帕弗"（Bonden Paavo），著名芬兰瑞典语诗人吕纳拜利耶（Johan Ludvig Runeberg, 1804-1877）创作的形象，《麋鹿射手》（Älgskyttarne, 1832）是其主要作品。

信奢侈阿波罗神哦人性，非排水通过死之间以及奥宛道尔咖啡馆一个始终保持清洁受访者感测光和信念的指导精神力量，因为只有最好的汽车和第一得力手下一个世界，退场。①

这个叫做"运气"的角色就又可以走路了。

8. **语音化**。说俏皮话、玩文字游戏、玩声音游戏，这些都存在，不过它们的作用并不那么大，并不因为靠近了具体主义这块招牌就让人有理由认为它们很重要。贝克曼这里的清醒警觉不是芬尼根式的。② 不过在某几个地方，他也引导出了一种很基本的词语材料，在这种材料里的词语好像是再生了，就如在一个童谣里的词语，一个文本的绝对性的开始。文字游戏当然也有一种隐蔽的催化剂的作用，要不然为什么在《内陆铁道线》的开头那一章里有那么多篇幅是写铁道线呢？

9. **碎片化**。贝克曼文本的视野很少是整块的场地，而是马赛克拼贴，是由时断时续而无规律地制作出来的细节拼起来的。这些细节全都鲜明夺目不容疏忽，是用有力的指示动作指出位置让你不能转移视线。它们大多是具体的事物，但不是靠猜想来判断的陌生事物，会不理睬你掉头而去，而是日常的鸡毛蒜皮小事，让你随手可得的小东西，多半也是自己可以制作的，无论怎么说

---

① 此段引文表现一酒鬼胡话，掺杂瑞典语丹麦语德语等，无逻辑无语法规则，故中译只能按字面再现其语言混乱。——译者注
② 此处芬尼根指乔伊斯小说《芬尼根守灵夜》（*Finnegans Wake*）里的芬尼根。本文作者用的瑞典语"清醒警觉"（Vakenhet）的对应英文词即"守灵夜"（Wake）。

也是一本日常生活的很有人情味的功能的字典。这样收集起来的事物，不是在翻译什么灵魂，因为它们本身就是灵魂，至少一半是人的灵魂。它们要排除那种把灵魂切开了的内心世界的幻象，这种幻象很容易会出现在文学里。

10. **仪式化**。固执而持久不变地执行荒诞或者日常琐碎事务。把文本锁定在某个一步一步执行的程序里。执行时沉着冷静按部就班很有章法，不管情节重要与否，或者甚至不管有没有道理。其程式可以是比方说香肠的配方、早晨用卫生间的那一套程序、程式化的教学、独特的动作绘画、技术说明书或者一个被迫写出来的写作日程表。

11. **文本归零**。写出句子，一直写到疲劳极限，到了所包括的措辞造句互相消解或者每个可以想到的意义都通过新的插入句而泄漏了出去，还没等到读者抓住要点（正如《骆驼喝水》中的那句"无法翻译的阿拉伯语文字游戏"："此蜥蜴在沙中沙如此沙沙中有一蜥蜴蜥蜴如此蜥蜴在沙中沙如此沙沙中无任何蜥蜴"。

或者语境连续不断换挡，进入了要求越来越高、越来越复杂的呈现中，直到理解力几乎完全丧失，就如被麻醉的人不能动弹：

在**卡增巴赫**的皮领子里面的虱子仙鹤已经在那个被谋杀的公司女儿的一个肩膀上绷紧了它的一只脚，把自己鸟嘴上下两半的其中一半插入到了公司女儿的一个眼睛里，不过只插进了一半，后来的那一半被公司女儿倒数第二次呕吐半路悬挂在她的嘴巴和凝固了的**卡增巴赫**横膈膜里豹子脊背冒险游戏之间，一只唯一的田鼠四脚朝天死在那里，所有四只脚都朝着那个已经消失的公园玩伴。（引自《内陆铁道线》）

在这个文字游戏里，悄悄地包括了一种精确化的荒诞性和假冒的格言（其类型是"关于生活的光秃而发亮的格言/可以在碰巧诞生于一个上下颠倒的铁皮桶里的/人那里找到"）（引自《他们在哪里被观察》）。这种最基本的归零形式，在贝克曼第一部诗集《门厅》里就已经使用了，非常简单，就是用否定法：先做一项声明，然后再用否定式重复一下。这也许是为了揭示这种语言不顾情面断然肯定的特点。即使你写的是"没有北极熊"，我也可以清楚明白地读出纸上的"北-极-熊"。在简单的归零形式里，加号和减号是结合起来的，让它们相互否定，就好像朝着两个方向的一个双重面具：文本的面具。

在归零的最极端的形式里，它可以在文本里挖一个黑洞，在这个黑洞里所有的意义以及到了最后词语流本身都会被吸收进去。如果我们听从了作家的指示，《内陆铁道线》就是在自身销毁，只能阅读一次。（读者得到敦促去删除书里的内容。）在诗集《他们从哪里被观察》的第十一章里，归零还命运攸关地伴随了完全衰变退化的图像。一切都被消灭了，也包括观点本身，一切都消失于最后的诗行"在上升到黑亮空白的空白亮黑中/就如一个圆环中的圆圈变得看不见"。（贝克曼在此链接了一个中心意义的现代主义隐喻，空白表示完全的意义丧失。）

12. **锚定**。就是借助人物形象或者地理地点，在文本里为那些用得上的价值和经验创造出一个家乡。这些人物形象和地点当然不会得到什么纯粹象征性的功能（它们就只能是自身），不过它们在自身周围也集中了数量不断增加的与生命休戚相关的关联。它们成为锚定点，在摇摆不定带欺骗性的文本赌局背后起着负责任的固定作用，也是这种游戏的多变世界里的主要符号。《某人某物》里的麋鹿，《骆驼喝水》里的阿拉伯人，以及舒曼、洛塔、牧人、匈牙利人、木鼠等，诸如此类都是。

在贝克曼的创作里地理有它自己独特的语言。那些好的、真的、材料上丰富的区域可以用一种自己的制图颜色绘制出来：瑞典的内陆，特别是瓦勒姆郡和拜利耶斯拉根区以及它们在国际上的对应部分，即东欧。

一场违反规则的锦标赛

没有任何一本书包括了所有上面的十二种文本游戏（一个这样的文本会被自己的能量捣成齑粉）。也就是说，没有什么贝克曼风格，我们可以靠这种风格百分之百确定我们总是可以辨认出哪些是贝克曼的作品。我们会更容易考虑到作品之间的一种亲缘关系，一种家族相似性，在这种关系中所有人都有某些已经记录在案的亲缘特性。（这肯定也是较好的选项，比在这个作家的创作中构建一种"发展"要好，因为这个作家从一登场就如此高度独具一格。）

也许现实化、名词化、词汇转型、戏仿、语音化和文本归零等文本游戏对于从开始到《骆驼喝水》为止的著作是更加突出的（"早期的贝克曼"），而混杂、评论、重复、碎片化、仪式化和锚定等游戏依然是作者使用的手段而未受打扰("晚期的贝克曼")。有可能《爱情老头!牧歌》把到目前情况下眼光已经磨练得更加尖锐的读者放在了一种真正大师级的写作艺术之前,这种大师艺术已经使得有把握地辨认文本游戏的边界和相互作用更加困难。一场违反规则的锦标赛。

我一直在避免介绍一种统一而有整体性的主语或者一个能从作品里说出来的"生活世界",也就是说避免去解说它们。我通过这些文本游戏看到了文本的永久性的出生,游戏是结合一切的因素。读者必须成为一个理解写作的人,而不仅仅是个破解密码的人。

贝克曼的文本或是完全地或是局部地会有一种意义上的震荡。这种震荡不能和一个象征的多义在同样意义上去理解。也就是说:每个措辞造句本身都是很不寻常地非常固定和轮廓鲜明的,疑问涉及的是各个部分框架条件和连接。贝克曼在诗集《社区的身体》里写道:"一切都会在最后的空白的一行遭到质问。"在一个文本里的每个断裂都是这样的空白的一行。

贝克曼创作中的词汇扭曲很难说是一种潜在和加密信息的扭曲。相反,文本的建构好像就是为了自己消解可能存在的深层有序的潜在意义和神秘结构。文学的通常的信息密码的编织和掩藏得正好的秘密本是期待的图像,而贝克曼突然把它撕毁,以此来刺激读者,让读者兴奋起来。甚至没有什么真正的否定句方法可以借用来走进这种空虚状态。在贝克曼的创作里,无法言说的事物常用一只麋鹿表现。要做解释是必须从文化入手的,会强迫这些文本进入这样的语境,而这些文本的产生本来也就是为了爆炸掉这种语境。唯一可确定的是形像方面的不稳定性,一切都被拉进变形记那样的形象流动里，也就是贝克曼式的编造。而现在也可以把这种编造看作疯狂的记忆、文本游戏或者狡猾的快感享受。

我们在贝克曼创作中找到的那种先进的断裂式写作方式按照惯例常会和一种虚无主义联系起来，而这种虚无主义据说和现代主义的艺术表达也是不可分割的。而他的创作当然也好像对抽象真实有免疫力。不过，他的创作中的价值终极也是很清楚的，所以一种可能存在的反讽企图也会成为某个比《浮士德》中的魔鬼靡菲斯特还要魔鬼的嫌疑犯的一种忽悠人的骗局。阿拉伯人是用得不错的例子，但多国公司则很糟糕。舒曼不错，但梅西安就很糟糕，至少斯腾堡姐妹还唱他的曲子。麋鹿也不错，但是公司老板万纳尔就很糟糕。布达佩斯也不错，很有道理，但维也纳就让人怀疑了，卡尔斯塔德算是在中间的，好像就是这样。

相反，这种价值基础并没有发展成意识形态通告。在提倡共识解决问题的瑞典存在一种压抑的、润滑良好的理性，为了与这种理性斗争，贝克曼组织了一个间接、诡诈而且也死硬地保持被动状态的抵抗运动。这个抵抗运动不是用激进的意见来攻击现存的制度，而是选择了围绕那些规则制造人们的怀疑，而假民主用来说服民众的活动就是靠这样的规则。在轮流掌权的权力游戏里，公开的反对意见被取消了，失去了效用。更让人不安的还有人发笑，有人转身走开。可以给人当模范的是那些阿拉伯人，至少也是有智慧的阿拉伯人，他们不会让自己被调节家庭关系的那些顾问动员起来，而是沉默着登上自己家的房顶。在诗集《亲吻你们！》里的破坏者拒绝辩论，而是从意见的天平上逃走。"我们不是已经声明过我们的懒惰和无用了吗？还有我们的质量问题，我们属于低等阶级。不要在我们身上再找什么新闻标题吧。"也就是说他们拒绝了对他们的手势做出解释。

在贝克曼的后期著作里,比如说诗集《这些事情的状态》和小说《我认出了我自己》里,他更明确地提出政治问题,而他的形式,尤其是在所谓"自传"中,也是更接近调查报告的形式。不过在那部有关苏黎世的匿名资本主义策略的案子的后期作品中,主角依然是一个很狡猾的反对派,他占据优势的方法就是拒绝提供自己的替代名字让人知道,而这个名字就是:刀子,即埃利克·贝克曼的化名。

当世界在这部结果圆满的虚构小说里再复制出来的时候,不论乐谱是多黑,这里也会唱起有关这个世界的歌。史诗为生活提供一种载有意义的形式,问题和答案也朝已定的方向驱动,如滚雪球一样滚成一团成为语境和命运。史诗用一种和解的顺序让自己摆脱由细节、瞬间和条件构成的泥泞地的牵制,就像用自己的翅膀扇动而飞起来,朝向光明或者黑暗飞去。

在具有可读性的文本中,这样一种内在的精神性在贝克曼那里经过了非常苛刻的处理,就如一般而言他处理所有的理想主义、人文性和有音调的文化时一样苛刻。爱情、文学拥有特权的主题,在贝克曼这里都很少得宠,都只不过是性冲动的好色毛头小伙,只会粗鲁地去撩起少女的裙子。

一种清醒的攻击性抵抗着那些感伤的幻想的让人麻木的力量。俄耳甫斯也难以谈论那些最重要的事物,包括爱情本身,他做了很多尝试命令世界上那些安全的让人温暖的记忆呈现出来,但这些尝试把他降低到了某个东西的地位(参见贝克曼诗集《爱情老头!牧歌》)。当俄耳甫斯不巧过分深入到生活之内的时候,他就沉默无声了。

贝克曼不采用这种只发出声音的歌曲，这时我们会忘记了我们阅读的是词汇而不是生命。

生命本身沉默无声。相反，那种贝克曼式左闪右避力图躲开的顽固的发明则是很响亮的声音。不过，这种发明也许最后才起作用，为的是远远隔开淹没意识的世界观和自动语言的轰鸣声。让它远离是通过打碎那些类型化、通过写入一种事物的和日常观察的记录，这种记录就像一架不能演奏因此不再能欺骗人的管风琴。

我会想到列奥纳多·达·芬奇绘制的自行车，在《大西洋古抄本》的那些绘图里是如此突出真实可信，所以四百多年来都还没有任何新设计超过这样一种事物。[①] 当我们教会自己阅读贝克曼的文本而没有摇摇晃晃摔下来，就到了做点别的事情的时候了。

如果在一个艺术家的文本里，我们直接可以料想到每件事情**为什么**要这么说，这样的文本给人要呕吐的骗人的印象。真实可信的是敢于写下不可理解的事情，那些绘图铅笔画出来的或者编造编出来的事情。在我们信仰虔诚忠于体裁的当代瑞典文学里，贝克曼是一个像达·芬奇那样的文本发明家——那种极稀缺的可以让我们的感觉到生命力的作家之一，让我们感到文学其实还是可以重新开始的。

---

① 《大西洋古抄本》（*Codice Atlantico*），达·芬奇手稿图册中规模最大的一部，共 12 卷 1119 张，包括交通工具、飞行、武器、乐器、数学和物理仪器等多种学科。

对话与启蒙

在所有对话体小说中，最机智的是狄德罗以咖啡馆为背景的《拉摩的侄儿》，写于18世纪60到70年代。对话是在"我"和"他"之间展开的。这个"我"根据小说作者本人的说法，就是哲学家狄德罗。他的对话伙伴则是一个才华横溢、地地道道的波西米亚流浪汉，在巴黎四处转悠，当食客骗吃混喝，他也是著名的作曲家拉摩的亲戚。

这两个对话的人也是彼此的绝对对立面：一个是没有原则的机会主义者，靠坑蒙拐骗过日子；另一个是苦行僧打扮的知识分子，保持了尊贵的人格。那个总是不劳而获的小混混对首都巴黎的风俗习惯了如指掌，说话直来直去，对自己和他人都有敏锐的观察力。他的人生观建立在事情的实际状态上：这个世界是怎么运转的，他就怎么去想，世界怎么腐败他就怎么腐败，世人怎么醉生梦死他就一样地醉生梦死。另一个人则保持一种抽象的美德操守，不过在完全诚实中也有点缺乏想象力，死板僵化，是一个规规矩矩的理论家，对那些活生生的人没有多少话可说。他的观念当然也是真实的——在这个小说文本里没有任何他说的话可以在知识分子的意义上被驳倒——不过这些观念的实用性如何就是个问题了。有两段话可以说明这两个人的性格特点：

"他"："多么奇怪的幻想！你们的幸福要求一种浪漫的性格，那是我们这种人没有的，那是一种独特的灵魂，一种特别的趣味。你们用美德的名义来鞭挞这种奇怪的事情，还把这个叫做哲学。不过美德和哲学，它们也是人人都用得上的吗？有了的人就有了，其他人就没有了。你们想象这个宇宙是有智慧的，是哲学的，那就等于承认这个宇宙他妈的太没意思了。听着，让哲学活泛点吧，让所罗门的智慧活泛点吧：喝好酒，用美食填满肚子，在美女身上打滚，在舒服的床上休息。除此之外的那些事情，全都是虚荣，没用的摆设。"

"我"："……最好是把自己关闭在阁楼里，只喝水，吃干面包，寻找自己心里的美好自我。"

要是我们仔细注意这个文本，而且了解狄德罗的书信，我们就很快会明白，书里的这个"狄德罗"根本不是作家本人的当然代表。同样，他还假扮成能洞察一切的无政府主义者拉摩，从巴黎的波西米亚人那里借用了一个同时代的人作为自己的面具。为了把自己思想活动里的不同方面理出一个头绪，他也把这些人物都戏剧化了：针对犬儒（kynikern）这个词，狄德罗用了愤世嫉俗这个词（cynikern），c/k 交换，而他自己正是中间的斜线。

在其他作品里，狄德罗不仅用不同观点来表演，而且在不同的进入现实的方式之间安排冲突和争执，例如在《达朗贝尔的梦想》中有一个科学远见和诗歌想象之间的冲突。对话体形式在他的创作中是起支配作用的，这就清楚表明，他认识到对立矛盾的戏剧化呈现要比提供单一完整的看法更加真实地展现自己的思想世界。

*

那么对话是什么？弄清楚这个问题的一种正统方式可以在德国哲学家伽达默尔那里找到。他在自己的文本里比其他作家更多强调对话的原则，这也对近几十年里有关人类科学的讨论中对话概念的更新有很大贡献。①

对话在语言里占有位置，这是伽达默尔的第一个前提。这不是随便什么样的内部互动。它必须能够针对一个题目，这是处在每个对话参加者之外的题目。如果没有第一人称（"我"）和第二人称（"你"），那就必须提供一个**第三者**：围绕这一个第三者对话就可以展开，带有一个这个第三者可以出场的世界。这个对话是用不同的措词来制定的，有一个说话的维度（方向是针对"你"），还有一个参考维度（方向是针对这件事情）。对于伽达默尔来说，这两个维度都是至关重要必不可少的。

对话的中心不在对话参与者的任何一方，而是在于他们谈论的事情。这也设置了前提条件，即一定程度的忘我无私。（这也是伽达默尔最核心的论点之一："语言在本质上是无私的。"）一次对话不以其他为目的，唯一目的就是某种互相"理解"，那么我们从这个角度出发可以把这个对话看作一个有双重首领的纳西索斯自恋情结。这场对话自然的起因应该是出于参与者要搞清楚某些事情的愿望，而这些事情是超出了他们的自我的。

---

① 伽达默尔（Hans-Georg Gadamer，1900 – 2002），德国哲学家，主要以阐释学方面的研究而著称。

根据伽达默尔的看法，对话的发生包括在人们通过问题与回答的一种交换而暴露出事物本质的过程中。这也产生一种经验。其前提是每个单独个体的语言，也是他或她用以参与对话的语言，在对话过程中也会被修正。对话能训练出一种共同的语言状态——或者会失败。也就是说对话要求参与者既有主动性同时又有被动性：既要影响别人，也要让自己被人影响。伽达默尔说，在对话中的理解，不是推出自己，或者是在自己的立场观点范围内取得胜利，而是往某种共性的转变，在这种共性里对话者就不再是原来的自己了。在那种真正对话中设定的是一种逻各斯——因为我们注意到伽达默尔试验使用的是一种规范性的、或许也是乌托邦的概念——而这是超越了所有对话参与者的主体意义的。它们会落在事情的真相之下。对话成为要进入的世界的一个要素：这是活的词汇。（受过哲学教育的读者会注意到海德格尔对语言的理解如何在其弟子伽达默尔的理论中出现。）

要让一个这样的理性中心在对话中建立起来，其前提也是让对话参与者进入到一种"寻求真相"的对话中。真相在这里也可以最贴切地解释为"历史生活的经验"。正如伽达默尔特别指出的，这是有关科学知识控制领域范围之外的一种领会的问题：一种生存的知识，关系到作为人的生存意味着什么，了解那种封装在文学和哲学传统里的生存经验意味着什么。这是一种非常典型的人文理论。对话的知识不是添加剂，而是追求一种有质量的对理解的革命性颠覆，会改变我的"地平线"。（所有这些概念当然都是很有问题的，不过我在此不予讨论。）

伽达默尔对于真正的对话还提出更多的条件。它必须由负责任的主体来执行，这个主体要正直诚实，把"你"也当作有充分价值的主体来对待。它既要求对话者是分开的，又要求一定程度的相似性和兴趣上的共性，可以包容在所讨论的冲突的框架之内。这种情况排除了权力的使用。对话是一种提问与回答的辩证法。为了提出一个真实的问题，你就必须**有意愿知道**：不光是愿意看到对方在我这么说那么说的时候会怎么回答，还要回到所讨论问题本身的方向。比如说，教育方法的问题就是一个非真实的问题。你必须把某种事物设置在不确定中，打开一个提问的方向，在这种方向里一切都是未决定的。这意味着你必须准备好放弃你的出发点。你必须承认回答者话里的有效性：不把它看作一种病症，或者一种策略，或者把讨论变成有关它的因果关系的分析论证。这也是涉及一种长久信仰的问题。你甚至可以说，这是一种巨大的天真幼稚。后面我还要再讨论这个问题。

　　如果我们现在把自己的位置设定在伽达默尔的语言理解和本体论之外，然后提出这样的问题：到底是什么使得对话成为必要，就如一个真相的器官，能够解释那个不通过对话而试图在陈述语句中说出真相的人将会失败？就我的理解，对这个问题的回答就在于言说行动的结构中。词汇总是指向一个迎面而来的理解，要求听众具有一种创造的能力，如此才能引发出内容。对话是一种说话与倾听的合成，不是轮流出现而且按照顺序，而是在同一个瞬间完成。我必须从一个我设想自己所在的他者的位置来听到我自己的词语。因此每次会话都有双重的内在的对话。在对话的说话者之间的距离会被一个试验性的身份辨认来调整修正。这是一个所有人都有过的经验：一种曾经完全是真实的措辞，也在某一情境里提供过所希望的效果，有某一种类型的听众，如果就按照字面来重复，那么它会产生错误，甚至在另一种类型的听众那里成为谎言。清楚的语言之所以清楚，在于你对谁说话是清楚的。但这种清楚永远有一种界限：即使对方谈话的部分可以提供重要的线索，但那个他者的真实反应和理解仍然在实质上对我来说是不可知的部分。只有他或她可以真正听到我说的话，可以充分地在我说的话的内容里注满生命。于是就有了德里达的那句话"我的文本是那个他者的耳朵来签字的"。

这是对话哲学的基础：**倾听者比说话者更有威力。**

伽达默尔在一次谈话中说，理解其实是把语言增强到其实际具有的表述力量。他特别提到了柏拉图的《斐多篇》（*Pheadros*）：那种真正的、非人为操控的修辞学是一种措辞的艺术，帮助那个他者的言论具有更大的尖锐性和力量，从他者的演说中听出这种他没有能力表达出的言论。对于柏拉图的参考，其实我们在伽达默尔的情况下早就可以这么做了。他的全部理论是仿照了柏拉图的对话录——这是显而易见的，他自己也很愿意坦白承认。

柏拉图在以他的名义保留下来的信件的第七封信中明确地写道："只有在那些不同原则——涉及名称、定义、观点和看法等等——在和解的语调中经过艰苦的思考，被反复测试，被互相消耗，在对话中没有勉强而不乐意，只有在这种时候，内省和理性的光芒在任何情况下都会呈现出来，可以达到对人类来说最高的最有可能达到的力量。"这才是对话的信念。不过，信中此处继续说的话也同样有意思："因此也就不会出现这样的事，即一个严肃认真的人会把自己有关真正严肃事物的想法写下来，因而也使得这些想法在一般人中间被人嫉妒，让人尴尬。简言之，由此来看我们应该记取教训，当我们找到某一个立法者涉及法律及其他人写下的文本的书面记录，如果他是一个严肃认真的人，那么这不是他最严肃认真的东西,即使在他那里这些记录也占有一个荣耀的位置。如果他还用最严肃认真的态度来写这样的作品,那么很可能不是神祇而是死人'把他的脑子搞糊涂了'。"

柏拉图在这里设立了他著名的活的语言和书面语之间的矛盾对立,而认同前者的无限能力(正因为如此,口语可以包括在问答的辩证法中)。同时他也给我们留下了许多精心起草的文本,其内容更确切地说也是对话……他用这些词语和文件把我们推入了一个反讽意义的深渊,在这个深渊里两千多年的解释和研究也不能把我们打捞起来。

*

伽达默尔有关对话真实性的概念曾经因为其潜在的文化保守主义倾向而遭到批评哲学代表人物的严厉批评。首先就是尤尔根·哈贝马斯,虽然他也明显依赖伽达默尔的思想,但试图对这种对话活动做一种修正,把它更多地和启蒙传统联系起来。哈贝马斯认为,只有极少数对话情形能摆脱支配者和被支配者的成分。社会里的权力关系越来越不平等,只有在一些幸运的例外情况下才会有平等权力的主体之间的对话。哈贝马斯关于"非强制性交流"(这是他自己用于"真实对话"的术语)的独到见解在于,这是一种"**共识**"观念。对话对于他来说并非全是一种可当作结论过程的知识性道路:在理性基础上抵达民主协议的道路。在他的理想对话中,参与者本来就应该自始至终都要带着纯粹理性来进入讨论,所有非理性的影响都应该加以克制。

也就是说,哈贝马斯认为真正的对话情景不是经常存在的;不过它可以**纠正**,即通过**批评**,通过对那些造成某种虚假和强制共识的权力关系进行批评。

要不然的话，在哈贝马斯那里的"非强制性交流"的条件和伽达默尔为对话设置的条件是非常相似的。对话者不可以把他者看作是病态的或者不诚实的，而是必须把相关的另一方当作一个成熟地思考着的生命体来对待，比如说会有意遵循某些规范。双方都必须能被说服，相信对方努力说真话，他或她说的话就是本意。我们当然知道现实很少会等同于这样的模式，但是——这里哈贝马斯有一种非常有意思的观点——在实践中我们还是常常做出"反事实的"反应，就好像现实就是那样的。如果我们不是必然了解在讨论中的一种理想的对话情形，那我们就不可能区分什么是虚假同意，什么是真实同意，是的，就是给他者说的话写出一种稳定的内容。哈贝马斯用哲学的语言说，理想的对话情境是一种超越性的规范，是它建立语言意义的基础。只要它还作为观念存在，我们就能为一场真正的对话而斗争，在这种对话里语言不应该是压倒对方的工具，也没有任何人能强行把自己的话作为最后结论，或者通过诉诸更高权力来阻挠讨论的结果。

一种这样的乌托邦模式完全可以成为现实，只要对话双方没有一方对另一方具有社会性的权力，而执行如"命令""允许"和"要求清算"等动作的机会也是对称地分配的。哈贝马斯有关对话的理论也暗藏了某种梦想，梦想的是没有支配地位的精英的理想生活形式。要是我们像尼克拉斯·卢曼[①]那样通过提供我们这个社会里那些成功的对话者的形象，即所谓的"辩论公马"，

[①] 尼克拉斯·卢曼（Niklas Luhmann, 1927-1998），德国社会学理论家，社会学系统论创建者之一。

用来对付哈贝马斯，其实也没有多大意义。尽管对话在哈贝马斯那里并没有作为知识形式来呈现，但我们依然可以看到对话在乌托邦的意义上对于知识的追求如何间接地或者"超越性"成为必要的事情，因为它是以真实的交流为前提的。以建立共识为追求的对话是一种方式，启蒙传统借此方式而进入我们社会中理性动机和非理性神话令人困惑的交织状态。

如果我们把现代启蒙哲学和百科全书派狄德罗的对话体小说做比较，我们就能注意到一种巨大的差距。一切都不对头，不论方法或是声调情况都不相符。在狄德罗和拉摩的侄儿的对话中，并没有任何对共识的追求，尽管他们谈论的事情在本质上非常严肃：社会是如何创造出来的，人在这样的社会里应该如何生活。以为通过他们的语言进入一种不属于他们个人的特殊状态，他们就会处于一种共同的真相之中——这是多么奇怪的想法！他们完全不好达成什么协议，而只会作为朋友各奔东西。其对话完成了其他的事情：对他们各自的世界观以及个性做了一种概括全面的展现。小说作为整体可能推出的真相必须用复数形式来书写。这里没有协议。在这部著作开头的时候哲学家是坐在御花园的一条长椅上，各种念头来而复去。同时他也半睁着眼睛看着年轻人糊里糊涂地跟随着那些迷惑人的妓女进入圆柱游廊，而一到那边又被其他女人吸引过去了。这里面的相似性让他突然想到："我的念头就是我的婊子"。

在狄德罗的文本里进行的不仅仅是不同看法之间的一种对话，也是不同感官之间的对话。这个文本相当大部分是对拉摩的侄儿在咖啡馆里即兴表演哑剧的描绘，为的是再现他对巴黎上流社会生活的观察，以及形象说明他自己对于音乐和歌剧的立场。

他是一个天才的模仿者，也是变化多端的大师，不需要面具和道具就能表演戏剧，仅凭他的声音和手势就能呈现整个歌剧院及其保留剧目。作为瑞典人，我们会联想到贝尔曼模仿艺术的描绘和他对瑞典单人歌剧表演的贡献。① 狄德罗属于那些热心倡导带有情节的新型芭蕾舞剧的人，这种芭蕾舞剧也叫哑剧芭蕾。而通过《拉摩的侄儿》狄德罗也创造出了一种哑剧小说。

对于狄德罗来说，充分的完整对话会超出仅仅交换话题的范围。这种对话能呼唤出对话要进入的那种生活。用伽达默尔的话来说，"所谈的事情"在对话参与者面前必须是像生活那样栩栩如生的。对话就如戏剧舞台和热烈讨论的观众席**合二为一**。狄德罗的文本对这种环境提供了生动的洞察，也引发了对人类的新思考，是和**百科全书派**一样激进的思考。如果我们不去考虑把一种社会理论和一部文学杰作做比较总是不公平的，那么在相比之下，哈贝马斯的共识乌托邦就好像很轻薄和抽象，受到了他的普世性要求的限制。不是这样吗？

如果理性在本质上是放诸四海皆准的，那么狄德罗就可能同意哈贝马斯的观点，即真理对于所有人都是有效的。不过，在日常生活中又如何应用真理呢？当理性低落到了咖啡馆的桌子和歌剧院包厢的水平，其一致性就会在一大堆杂七杂八的角度和可能性中间分崩离析，而这种角度和可能性并非显而易见就可以证明或者否认。尽管哈贝马斯的立场是现代的也是实用性的，但他是作为一个光的寻求者出现的，而狄德罗则是寻求用光来照明，也

---

① 贝尔曼（Carl Michael Bellman, 1740–1795），瑞典著名诗人、歌曲作者和表演艺术家，影响从18世纪流传至今。

就是说是作为这两个人中更形而上学的人出现的。

狄德罗和文艺复兴的人文主义者培养起来的对话自由有一种亲缘关系。正如俄罗斯思想史家巴赫金已经说明的，文艺复兴时著名的"充分矛盾论"的成立主要是通过为所有可考虑的立场和观点做辩护的习惯方式，为的是让所讨论的问题更加丰富。他们把迥然不同的立场看作互相依存的条件，是有必要的，在某种角度也看是同样合法，同样有道理的，因此都不是有最终决定性的。各个观点是针对一个真理的基础来演示，无法得出任何结论：因为存在是没有穷尽的。当对话参与者都带着各自措辞恰当的恳求进入为不同系统或者观点而展开的斗争的时候，在文本里占据了合论位置的就常常只是一种立论和驳论的照明，一种可以进一步引向其他论点的变形。

在书写下来的文艺复兴对话文本里的对话，有的地方让人想到经院哲学的那种答辩，不过辩论的技巧已经有了一种新的功能。这是由于文艺复兴是以一种与现代文化完全不同的方式来达到思想自由，比如说与哈贝马斯提供表述的现代文化就是不同的。文艺复兴那些人文主义者**不拒绝**权威性，而是让权威性**多元化**：也许这是一种更有效的方式，以避免理性主义的反教条。这种反教条虽然破坏了旧的教条，但经常也会不幸地成为其反面的镜像。在那些阴凉的花园进行的耐心对话中，他们会把整个文化传统都投入进去，而这个传统又可以包容一切，从愤世嫉俗的唯物主义到宗教意味的神秘性全都囊括进来，其取材既来自东方也来自西方，既有异教也有基督教。这些人文主义者把**所有**资源都看作是值得尊敬的，由此他们达到了一种让人惊叹的行动自由。

*

言说并不会成为一个真空,而是从一个场所以及这个场所提供的条件出发。在进行对话的同时,我们也有理由对两个有本质区别的场所进行反思,因为这两个场所已经产生了两种互相矛盾的运用语言的方式:一个地方是人民团体,而另一个地方是招待客人的宴会。唐纳德·布罗迪在发表于《权杖》(Skeptron,原为希腊语)的一篇论文中特别研究了权杖的作用。权杖作为一种古老的象征物,不仅表示权力的使用,也表示言说的权力,做出合法判决的权力。在荷马史诗《伊利亚特》和《奥德赛》里我们可以看到"权杖"这个词经常出现,每次有什么王公贵族从自己同类地位的人中间站出来说话,提出问题恳求大家重视的时候都会提到它。在《奥德赛》里最有力度的场景之一就是奥德修斯的儿子忒勒玛科斯在女神雅典娜的建议下第一次登上了伊萨卡的议会厅,抓住了权杖来抱怨那些求婚者的表现。根据他所在社会的概念,他就在这个瞬间成为一个成年人,已经可以参与父亲遗产继承的斗争了。比如说他现在就有权力来让他母亲沉默不语。言说者的权杖不是随便什么人都可以去触碰的。如果有什么人要说话,又并不属于他需要获得信任的这些人的圈子,那么他可能受到这些人用权杖进行的刑罚,被迫沉默下来。荷马史诗里有多处提到这种情况。

权杖象征了有权威性的词语。我们还有其后继者,在直接下降到我们今天这个时代的系列中出现于专家的头衔。所有头衔都表现了形式上的能力,可以给某些人类的词汇提供占上风的重量,剥夺其他人说的话的有效性,正是出身于权杖。布罗迪在论文中详细说明了那些欧洲大学如何接管了权杖的象征性以及与之捆绑在一起的关于合法言论权力的全部思考。权杖的词语在本质上是反对话的。

不过在语言里，至少还有其他的传统——正是在这个传统里唤醒了对话。其起源是饮酒的法则。一种古代的风俗习惯记录并规定了在贵族男士酒桌旁的范围广泛的言论自由。主人必须容忍邀请来的客人说话，甚至客人讽刺嘲弄也得容忍。在招待客人的宴席上可以用自由语言（可比较希腊语"παρρησα"或"Parrhesia"，既可指言论自由，也可指说粗话）。这种风俗习惯在我们自己这个纬度的地方也并非不为人知，在古代北欧文学里就能让人瞥见其存在。特格内尔在"弗利索夫朝见指环王"里就抓住了这种想法，他让陌生人弗利索夫坐在餐桌边，当着国王的面肆无忌惮地说话：

但是国王笑着说："你的发言完全是大胆放肆，
不过，在北欧国王的厅堂里词语是自由的。
王后，用牛角杯给他灌酒，用你有的最好的葡萄酒，
这个陌生人，我希望，冬天里来做我们的客人。"①

在古代文学中也有很粗野和带讽刺挖苦的对话文本，特别是那些用琉善的名义发表的文本，和柏拉图的传统相去甚远。巴赫金认为琉善部分地把饮酒法则以及农神节盛宴的言论自由发展成了文学形式。他的对话文本在某些地方非常真实地描绘了那些真

---

① 特格内尔（Esaias Tegnér, 1782-1846），瑞典浪漫文学时期的重要诗人，1818年被选为瑞典学院院士。此处引文出自其代表诗作《弗利索夫的传说》。

正猪狗一般的饕餮飨宴。①

在某种程度上，在饮酒碰杯和密室墙壁之间悄悄私语中说出的词可以转移到其他地方。在现代社会里咖啡馆接替了同样的作用（比如说在《拉摩的侄儿》里我们是在巴黎著名的勒让咖啡馆遇到狄德罗和拉摩）。这种无政府主义和对人毫无敬意的对话艺术的一条脉络可以从那里一直引导到我们自己的公众性。那种使得一场现代观念争论，例如在报纸文化版上进行的那种争论，让人如此困惑的原因，是这种争论被打上了这**两种**地方和两种传统的印记。当某些参与争论的人出场时就像好斗而思想敏捷能把人一眼看穿的嘲弄人的能手，手里还拿着想象出来的酒坛子，另外一些参与者怒气冲天地用同样想象出来的权杖把前者打倒在地。其结果可能会非常有趣。关注这种争论文章的读者应该观察到这些文本里是否散布了各种标记——名字、概念、转折等等——其目的就是要宣称自己占优势的资格和能力，剥夺对手作为有充分价值的对话伙伴而发挥作用的权力。对于权杖的持有者来说，在每次意义交换时的基本问题是这样的：谁是对话的**合法**参与者？但是，如此的形式上的能力表现是与对话本质对立的一个敌人。他其实更是属于一种行业公会。

对话的地点总是具有"避难所"的特征——暴力、权力运

---

① 琉善（Lukianos，希腊语 Λουκιανς，约 120-180），生于今叙利亚地区但用希腊语写作的罗马帝国时期的讽刺作家，著有对话集多部。巴赫金（Michail Bachtin，俄语 Михаил Михайлович Бахтин，1895-1975），俄罗斯社会语言学家和文学史家。农神节（拉丁语：Saturnalia），古罗马帝国时期每年年底祭祀农神庆祝丰收的大型节日（在 12 月 17 日至 24 日左右）。有历史学家认为罗马帝国基督教化之后农神节演变成圣诞节。

用、官职的职权等等，都必须从这里排除。也许我们可以从文艺复兴时期的对话对经院哲学答辩技巧的利用中学习到一点东西：它是出自权杖的世界，但是人们又改变了它。没有任何高级的对话可以不需要这种类型的知识，是只有专家才能企及的知识。如果对话不愿意停留在业余水准就需要这种知识。从某种角度来看，对话必须保留专家的知识，不过要过滤掉专家的角色。一根好雪茄你可以喜欢，思想上是考虑到我们这类社会里象征性的资本聚敛和竞争手段的知识收集特点。不过，这正是狄德罗和卢梭这样的启蒙主义者成功地做到了的事情。各种传统之间的调解也许无论如何是有必要的。权杖提供了持续性、稳定性、一种学习的可能性，以及某些可以让你反抗的事情。即使通过自由的词语而达到的权威性最终也会成为一种权杖。也许每个有生命活力的知识分子环境都是上述两种原则的结合物。

*

正如我们已经看到的，对话可以被视为启蒙的一个前提条件，在这个意义上词语才会被接受。不过，对话也包含了同样多的启蒙的界限。为了找到"我"和"你"之间对话的一种更激进的、较少和谐化的角度，我们必须走在广义的柏拉图传统中的对话之外。广义的柏拉图传统几乎包容了西方哲学的全部。只有通过犹太传统我们才得到了某种替代方案，而它现在的最杰出代表人物之一就是伊曼努尔·列维纳斯。[1]

---

[1] 伊曼努尔·列维纳斯（Emmanuel Lévinas, 1906 – 1995），生于立陶宛后移民至法国的犹太族哲学家。

列维纳斯1906年生于立陶宛的卡乌纳斯,但一生大部分时间是在法国生活。毫无疑问,他的工作对于近几十年法国知识界争论的伦理学转向有很大意义。

列维纳斯认为,与"你"的关系不能只局限于知识领域之内。因为在知识活动中客体被吸收进了主体,两元性就消失了。它也不可能是狂喜,因为在狂喜中主体就上升到了客体中,和客体合二为一。这两种情况的结果都是合为一体,或者是另一方完全消失。

光明、清晰性、思考能力等把所有的经验都归还到一种回忆的元素中。理性是很孤独的。在这种意义上知识在这个世界上从来不会与什么真正**别样**的东西相遇。(列维纳斯认为,是在理想主义里存在的真理的程度。)

但是,在痛苦的体验中,"我"会和某些未知的事情连接在一起,而这是无法用光明和知识来翻译的事情:死亡。"死亡是某种未知的事情,这意味着和死亡的关系从来不可能在光明中占据什么位置;主体和某些不是来自自我的事情有了关联。我们可以说这是和神秘性的关联。死亡通过遭受痛苦来预告:这其实是主体的被动性的一种体验。我不能不考虑我遭受的痛苦,我已经被这痛苦征服。相反,在知识中所有明显的被动性面对这个世界都会通过光明的中介成为一种主动性:通过概念来取得这个世界的所有权。"(死亡的实现因此也成为理想主义的——而且我们还可以翻译为:启蒙了的对话的界限。)

不过列维纳斯也愿意展示,另外还有一种与他者的关联,在这种关联里自我可以克服和避开毁灭。这就是和其他人的会面。这个其他人当然不是像死亡那样属于未知的事情,但是不可知:

"和这个他者的关系不是田园诗般和谐美好的交往,不是一种同情,我们通过这种同情占据她的位置,承认她和我们自己一样不过是外在的;与这个他者的关系是一种与神秘性的关系。"

如果我们可以言说和把握这个他者,并把这个他者概念化,那么这就不是什么他者了。这样的处理类型其实还是权力的表现。而真正的他者会躲避开我的权力,由此而显出自己的特性。

从柏拉图那里开始,我们寻求过一种社会**联合**的理想。集体性、共同体,应该吞没掉内容里的异化或陌生性。一个群体应该肩并肩地转向思想的太阳。针对这种理想列维纳斯也为面对面的关系做了辩护。

唯一具有理性的和实事求是的对话对于列维纳斯来说其实是一种**独白**。"构成了'思想交换'的那些问题和回答也同样可以在一种单独的意识范围内进行。"(正如我们已注明的,《拉摩的侄儿》里的对话基本上也是如此。)

问题其实是人性的自我处在那些分类之外,而知识用这些分类来理解把握世界:变量/恒量、存在/毁灭等等,没错,就是对于能区别事物性能的想法本身。"自我识别自己的身份,而不依赖什么特定的突出的性能,它可以把自我和他者区分开,而在他者那里也能辨认出自我本身。因为'纯粹的自我',不同的自我,正是不可能区分开的。不可区分的特性不能降低为在'内容'里的一种差别。所以一个自我和一个其他人的自我之间的关系并不是生命体在某个世界中的统合,而这个世界是通过知识创造出来的,是我们在想法和同步化中找到的。"

对话的目标就是要达到一种关系,如果我们可以在一个瞬间利用一个新柏拉图主义的术语,那这个关系不是和那个形式上的自我的关系,而是和那个形式构成本身的关系。一个人类的身份是无法拿来进行表述的。

这个面容呼唤**另一种**面容的接近,而不是涉及在世界上统合不同现象的一种合成中的接近。列维纳斯认为,这支配着一种更古老而且也比知识或者经验更有意识的思维。"手足之情、指控和我的责任等等,都在同时代性之前,在我自己身上的自由之前就先到来了,出自一种非常古老的、不可想象的过去,也是先于在我自己身上存在的每一个开始,先于每一个现在。"

因此,这个问题的性质已经不是像在伽达默尔那里一样去"编写出"这个思想。它是要"打破"这个思想,用的手段就是对那个他者的一声召唤,一个呼喊。对于列维纳斯来说,这会引向一个具有强烈伦理印记的神学。在人类同胞的面容上显示出来的就是神。不过,即使我们疏忽了跟随神的脚步,列维纳斯的批评已经把对话推进到了一个新的境界,一个在现象学意义上的意向性之外的境界,也是超越了目标只对准对话里一件可知"事情"的局限,也就是超越了启蒙。只有言语的维度还存在。列维纳斯考虑到的那种在"我"和"你"之间的交换也和**共识**没有任何关系。在某种程度上,"我"和"你"之间的会面是在语言之外进行的;它可能被拉进了语言中,但是从一个更有初始性的地区。

权杖的词语和客人的词语在很大程度上都是为男人所用的。希腊的对话传统是那些有大量时间来对话的男人来构成的。而18世纪的启蒙者圈子在这方面只有微不足道的差别。在列维纳斯这里显然是男人和女人都包括了。他用于和那个他者合作的模式是爱情。

对话是从那个他者眼中深不见底的特性出发的，不过也在那里找到了自己沉默不语的理由，承认了自己的无能为力。有两种现实各自站在一条褶皱的一边，互相对立，而这条褶皱是永远不能抚平的（面容就是这条褶皱）。不过人的目光是可以跨越这条褶皱的。愿意更深入到这个对话之外的对话中去的人不会从哲学那里收获到什么，不过可以查看一下比如说艾克洛夫的诗《进入地下的指路牌》的中间一段：

我们之间两次眉目传情，好奇的
也是惊讶的，如两个世界，由一种爱情组成
过于大所以不能完成：
梦的瞬间，或是记忆的瞬间，没有接触
没有一个问候，只用目光——是只鸟！

全然没有经验的人新生的经验
和那个全然的经验同样的大

言之父何在？ 文之母何在？

对于修辞学家来说一切话语都是权力的运用，而语言是一种正在进行的说服人的活动，为了说服人用一种既定方式来看待现实。尼采大致上就是这么理解文化的，而在近几年修辞学家获得的复兴毫无疑问在尼采身上找到了一个充满意义的启发者。

就和所有多疑偏执的看法一样，尼采注定要遇到绝对的证明。在原则上，只要我们这么希望的话，每个文本都可以看成一种在读者那里引发某类反应的策略。修辞的分析让我们全面观察到文本的**可以测量的**性能。不过，文本在修辞学家的地平线之外还继续存在。现在已经不再是一种行动，而是一片不同可能性的场地。修辞学家最有意思的事情也许是那条边界，在这条边界上修辞学家就失去了对文学的把握。那么什么是非修辞的文本呢？

在古典的修辞学里，至少在欧洲一直到 19 世纪初还在传授的那种修辞学里，演说家被当作一个群体或者一种社会利益的代表。说话就是**站在某种人一边**表达意见，而且也是让自己转向**一个社会生物的集合体**。古典的谈话受话者是以第二人称复数形式出现的，而在发话者"我"的后面总是闪现出一个"我们"。单独隔离的个人在这种系统里没有位置,不论这个人是发话者还是受话者。

前浪漫派时期诗歌表达的个人化导致了经院派修辞学家地位的决定性的削弱。虽然修辞设想继续在很多文学作品的创作中留下深刻印记,古典的比兴手段依然与这种想法一起翩翩起舞,但是修辞学家本以为理所当然的沟通模式不再适用了。

让我们举出一个明显的细节:古典演说的起首部分(exordium),其任务是把不同的听众集合起来,成为一个对演说传递的信号做出集体反应的群体。重要的是所有的人要同时发笑或同时喝倒彩,修辞表现的目的不是让人分裂的争论,而是把人合在一起欢呼。一个人被说服,就好像和并入一个被说服的共同体是一码事。相反,浪漫派的诗歌作品是以到达一个读者为前提的,这个读者是在沉思静默的孤独状态里读取所写下的文本内容。读者觉得自己单独和作家在一起,这成为一种价值——"这里没有别人只有你和我"(Il n'y a que vous et moi),正是瓦雷里对司汤达著作中的表达的说明。这是一种亲密的表达,对于一个"你"的询问可能只是一个自我的镜像。由有倾向性的独特读者组成的公众期待着作家说他是作为一个独一无二的(也是天才的)生物在表达自己,最好和普通的人性还有一点点距离。

那么这是否只不过是一种新的修辞学,对接受者施加影响的新手段,目的还是把他们合并成一个共同体,就算是那种正式成立了也看不见的共同体?这个问题还会引出另一个对应的问题:哪些接受者?浪漫派作家的读者圈子是由匿名的喜欢隐居独处的人组成的,和古典派的读者公众相比,要不确定得多。有时浪漫派作家会不得不接受这样的看法,即那群理解他的读者只存在于遥远的未来。司汤达就预计自己到19世纪80年代才首次被理解,而他也对20世纪30年代的读者公众挥手致意。接受者成为文本的不可言传的乌托邦。其结果可想而知,接受者对作者的写作能施加的压力明显小得多,远小于过去那种具体的读者群体对演说者施加的压力,或者那些有教养的世界对前现代诗人施加的压力。现代主义的作家更是把文学当作观念来认同,而不是去认同什么特殊的读者公众。这意味着在人际交流中的一次中断。文学的文本在激进的意义上可以说是指向所有人,也是不指向任何人,不会把任何人称作"你"。

这样的一种变动的前提在从演说到文本的过渡中就可以找到。但是书写下来的文学在其历史的大部分时间里依然还是非常依赖于修辞的榜样和原则,也许是因为传递诗歌作品的规范方式长久以来就是在一个有兴趣的听众圈子里高声朗诵。或许也是因为演说艺术具有角色扮演色彩,具有代表性的权利概念以及其与仪式性情景的紧密关联,长久以来就提供了一种现实社会关系的具体图像。

如果允许我运用修辞文本作为文学创作的名称,它还继续分享交流演说的很多性能,那么这样一种修辞文本的突出之处就是承担了一种特别责任,它不涉及这个文本的作用,而是涉及文本的质量和内容。在文学里,权威是体现在杰作中的。作家通过彰显他对这种艺术的掌握,创造出对这个文本的信任。在修辞学管辖范围内的那些体裁是可以辨认出来的,因为它们"写得好":这些体裁包括现实主义的规范长篇小说、应用文和某些类型的戏剧剧本等等。相反,当涉及贝克特这一类作家时,谈论有关"这种仔细周到的风格"就会非常不可思议,如果说这个作家完美表达了他的思想,就纯粹是一种羞辱了。我们知道他的指路明灯失败了。

"可信性"(希腊语 Πστις,一般西语 Pistis)是修辞学的中心概念。那个在听众眼里牢靠可信的人,几乎不需要在乎什么演说艺术的规则。几个简单的词就可以把事情完满做好。作为艺术的修辞学其实是为了修复可信性方面的弱点或者损伤。

在克尔凯郭尔的论文《危机以及一个女演员生活中的危机》中有一段对卖艺人露森希尔德的分析。尽管他做的事情无非就是取乐逗笑,不是说服人,但教我们知道了演说家的权威是如何确立的。

> 正确的取乐逗笑好像……首先是让听众安静下来,这也许避开了大多数人的注意,他们的意思是取乐逗笑好像是刺激人的,只涉及那种不当真的取乐逗笑或者一种皮毛的取乐逗笑。让我们用一个幽默故事一个笑话来举例子吧。当你在某个晚上看到露森希尔德进入舞台,就好像是从无限中直接跑出来的,带着这种无限的速度,像是所有笑话的精灵附体,当你在第一眼看到他的时候马上就无条件地对自己说"是啊是啊,今天晚上他把这座房子的人全给镇住了":这时你就会感到说不出的安宁。你就会真的松口气,平安无事。你自己坐得很舒适,就好像是一个打算很长时间用同样姿势坐着的人。你差不多在后悔了,因为你自己没带什么吃的,因为这么稳当而且这么有保障就应该多坐一点时间的,这种稳当会说服你保持安定,这种保障是如此巨大甚至会让你忘记这不过是剧院里的一个小时的说话而已。当你笑了又笑,

在完全安定中也参与了对于这个笑话的取乐逗笑的喝彩,同时你一直会感觉到很安宁,无法形容地心悦诚服,就好像被那种绝对的保障催眠而进入睡眠状态,因为他的笑话给一个人留下了印象,这种情况能持续多久就会持续多久。相反,如果一个当场表演的喜剧演员不能首先做到让人绝对安静,如果他在观众那里还留下了一点点对他的笑话会达到的效果的焦虑不安:那么这种娱乐享受基本上就算失败了。我们习惯于说一个喜剧演员必须能够让观众发笑。也许更准确地说他首先必须给大家提供绝对的安宁,那么笑声就会不请自来。因为纯粹的笑是发自内心的笑。这种笑不是通过刺激引发的,而正是通过让人安定而发笑。同样的情况也适用于取乐逗笑:它首先必须通过一种绝对有保障的安全感来达到安定,也就是说,如果这种保障在一种表演中真的是存在的,那么它首先是会让人绝对安静下来的。就是在这样的安宁中,被这样绝对有保障和稳当的感觉说服,这些观众就会交出武器来——进入到取乐逗笑的状态中。看吧,这里我们就会再次看到:取乐逗笑和稳当的感觉看来是一种奇妙的结合,说到取乐逗笑,说它是稳当的,是一种奇妙的表达方式,同样也是正确的,只是一种开玩笑的新说法,因为稳当的取乐逗笑就是开玩笑。[1]

---

[1] 克尔凯郭尔(Søren Kierkegaard,1813-1855),丹麦哲学家,存在主义哲学奠基人之一。论文《危机以及一个女演员生活中的危机》("Krisen og en krise i en skuespillerindes liv")发表于1848年。

以相应的方式，演说艺术中的可行性与其说是既定论据的性质，不如说是一种能制造安全感的对能力的印象，也是给人承担责任的印象。这意味着演说和交流性质的书写依赖于一种父爱般仁慈的准则——声音里的保护人的微笑。

对于现代文学来说这是有问题的。现代文学参与了一种文化范围内的针对权威信仰的反抗，而且还常常有心理学方面反父权类型的投入。早在克尔凯郭尔那里其父子关系就已经是非常复杂的，发展出一种非直接交流的系统，在这种系统里他不是树立一种权威性的作家地位，而是相反，隐藏到虚假名字和角色的背后。在他的哲学里的路线很少是一条直线的证据链，它是一条断裂的、弯曲的轨道。其结果转变成了一种辩证的游戏，就好像如果读者不愿意发现自己被反讽所打败而出场，那么重新建构文本就成了他自己的事情。

古典的演说艺术并不要求在科学意义上的严格证据，不过，一种逻辑结果正确性的印象，一个清楚的纲要，这些条件看来还是必要的，也是长久以来就适用于诗歌作品的一条要求。但是，浪漫派已经明确的事情之一就是文学并不要承受意义，那种自己会组织成一种论据性质的语境的意义。相反，文学把自己的避难所带入到了叙事、变奏、戏剧场景、首字重复法等手法中，要不然就是完全投入到自由的关联中。法国文学理论家莫里斯·布朗肖在《无限的访谈》中曾经写到过对于文学创作中的逻辑结果正确性的抵抗：

> 诗歌和文学不容许事先确立而且作为唯一有逻辑性的上下文语境呈现的一种意义或者意义完整性固定不变。叙事在

其最广大的意义上是一种持续不断言说的方式,同时也拒绝一种方法上发展起来言说的持续性:我们把一个事件和另一个事件加起来就很满意了;要做的只是把这些事件组织成一个故事,或者围绕一个人物,或者围绕一个"观念",悄悄地重新恢复一种持续不断发展中的那些基本特色,一种时间顺序上的线性发展。所有当代的文学方向都可以看作对发展手段的拒绝,即使在作家强行使用一种值得钦佩的过量的大规模和包容一切的持续性的时候也是如此。写作而不要发展。一种首先被诗歌所承认的运动。①

为了创造出一种任何东西"跟随"什么另外的东西的文本,20世纪的散文好像是不得不破坏了修辞的结构,而且也对史诗的叙事提出了质疑。

而它依然还是作为作品而成立了。因为在一个文学文本里最基本的单元不是任何主题性的成分,是第二人称依然保持完整,就像一个没有照亮的身体,所有的说法和表述都朝着它被吸引过去。即使在最碎片化的形式里也是这种情况。现代主义文本经常会显露出和精神病言论的相似性,不过这个文本的表述方向始终是稳定的和"健康的",而有精神分裂症的人不可控制地在句子和句子间转换受话者也是很平常的。

在现代文学里可信性为了一个在全部理性之外的"你"而被制度化了,"你"是一个想象出来的听众,会继续寻找上下文语

---

① 莫里斯·布朗肖(Maurice Blanchot, 1907 - 2003),法国作家、哲学家和文学理论家。《无限的访谈》(*L'Entretien infini*),巴黎1969年版第625页。

境和内容，即使在这个文本成为碎片和赫尔墨斯主义的时候也是如此。这个炸碎了的形式的艺术家相信，接受者会把碎片收集起来，就和一个叛逆的少年相信妈妈会把自己四处乱扔的东西收拾起来一样。

让我们这么说吧，在一个超现实主义文本里，如果我们没有注意到言说的功能，就会很容易过分强调不确定要素和分裂。主体在自由插入的声音里被分解了，不过第二人称不受这种无政府主义状态的影响，而是接过了把文本的不同位置联结在一起的责任。也可以说这是读者在阻止文本变得狂乱。

在图画艺术里有一个可以比较的现象，也就是在艺术家和观看图画的观察者之间的关系变化，它是与观念主义一起发生的。这不再是可以观看到的作品，是观众目光捕捉住的图画，而是观念或者对观念的戏仿。这个作品使得自己依赖于观众的评论。在某种意义上，它是在被人解释的时候才获得了完整性。这与古典绘画的情况正好是相对的，古典绘画里艺术家计算图画的成分，这样图画才可以产生一种确定的体验。

极少创作者还愿意继续对一种意义承担责任。修辞的位置已经被评论家接管。批评家得以作为对作品充分意义的代理保证人而进入，不过同时这也属于这种游戏，在这个作品的费解做比较中把所有的解释都看作为不足够的，对作品的内容发表意见的那个人总是会让自己变得可笑，虽然还是用一种让人可以尊敬的方式。艺术家因此只是表面上放弃了他的权威性，或者更准确地说：艺术家拒绝用一种同时防止别人来占据那个权威性位置的方式来自己占据这个位置。这是在文学现代性里对于父亲角色的逃避。这就不再能让人用得上可信赖的安定的。

不过，读者难道不能在摆脱修辞学的道路上追随诗人吗？什么又是非修辞性的阅读呢？有这样的作家，在他们的作品里，通过他们的文本阻止所有的重构而预见到这种非修辞性的阅读，这不是通过破坏文本——因为那只会促成解释者的母性一般的直觉——而是通过引诱，通过把读者也带入一种文本的波浪里，在这样的波浪里文本的每一页既是第一页也是最后一页。这些作家要求一种特殊的阅读，可以**放得开**，不再把文本当作一种可以控制的物体（乔伊斯、布朗肖、阿尔诺、施密特等等）。

不过，如果这种摆脱修辞学的最终有效的解放真的发生了，这也永远不会被总结和说明解释。它是处在批评家和评论家可以达到的范围之外的。非修辞性的阅读是一种乌托邦。某些文本极端主义的牢笼。他们让我们不安，因为他们根本不理会意识的局限性。

但是在可以想到的事物的界线内部，一切都依然不变，和过去一样。或者演说人是公众的父亲，或者读者是文本的母亲：请看那部文学词语的家庭戏剧吧！

文学研究者为谁写作?

> 我们的少数
>
> 客户至少会读
>
> ——W·H·奥登[1]

当有人对我说话或者给我写信,我必须用相反形式来接收所说所写的话。比如当有人在电话里说:"我到处找你,你在哪里啊?"这里说的"我"我必须想到的是"你,说话者";这里说的"你"我必须想到的是"我,说话者说话的对象"。这是两极的反转,对于语言交流来说是特别独特的。

用一个文学文本来分析,情况就不一样了。如果我在一首诗里读到这样的句子:"我在这世界里只看到你",我不把我放进句子中"你"的那个位置,而是放进句子中"我"的位置。我接管了那个说话者的视角,但其实依然还是说话者说话的对象。我是

---

[1] 奥登(W. H. Auden, 1907-1973),英国诗人,后加入美国籍。

作为某个表述的接收人出现的,而这个表述本来并不针对我,而是文学中独特的他者变形。实际上这是一个在语法系统里缺少地方的位置——是在通常的三种人称之外的另一种人称。这个位置在书写中有一个相应的第一人称的变化作为前提。只要词语是自身事物中的谈话,在这个声音里就会有些什么是听不到的。文学的文本会让别人来说。

如果我们这么来看一封信,它曾一度寄给一个真正的收信人,而现在已经成为文学,那么我们就能最清楚地看到文学语言应用和日常交流语言应用之间的这种差别。当我在一百八十年之后来阅读贝蒂娜·布伦塔诺写给她不幸的女朋友卡洛琳娜·冯·君特鲁德的那些便条,它们已经不再是要求一种对应行为的行为,比如要求在下一次会面或类似情况下的一个回答、一项处理措施、一个微笑或者一个指责。我带着深切同感来进一步接触这个文本,盼望着听到贝蒂娜捉弄人的不可抗拒的说话声,但这并不意味着我要变成一次交换的某个部分。我没有任何前提条件来扮演卡洛琳娜的角色,而且要是我能成功扮演这个角色,那么贝蒂娜·布伦塔诺的书信体小说《君特鲁德》在被当作文学文本来消灭的那个瞬间也就成了一大包怪诞的被推迟送达的邮件,那么,其中的大部分就没有意义了。[①] 当我把这些信件当作文学文本来阅读的时候,我就不是这个角色,而是一个影子一样的第三者了,必须在它内部既建立发信人也建立收信人,因此并非是要

[①] 贝蒂娜·布伦塔诺(Bettina Brentano, 1785 – 1859),婚后又名贝蒂娜·冯·阿尔尼姆(Bettina von Arnim),德国浪漫派女作家,此处提到的小说《君特鲁德》(*Die Günderode*)发表于 1840 年。

给"接收者"。发信人收信人这两个位置都是开放的,这也是一个镜像,反映作者有可能写信给一个"你",而这个"你"其实也是她自身的一部分。也许我们可以把这个叫做绝对的收信人。①这是一个从来不能表述的你/我,但是可以防止文学作品崩溃。

和其他语言文件(个别病态表现的除外)不同,诗歌作品对于它关系到谁缺少确定的指示。或者说,如果有这样一种说明,例如在歌德的《少年维特之烦恼》开头的那句"你善良的灵魂会感到和他一样的渴望",那么这是有关一种风格特点的问题而不是关系到哪个收信人。这个文学文本是对所有人说话,不是对某个特殊的人说话,或者更应该说,这个文本在其最激进的形式中是对我们内心的那个人说话,而这个人叫做"无人"。

相对来说,批评性的和文学知识性的文本会把我作为读者放在一个界限非常清楚的情境中。我不会在任何时刻体会到我是个批评家或者研究文学的人,是那个转过身来对着我说话的人。"我"和"你"之间在语言里的反转在正常程度中会发生。与文学文本正好对立,一篇文学知识性的论文或者一篇文学批评文章在原则上是可以交流的。这就解释了那些规定这些体裁的责任和义务的那些严格限制。我们不会接受随便什么人或者随便什么语境中都可以来制订这些限制。我们期待的是作者会遵守那些语言的合作规则,一种我们不再认为我们自己有权力去对纯文学作家提出的要求。在文学里,但也只有在文学里,一个麻雀可以看起

---

① 巴赫金把这个位置叫做"事后收信人"(俄语 nadadresat,瑞典语 efteradressat),请看看其论文《问题文本》("Problema teksta"),刊载于《文学的问题》(*Voprosy Literatury*)1976 年第 10 期第 149 页。

来是随便什么样子——只要它还会飞就行。

对于诗人来说，公众（读者）是一种假设，自己的创作一占据了优势，公众就失去了意义。对于文学研究者和批评家来说，恰恰相反，公众（读者）是一种很迫切的修辞现实，是从来不允许写作者忘记的。文学文本可以一直等待可读性的瞬间出现，随便等多长时间都行。可读性总是依然在前来的路上，而它总也到达不了，总是在前行。文学知识性或者批评性的文本如果真要表达什么意义，那么必须在它自己的时间内产生作用。它是从某一个知识情境中出发的，是从某些批评的实力关系出发的，这些情境和关系会相当迅速地发生变化，那时就有了一种危险，会使得观察和理论都成了外来物。批评性文本经常可能被认为是不能自己存活流传后世的（有几个非常精彩的例外，比如亚里斯多德的《诗学》、施莱格尔的碎片写作文字以及尼采的《悲剧的诞生》等是这种"经常可能"的条件）。它所建立的视角，它所建立的价值评定，它产生的理解，当然都可以继续存在而成为文学的一部分——但只是因为批评家通过那个瞬间的说话，可以把作品变成一个事件。如果在发表时没有被读过，在一百年后被人发现，那么这种评论性文本至多有一种满足好奇心的意义。

在文学里，主体是一种文本建立的世界的功能。它不是通过占据一种决定的社会位置而识别出来，这也是和交流秩序有距离的又一个证明。文学研究者做的事情正好相反，他是在他作为一个研究团体成员写下的文本里表达自己——否则的话他的写作体裁就是无法执行的。在他自称的"我"的背后，有一个明显可见的"我们"，这个"我们"有时候是很不情愿在主要用第一人称单数的形式中表达自己的。用罗兰·巴特的术语来说，研究者的

"我"从来不是"不可言喻的"①,从来不会传播到用面具和语调玩弄的一种游戏,用那种也许对于文学的存在有必要的方式。相反,这个主体有其自己清楚的位置,没错,甚至是其职位。这并不妨碍文学的研究依然是一种深刻的主观性体裁:其主观性只是另一种的,不是文学文本的。文学文本的主观性也许都完全不值得叫做主观性(因为其主观性严格来看是一种文学不熟悉的集体客观性要求的一种辩证产物)。对于文学研究性文本的评判标准是一种与之前的研究进行对话的愿望。这种愿望是要在一种更概括包容的知识语境里安排自己的研究结果,而一个诗人是从来不会落入如此语境的。

但是,一种只是专家之间内部交流的文学研究显然是没有意义的,或者说,在任何情况下都说明不了什么。在过去几十年里学术性的研究越来越孤立独行与世隔绝,使我们变得盲目,看不到这种活动最终是完全依靠文学生命的,因此也是依靠那些自愿的读者,真正的公众的。

公众依然在响应,至少还通过购买行为在响应,在涉及那些体裁的时候,即那些研究者的产品可以与小说比邻,也就是文学史和作家传记,这点是很清楚的。这些产品在最近几年获得了令人吃惊的增长。如果我们没有注意到这点,那么出版社的市场营销负责人可以就这件事对我们做点启蒙。就在有人宣告有文化教养的公众在瑞典已经消亡的时候,博涅什出版社出版由伦鲁特和

---

① 有关罗兰·巴特(Roland Barthes,1915 - 1980)的"不可言喻的(atopiskt)"概念涉及古希腊哲学中的"不可言性"(英语 atopy,希腊语 ατοπα)。可参考巴特著作《恋人絮语》(*Fragments d'un discours amoureux*,1977)。——译者注

德尔布兰克编辑的《瑞典文学全集》销售了两万多套。而舒克和瓦尔伯格合著的经典作品《普通文学史》影印版本的销售记录虽然低一点，但也是难能可贵的数字。有一部关于穆阿·马丁松的博士论文最近销售了五六千本，这是为数不多的瑞典小说才能达到的销售数字。[1] 在国际上，作家传记现在成了前所未有的热门业务，为其出产者带来了巨大收益，远远高于大多数小说作家能指望的数字。

对于这种文学景气图景的原因还难以表述。旧式的文学修养也许在一段衰落时期之后重新获得了威望。在文学衰落时期，替代性文化资本是建立在电影、爵士乐、摇滚音乐、侦探小说和电视剧等之上的，它们的推出经过了一段短期的胜利，然后风化腐蚀而毁坏。我们可以对心理学的解释加以把玩。那种细节丰富的文学传记以其几乎毫无例外的自我辩护姿态成了一种现代的圣人传奇，在这种著作里可以通过对伟大作家的描述把读者邀请来像身份认同一样参加一场假圣人的选择游戏。我们会想到年轻的萨特在阅读罗曼·罗兰的艺术家传记小说《约翰·克里斯多夫》时喜悦得泪流满面的情景。

---

[1] 博涅什出版社（Bokförlaget Bonniers），瑞典最大的文学出版社，创立于1837年。其出版的《瑞典文学全集》(*Den svenska litteraturen*) 三卷由瑞典文学研究家拉什·伦鲁特（Lars Lönnroth, 1935- ）和斯文·德尔布兰克（Sven Delblanc, 1931-1992）合作编辑，出版于1987年至1990年。《普通文学史》(*Allmän litteraturhistoria*) 的作者是瑞典文学史家亨利·舒克（Herik Schûck, 1855-1947）和卡尔·瓦尔伯格（Karl Warburg, 1852-1918）。穆阿·马丁松（Moa Martinson, 1890-1964），瑞典著名女作家，曾获得诺贝尔文学奖的瑞典作家哈瑞·马丁松（Harry Martinson, 1904-1978）的妻子。本书出版时瑞典人口仅八百多万，小说类书籍的平均销量约两千册左右。——译者注

文学学科在一种我们熟悉的形态中，从有关人生和文字的理念中诞生。这个学科虽然在几方面的关联中都可以夸口说它有亚历山大时代的根源，但实际上是当代的，和**作家创作**对于作为文学基本类型的**体裁**的胜利有关。在瑞典，我们第一部按照作家姓名（不像过去那样根据诗歌品种）编排的诗歌总集，是和第一部事实上的文学史即阿特布姆的《瑞典预言家和诗人》同时的，这套著作从1841年开始出版。① 对于伦鲁特和德尔布兰克那套书的成功，一部分解释肯定是《瑞典文学全集》在这种关联中正好占据了传统的位置。与之前的标准作品比较，这套书的传记材料虽然减少了，但是这套书主要是根据那些大作家、依然还被人阅读（或者至少很有名）的作家来编排的。当语言学一度在世界上专家学者的圈子外也得到广大读者，成了"文学史"，也就是因为它证实了一种民族的和一种西方的**规范**。

在文学研究和有文学修养的读者之间的老协议是在双方都对文学文本有严格限定态度的两方之间建立的，此外，同样的态度依然还控制着公众。这意味着他们依然把**作家**推出来，当作书面作品的完整性、真实性和人性的担保人。文学研究尽管做了难能可贵的尝试，但是从来没有成功地摆脱教条，即文本的真实内涵总是在其生产者的地平线之内才能找到。当把文本当作研究中心的"新批评"派和各种形式的以语言为出发点的文学研究都公开抛弃了这种教条的时候，这点就很清楚了。看起来读者大众好像是不会分享乔丹先生那种喜好，他迷恋于让人

---

① 阿特布姆（Per Atterbom, 1790 – 1855），瑞典作家与批评家。《瑞典预言家和诗人》(*Svenska siare och skalden*) 为其主要著作。

注意到语言本身（在莫里哀的喜剧《布尔乔亚绅士》里，当这个正人君子被教会了如何让字母在嘴里形成的时候，他兴奋地大叫起来："啊！美妙之物啊！美妙之物啊！"）①。我们更有可能承认保罗·德曼正确，他声称对理论的抵抗从根本上看是对有关语言的语言的抵抗。②

罗兰·巴特相信在纯文学和文学批评（文学研究）之间的区别会很快消失。他指出，20世纪文学的伟大作品（特别是普鲁斯特的小说系列）之所以引起人的关注，是由于文本的两方面功能（诗的功能和批评功能）互相穿插互相影响。作家和批评家不再由他们写作的体裁来定义，而是由一个共同的条件来定义：都以语言作为他们实际上的目标。③ 这种预言并没有应验，今天给人留下的是可爱的60年代的印象。这种语言不适合今天的图书市场，它忽视了批评家和情境的关系。

我们也许应该抵制那种无保留地采取语言学方向的立场的诱惑。我曾经很长时间以为我早读过威廉·燕卜荪写于1930年的《模糊性的七种类型》，因为我经常看到这本书被参考和引用，但其实是最近才真正读了这本书。这显然是新批评派最有突破性的作品之一，也是至今所写出的有关文学的最精妙优雅的著作之一。但让人惊讶的是，它也是带着不安良心写出的辉煌作品。作

---

① 莫里哀的喜剧《布尔乔亚绅士》（*Le Bourgeois gentilhomme*）创作于1670年，也有人翻译为《贵人迷》或者《正人君子》。
② 保罗·德曼（Paul de Man, 1919-1983），出生于比利时后移居美国的文学批评家和理论家。此处说法可参见其著作《对理论的抵抗》（*The Resistance to Theory*）1986年版第12页。
③ 参见罗兰·巴特《批评与真理》（*Critique et vérité*）1966年版第45页。

者经常表示歉意，因为他必须用冗长而琐细的展示来说明那些有注意力的读者在这个文学文本里其实已经立即理解的东西，这会让我们感到厌倦。简言之，燕卜荪是对那种近视的语义分析感到不好意思，而这本来是他的著作的巨大成就。他的满不在乎的自我反讽和低估自己著作成果的倾向只能理解为为了减少读者误解而做的姿态，不让读者怀疑作者其实不是什么绅士，而是一个好卖弄学问的教师。我们可以对此发笑，但这些显示出燕卜荪其实有自己教室外的公众读者。当这样的抱歉和反讽消失，他走出教室的门就又关闭了。保罗·德曼就缺少这样的歉意，带着自己全部的难以忘却的敏锐，是一个地道的只在教室里开研讨会的作家。

从长远角度来看，最近几年来震撼文学研究界的理论革命也许并没有显示出那么大的戏剧性。就是说这些革命是在一个范围更广的语境之内发生的，这个语境一直都很完整。我们且把它称作"**训诂条约**"吧。其第一条就要相信一种典范。在条约范围内写作的人，也就是说在实际操作上可以包括所有文学研究者，他们是为那些承认有所谓"神圣"文本的人写作，这些文本值得做无穷尽的解释和评论，值得成为一层一层的重写和背景描绘的核心。所有人自然都意识到典范的构成在连续不断被改变，不过这从来没有威胁到典范的功能本身，这意味着文学文本具有的决定意义的转型。对于这种现象特别固执地做出反应的弗兰克·科尔穆德认为首先作品要纳入到典范之中才能使得作品成为一个有充分价值的批评对象。"进入典范就是得到保护，不被磨损和撕裂，获得无限数量的可能的内部关系和秘密，被当作一个异性来对待，是一个微型的《托拉》。这也是获取魔术般的和隐秘的而且实际非常古老的文学属性。"① 是从这个时刻开始,作品才做好了准备,可以收集来自整个世界文学的回响。它就进入互文的优先级别一。现代主义的诗歌(特别是在马拉美传统中)的写作就好像是它们全都等待着成为典范作品。但是,当然只有极少作品会成为典范,大多数作品都会看到自己落入卡内蒂格言说的境地:"别信他,他写就是为了被解释。"②

尽管现在很少还有人再用"文学典范化"这种措辞,但它意味着把文学视为较高级语言艺术的理念。在为更为严肃的文学阅读方式做辩护的批评家那里,我们会听到这样的表述,对这种理念表示信任,也就是说对那种大众文化的消费态度和批评距离的缺乏要划出一条界限。对于文学研究来说,很少有如此典型的事情,比如对阅读中的好意关联的抵抗,也就是抵制对于作家来说如此重要的一种工作方法。

然而,观察一种美学如何在不维护一种提供了规范作品的法则下工作,这也是很困难的。现在的文学史通过排除大量文本以及洗刷掉评论目录的特色而摆脱开之前的所谓**文字历史**。相反,它只把一部分精英作家的创作当作自己的实际研究的目标。德国文学史家弗里德里希·施莱格尔谈到过那些"可批评的"书籍,把它们当作真正的文学。阿特布姆最初也只考虑过写斯温登伯

---

① 弗兰克·科尔穆德爵士(Sir Frank Kermode, 1919 – 2010),英国著名文学批评家,其代表作是《一种结局感:小说理论研究》(*The Sense of an Ending: Studies in the Theory of Fiction*),牛津1967年版。此处引自其《注意的形式》(*Forms of Attention*),牛津1985年版第90页。《托拉》(Torah)是犹太教核心文献。
② 卡内蒂(Elias Canettise, 1904 – 1994),生于保加利亚死于瑞士的德语作家,1981年获得诺贝尔文学奖。

格、额仁斯维德和图利尔德等三个瑞典作家,"有代表性地对有关美的问题做深刻、巨大而美的思考"。① 在这些文学研究领域里的创新者,由于经典作品的减少而不是增加,反而倒更令人注目。一个很好的例子是耶鲁大学的教授哈罗德·布鲁姆,他列出的"强力"诗人的名单,对于他来说这个名单实际上构成了文学史,最多也就包括十几个名字。

文学研究方法的兵工厂通过与典范文本的交易已经发展起来,而其产品也只适用于典范文本。即使今天某些主题的代表作在试图引进早先被歧视或忽略的作家创作与体裁方面走得很远,这使得它们的价值得到承认,得以和那些伟大作家创作连接在一起。这种魔术会伸展得多一点,但它只能从这样的典范文本出发,越努力去解释这些文本,那么它们制造的谜团越多。

解构学派在文本选择方面是极为精英化的,从这个角度出发其实是一种文化保守的反应,但对于文学研究来说也有必要,反对的是威胁这个主题的平均化倾向。解构学派在实践中也是为了伟大古典传统的一种反古典方式的拯救行动。

在文学文本里复杂性和神秘性是如何出现的呢?经常的情况是,当你尝试把写出来的东西当作实际关系的说明来阅读就够了,因为文本应该是具有深刻的暧昧性的。那时给人的感觉就好像文本有意在隐藏发生事件的某些方面。如果我们对这样的文学提出一项专业性交流对于逻辑一致性、完整性和相关性的要求,

---

① 此处引自《瑞典预言家和诗人》1862年版第35页。所提到的三位作家斯温登伯格(Emanuel Swedenborg, 1688-1772)、额仁斯维德(Carl August Ehrensvärd, 1745-1800)和图利尔德(Thomas Thorild, 1759-1808)都是瑞典18世纪到19世纪初的作家或诗人。

那么它给人的感觉不会是别的，只能是充满了裂缝、充填了意义的沉默和象征。它没有了目标，也必然是碎片化的，这些特点成为一种引诱人的而且不可穷尽的明暗对照手法。如果我们发现这种浪漫派的财富还不够，那么总是还有可能在这个文本里故弄玄虚，让那些互有差异的细节变得更加神秘莫测。

把文本当作典范的关注方式有个前提，即文本中的一切都**具有意义**。那些空白的地方并不那么简单就是完全空白的。也就是说，我们选择的文学概念对文本具有的深度的可能性会重新发生作用。福柯发表过这样的意见，即表述的机构决定了表述的潜在含义。"表述并不在那些未说出的话的秘密存在中、在隐蔽或者压迫下的内涵中寻找归宿，相反，这是取决于这些隐蔽元素发挥作用的方式，也是他们可以重新被表述情态本身归还的方式：我们都很清楚，'未说出的话'和'压迫下的内涵'并不是一码事——其结构和作用都不一样——无论它是涉及一个数学的还是经济学的表述，无论它是一部自传还是一场梦的复述。"[1] 拒绝接受这种意见的人，当然还有其他出路把文学研究做成一种新的人类学，或者是一种新的逻辑学。不过这种可能性其实是非常表面的，因为在这两种情况下都不会有什么理由去特别注意到我们把提到的这些文本视为大师之作，那也就不会存在什么特别的**文学研究**的空间，只会有不同种类的文本研究的空间。

这种注释学训诂学的态度使得文学研究成了神学的首位遗产继承者，在二百多年前发生的一次文学突变中也有其解释。18 世

---

[1] 上述观点参见法国哲学家、思想家福柯（Michel Foucault, 1926 - 1984）的著作《知识的考古学》（*L'archéologie du savoir*），巴黎版第 125 页。

纪要求一首诗歌的内容一清二楚立刻能够让听众理解,而我们这个时代则要求一首诗歌能隐藏它的本质。早在浪漫派时期,在主题与语言之间的关系中就出现了干扰症状,这种情况在现代主义文学里就变得更公开明显。自我在审美中的胜利也意味着矛盾性和不可理解性在文学形式中的出现。诗歌作品不再为听众立刻学到东西而打开自己,而是要求解读。这就要努力追求一种绝对的许可,在这种状态里,不再是可以在意义里溶解分析的东西,而"就是"它。不过就和疯狂状态一样,这部作品要求有一个证人,能够在其感官充分使用的情况下依然不变,承担起某种责任,保证在表面上没有意义的文字里有一种意义。读者当然就是这个证人,但那个合法的文本治疗者——文学的研究者——尤其是重要证人。就如精神病医生对那些希望所有人都健康的人说话,文学研究者也会对那些希望文学要充满意义的人的说话,是作为表述说出或者就是作为症状说出。

这就把我们带回到开头提到的交流谈话和文学性谈话之间的区别。发表评论的文本打破了作品的孤独,把它重新带回到了人性。其作用就是把文学的词语安装到"发件人——密码——收件人"这种模式里,也就是说把它转变成文化。要说的是,多数文本好像就是为了这样的处理而剪切的。只有很少的文本是横向放置的:对这样的文本我们得留神,目不转睛地看着。

文学研究在某种意义上要承担起竖立**某本书**的文化的责任,这也就是布朗肖在其《无限的访谈》一书讨论过的意义,在书中他说道:"随便什么地方只要有一个创造秩序的关联系统,那里就存在一种传递信息的记忆,那里文本就在阅读在一种意义光线中看清楚的一条轨道中汇集于物质中(通过把它送回一个原点,轨道就成为这个原点的符号），这时空间本身属于一种结构，让自己受到规则的控制，那就有了这本书：这本书的法则。"①

一部文学史可能从而定义成为一种对于某一个读者共同体的自白书，在这个共同体的地平线上，文本就成了书籍，获得意义。文学研究者使得诗歌成为信息，不仅通过解释，而且在同样程度上通过**围绕**它来传递信息，把它变成一个充满内涵的**现象**。于是一种秩序就建立起来，在这种秩序里文学作品让自己被描绘成往文化银行账号里存放的一种存款，是可以定义的，也可以在历史上得到解释。

在民意调查的文化监测器或者类似的市场调查报告里搜寻文学研究的和高级批评家的观众是得不到什么好处的。这些读者圈子太小，无法用社会学的测量方法捕捉进来。我们不得不依赖由上述的交流分析梳理出来的收件人的伦理信息特征。符合逻辑的接收者应该是：（1）一个怀疑文学是为了传递秘密信息的人；（2）一个给批评性对话分配一种极近文明化任务的人（对于阅读的理性负有责任）。这种分裂的形象反映出文学研究学问有来自赫尔墨斯主义和启蒙时代的双重渊源。②

启蒙时代的遗产在现今的文学批评里依然非常清楚，但在大学的研究中越来越不清楚。汉斯·马格努斯·恩曾斯拜尔格在数年前《每日新闻》的一篇访谈中谈到过一种核心公众，是在一种文学文化里必须存在的，也是一种知识分子的生物质能，是这个

---

① 参看法国作家、文学理论家和哲学家布朗肖（Maurice Blanchot，1907 – 2003）所著《无限的访谈》(*L'Entretien infini*)，1969 年版第 625 页。
② 赫尔墨斯主义（Hermeticism），西方具有神秘性的宗教和哲学流派。

社会依赖的公众。他的看法是,每个语言领域都需要集体性的反思,其最重要的方面就是语言的更新,而其最主要的手段就是文学。这种过程要求一定数量的积极投入的参与者,如此才能产生效果,也要求一个批评群体,可以发展出文化的生态学。如果平衡被打乱,那么会影响到整个社会建设性自我反思的能力。

　　文学研究家和批评家在这种情况下有一种同样的意义不平凡的任务:让这种所谓知识分子生物质能保持良好的状态。通过几个世纪的注释训诂协议范围内的维护,这个协议也经过了一个长久系列的美学革命而保存下来,甚至从现代主义对书本观念的反复颠覆中获得力量。当今时代邀请我们辩论有关维护一种文学典范的困难,这些困难也许是这种训诂协议必须更改的一种症状。或者反过来也说明一种抵抗,新文学理想的代表并没有更高的希望,只是想成为这个古怪而又值得尊敬的语境中的一部分。

后记

让自己已发表的文章重印成书相当于重复自己,这其实也属于写作的一部分。批评性的创作当然并不能创立一种语境的世界,不过它有一种重复出现和入迷不放的韵律,为这样的写作提供了一种形式。耐心是和灵感启发一样神秘的力量。

有意研究文学文本的人必定像是间谍片里执着坚定的追踪者,被迫多次变换外表、策略和搜索范围,直到猎物落入手中。所谓的理论其实就是伪装,用来帮助人潜伏到文学中去。

然而,方法论的研究是不够的。文本法则的呈现不是被迫的,其基础只能是一种不把写作文本当成对象的关系。当解释者正要谈论**有关**文学问题的时候,他会突然注意到,他其实是在**对着**文学谈论。他终于明白,刚才他还觉得自己是被召唤来对一切提出问题的,其实却是传统通过他来寻找自己的存在,他只是这些人中的一个。与其说是为了解决一个理论问题,不如说是给自己提供一种生活方式。

一种奇怪的命运!其结果就是这样一种阅读和写作,并没有任何专业的位置,也不会带来任何值得展示的好处,这种活动所要求的安静像是一种时间的浪费。但是，当一个人找到一个房间可以在其中思考时，谁还会继续前进？即使这个房间既没有墙壁、地板也没有房顶，只有一页页文字……

*

组成本书的文章之前刊登在发行范围不同的杂志里，只有个别文章是例外。有时，它们的发表是感兴趣的编辑的功劳。因此，有理由在此记录最初发表的情况（在标题修改过的情况下，最初的标题在括号里列出）：

《柜子的故事》是为弗奴姆画廊（Forum Gallery）的一个展览而写，发表于《每日新闻》（*Dagens Nyheter*）1991年1月6日。

《关注的形式》发表于《危机》（*Kris*）1985年第31—32期合刊（《某些反思及两度阅读蒙塔莱诗歌》）。

《风格与幸福》发表于《危机》（*Kris*）1984年第29—30期合刊。

《有关碎片写作的笔记》发表于《危机》（*Kris*）1988年第36—37期合刊。

《金嘴》之前未发表过。

《沤肥后结构主义》发表于《事关图书大全》（*Allt om böcker*）1985年第2期。

《高卢古籍探秘》发表于《危机》（*Kris*）1982年第22期。

《诗之死与死之诗》发表于《抒情诗之友》（*Lyrikvännen*）1988年第3—4期合刊（《浪漫派诗歌里的死亡与生命》）。

《化名斯卡丹纳利的荷尔德林》发表于《艺术》（*Artes*）杂志1983年第6期。

《面对人性的克莱斯特》发表于瑞典皇家剧院1986年演出克莱斯特悲剧《彭特西里亚》(*Penthesilea*)时的演出说明书。

《镜子制造者霍夫曼》发表于哥本哈根《批评》(*Kritik*)杂志1988年第3期(《霍夫曼作品中的活着的死亡、艺术与疯狂》)。

《音调和赋格曲》发表于奥斯陆《集会》(*Agora*)杂志1989年第2—3期合刊。

《爱伦·坡与冷文学》发表于《每日新闻》(*Dagens Nyheter*)1991年3月30日(《好奇是恐怖的解药》)。

《布约灵的语法》发表于《危机》(*Kris*)杂志1987年第33期。

《卡尔维诺:月亮是一片荒漠》发表于《事关图书大全》(*Allt om böcker*)1983年第5期。

《卡尔维诺的帕洛马尔》发表于《博涅什文学杂志》(*BLM*)1986年第1期(《智性的喜剧》)。

《符号的乌托邦:罗兰·巴特与文学》发表于《博涅什文学杂志》(*BLM*)1983年第1期(《符号的乌托邦:罗兰·巴特和平行文学》)。

《文本中的神话》发表于《博涅什文学杂志》(*BLM*)1982年第2期。

《论埃利克·贝克曼》发表于《博涅什文学杂志》(*BLM*)1984年第2期。

《对话与启蒙》发表于《对话》(*Dialoger*)杂志1986年第3期。

《言之父何在?文之母何在?》发表于赫尔辛基《科学进展》(*Tiede & Edistys*)杂志1991年第2期。

《文学研究者为谁写作?》发表于丹麦奥尔胡斯《通道》(*Passage*)杂志1991年第9期。

图书在版编目(CIP)数据

风格与幸福/［瑞典］霍拉斯·恩格道尔著；［瑞典］万之译.
—上海：复旦大学出版社，2017.10
(诺贝尔文学奖背后的文学)
ISBN 978-7-309-13207-6

Ⅰ. 风… Ⅱ. ①霍…②万… Ⅲ. 文学评论-世界-文集 Ⅳ. I106-53

中国版本图书馆 CIP 数据核字(2017)第 198975 号

Stilen och lyckan: essäer om litteratur
by Horace Engdahl
Copyright©Horace Engdahl, 1992
Simplified Chinese edition copyright©Fudan University Press Co., Ltd., 2017
All rights reserved.

上海市版权局著作权合同登记号　图字 09-2017-295 号

本书获瑞典文化部艺术委员会翻译资助，特此鸣谢。
Thanks to the support from Swedish Arts Council for sponsor of the translation costs.

风格与幸福
［瑞典］霍拉斯·恩格道尔　著　［瑞典］万　之　译
责任编辑/方尚芩

复旦大学出版社有限公司出版发行
上海市国权路 579 号　邮编：200433
网址：fupnet@ fudanpress.com　http://www.fudanpress.com
门市零售：86-21-65642857　团体订购：86-21-65118853
外埠邮购：86-21-65109143
山东鸿君杰文化发展有限公司

开本 890×1240　1/32　印张 11　字数 234 千
2017 年 10 月第 1 版第 1 次印刷

ISBN 978-7-309-13207-6/I·1064
定价：48.00 元

如有印装质量问题，请向复旦大学出版社有限公司发行部调换。
版权所有　侵权必究